Contenemos multitudes

Sarah Henstra

Contenemos multitudes

CROSS
BOOKS

Título original: *We Contain Multitudes*

© 2019, Sarah Henstra

Esta edición es publicada por acuerdo con Little, Brown and Company,
New York, New York, USA.

Derechos reservados.

Traducción: Matilde Schoenfeld Liberman

Diseño de portada: Planeta Arte & Diseño / OCHODIAS estudio
Ilustraciones de portada: OCHODIAS estudio / Manuel Vargas

© 2022, Editorial Planeta Mexicana, S.A. de C.V.
Bajo el sello editorial CROSSBOOKS M.R.
Avenida Presidente Masarik núm. 111,
Piso 2, Polanco V Sección, Miguel Hidalgo
C.P. 11560, Ciudad de México
www.planetadelibros.com.mx

Primera edición en formato epub: mayo de 2022
ISBN: 978-607-07-6959-7

Primera edición impresa en México: mayo de 2022
ISBN: 978-607-07-6958-0

Impreso en los talleres de Litográfica Ingramex, S.A. de C.V.
Centeno núm. 162-1, colonia Granjas Esmeralda, Ciudad de México
Impreso y hecho en México – *Printed and made in Mexico*

¿Me contradigo?
Pues muy bien, me contradigo,
(soy inmenso, contengo multitudes).

WALT WHITMAN, *Canto a mí mismo*

Jueves, 27 de agosto de 2015

Querido pequeño JO:*

Creo que cuando leas esta carta estarás sentado aquí, viendo lo que estoy viendo ahora. El frente del salón de Literatura de la señorita Khang con el pizarrón a la antigua, los pósters de portadas de libros famosos, el «Pensamiento del día» y esta cosa nueva que es el buzón de madera pintado con colores brillantes. Quiero decir, no me conoces porque escogí tu nombre al azar. Y, si estás en primero de prepa, este será tu primer curso con la señorita Khang, lo que significa que tampoco la conoces como maestra. Apuesto a que es extraño recibir una carta de un desconocido. O recibir una carta, punto, en esta época.

Khang está parada enfrente, tomándose todo el tiempo que puede para explicarnos para qué sirve este buzón. Lo voltea a un lado y a otro para presumir cómo lo ha pintado, luego lo inclina hacia delante para mostrar las dos ranuras que tiene arriba y señala que cada una de las tapas tiene su propio candado de combinación. Pura charlatanería. Después de un rato todos estamos esperando a que salgan palomas de él o algo así. Y después la pobre de Khang se ve muy decepcionada al darse cuenta de que nosotros estamos decepcionados porque resulta que solo es un buzón de cartas. Ese es el problema con la charlatanería. Bueno, ya lo verás tú mismo, supongo.

En el pizarrón dice: «Preséntate», así que mi nombre es Adam Kurlansky y esta es la clase de Literatura Aplicada de tercero de prepa. Es una de las materias que reprobé el año pasado, algo de lo que ahora me arrepiento porque no estoy tan interesado en este proyecto. Una carta cada semana durante todo el semestre. *JO quiere decir «Jodido Ojete», por si acaso te lo estás preguntando. Lo aclaro aquí, a la mitad de la carta en lugar de hacerlo al principio, porque Khang quiere que la levantemos para verla antes de que la metamos en el sobre. Para comprobar que llenamos el mínimo de una página, ya que en realidad no planea leer nuestras cartas. Si me pregunta, creo que le voy a decir que JO es una abreviatura de tu nombre, Jonathan.

No lo tomes a mal. Creo que es justo llamarte pequeño jodido ojete aunque no te conozca en persona, porque yo también lo fui alguna vez, cuando estaba en primero de prepa. Aunque lo más probable es que no fuera tan chiquito. Para entonces ya estaba bastante cerca de mi estatura actual: uno noventa.

Lo que quiero decir es que los veo en los pasillos, y sus caras se ponen rojas cada vez que los descubro mirándome. Son como esos topos de los juegos, que salen de los agujeros y vuelven a meterse. La gente sabe quién soy porque tengo un montón de materias atrasadas, porque no me he graduado y porque tuve que arrastrarme de regreso en lo que llaman «un regreso triunfal». O puede que no sea por eso. Es más probable que sea por el futbol, supongo. Porque decidieron permitir que siga jugando futbol.

Atentamente,
Adam Kurlansky

Querido Kurl:

¿Te puedo llamar Kurl? Por lo que he alcanzado a oír en los pasillos, y por lo que he percibido en la atmósfera general de esta escuela, el apodo *Kurl* se usa de manera casi universal para referirse o dirigirse a ti, así que asumo que estarás bastante conforme con él. No me conoces, por supuesto, pero yo sí sé un poco de ti gracias, como mínimo, a tu reputación. Cuando mi hermana mayor, Shayna, entró a tercero de secundaria, recortó las fotos de los equipos de futbol y basquetbol del *Lincoln Herald* y las pegó en su cuarto. Después se propuso aprender de memoria los nombres de todos los jugadores, no porque fuera fanática de estos deportes, sino porque suponía, y creo que estaba en lo correcto, que los miembros de los equipos de futbol y basquetbol serían los que marcarían tendencia en la escena social de la preparatoria Abraham Lincoln, y en ese tiempo estaba interesada en mantenerse al corriente de esa escena. Esto fue antes de que Shayna se hiciera la mejor amiga de Bronwyn Otulah-Tierney y comenzara su Era de Escepticismo, como la llama nuestro padre, Lyle.

En casa nunca lo hemos expresado con tantas palabras, pero yo diría que durante el último año, más o menos, mi hermana ha entrado a lo que yo llamaría una Era de Nihilismo. Duerme todo el día, sale hasta tarde, tiene el pelo grasoso, sus calificaciones caen en picada, tiene el ceño fruncido. Me pregunto si este estado de la existencia te suena conocido, Kurl, ya que estás repitiendo materias este año. ¿Pasaste por una Era de Nihilismo? ¿Qué sigue después de eso?

En fin. Tengo un recuerdo muy claro de estas fotos de equipo. Yo tenía doce años y ayudaba a Shayna preguntándole los nombres de los jugadores, por lo que es probable que todavía pudiera saludar a muchos de ellos por su nombre si los encontrara en el pasillo, aunque, por supuesto, para estas fechas la mayoría ya están graduados. Tú eras uno de los jugadores más jóvenes de esa época; supongo que estarías en primero de prepa, serías uno de los pequeños jodidos ojetes que mencionas en tu carta.

Recuerdo tu foto en particular porque eras uno de los dos chicos que jugaban tanto en el equipo de futbol como en el de básquet. «Adam Kurlansky», decía el pie de foto, pero Shayna se refería a ti como Kurl. Al oír a mi hermana decirlo —con cierta reverencia, o por lo menos con un respeto profundo—, percibí de inmediato el poder que un buen apodo le daba a su portador. Desde que era bebé, Shayna y Lyle me llaman Jojo por temporadas, pero resultaba obvio que este nombre no sería suficiente en el contexto de la prepa.

Empecé a probar nuevos apodos para mí. Le pedí a mi padre que me llamara Kirk desde ese día en adelante. Lyle respondió de manera muy generosa, pero después de intentarlo por un día o dos, dijo que para él era muy extraño porque Hopkirk también es su apellido. Cuando Shayna se enteró de mi búsqueda de un apodo, me informó que así no es como funciona, que uno jamás se pone a sí mismo un apodo, sino que tiene que ser admirado y apreciado lo suficiente para que sus compañeros le otorguen uno de manera mágica y espontánea. E incluso en esa época, en segundo de secundaria, yo ya sabía que nunca sería lo bastante cool para merecer un apodo. Así que será Jonathan, o JO, supongo. (Una confesión: vi tu «Querido pequeño JO» y, durante más o menos cinco segundos antes de notar tu asterisco y bajar la mirada a la mitad de la carta, imaginé que podría ser un diminutivo de Jonathan. No tiene sentido, por supuesto. ¿Por qué le darías un apodo a alguien a quien no conoces?).

Le acabo de preguntar a la señorita Khang si puedo terminar esta carta en casa y depositarla en su buzón mañana a primera hora. Me dijo que, aunque siempre serán bienvenidas las cartas adicionales o suplementarias que escriba en mi tiempo libre, tengo que entregar esta ahora para evitar los «peligros de la correspondencia extraviada o reconsiderada», como ella lo explicó. Sonrió con disimulo al decirlo, así que sospecho que estaba citando alguna de sus novelas favoritas del siglo XVIII. Perdona este abrupto final, Kurl.

De la lista de las «Despedidas aceptables» de la señorita Khang en el pizarrón, elegiré la que coincida más con mi filosofía personal, algo que tendré que explicar en una carta futura.

Cordialmente,
Jonathan <<Kirk>> Hopkirk
(Ya sé: no puedo solo salirme con la mía, ¿verdad?).

Miércoles, 2 de septiembre

Querido pequeño JO:

Me reí al leer tu carta. ¿Así es como hablas? ¿O es un estilo especial que usas para escribir? Un estilo con frases largas y muchas comas.

Creo que el otro día no contesté ninguna de las preguntas «Acerca de mí» del pizarrón. Debería advertirte con franqueza algo sobre mí; o sea, la vez pasada escribí bastante, pero en realidad no dije nada que fuera importante. Y entonces justo ahora, después de leer tu carta, estuve como diez minutos sentado aquí. La lluvia que cae por la ventana me recordó una semana del mes pasado en la práctica de verano. Voy a suponer que no juegas futbol. Lo digo por tu carta, y todo eso de los apodos y la filosofía personal, sea lo que sea. Si jugaras futbol, es probable que hubiera escuchado por lo menos tu nombre. Conozco a la mayor parte del equipo *junior* por su nombre.

Bueno, pues hacen un entrenamiento de verano para el equipo *senior*, como un campamento de entrenamiento básico. Y justo esa semana no paraba de llover. Recuerdo que mis hombreras olían a sótano triste y mis tenis croaban. Digo, literalmente croaban como ranas con cada paso que daba. Y no importaba cuánto lo intentáramos: cada jugada que el entrenador Samuels indicaba terminaba en una pila de cuerpos resbalosos y cubiertos de lodo.

El año pasado el proyecto de esta clase era llevar un diario. Pero Khang lo llamó el Libro de los Días, como los que las vírgenes medievales guardaban bajo su almohada o algo así. Yo sabía cuántos puntos nos daba para la calificación, etcétera. Pero, cuando nos daba tiempo para escribir, yo me sentaba aquí y recordaba cosas como esa lluviosa semana de futbol. Acababa mirando por la ventana durante toda la clase y, de alguna manera, todo el año escolar pasó así. No planeo dejar que vuelva a ocurrir, pero supongo que lo que quiero decir es que no esperes demasiado.

Atentamente,
Adam Kurlansky

Querido Kurl:

La señorita Khang sugirió que escribiéramos sobre el tema del heroísmo hoy en día, y en específico «si identificas como héroe a alguien en tu vida y por qué».

«Comprendo los grandes corazones de los héroes», escribe Walt Whitman, «el valor de los tiempos presentes y de todos los tiempos». ¿Conoces al poeta Walt Whitman, Kurl? Tal vez no: dudo que Whitman figure en el plan de estudios de la prepa Lincoln.

De todos modos, cuando pienso en el heroísmo como tener el corazón grande, no puedo evitar pensar en Lyle Hopkirk. No es que cualquier padre no hubiera asumido el papel de padre soltero después de la inesperada muerte de su esposa. Cuando yo tenía solo cinco años, mi madre, Raphael, iba en su bicicleta y la atropelló un taxi. Lyle rechazó un posible acuerdo para grabar un disco en Los Ángeles y aceptó un puesto de tiempo completo en la escuela de música para que Shayna y yo no tuviéramos que enfrentar más trastornos emocionales.

Pero la parte de verdad heroica, en mi opinión, es que nunca se volvió malhumorado ni resentido al respecto, ni se dio aires de artista torturado. Atravesó un periodo de duelo, por supuesto, pero si lo sé es solo porque no hay fotografías de Raphael en nuestra casa y, cuando una vez le pregunté la razón, confesó que «tiempo atrás, cuando era demasiado doloroso verlas», se había deshecho de ellas: una acción impulsiva que ahora lamenta. Mi padre tiene una personalidad optimista por naturaleza, y se aseguró de dejar que ese optimismo fuera el principio rector de nuestra vida familiar. Creo que Lyle recibe todo lo que necesita de la música, de la misma manera en que yo lo obtengo de la poesía. Deberías verlo al día siguiente de que su banda Decent Fellows de *bluegrass* hace su tocada habitual en el Rosa's Room. Prácticamente flota por la casa, suelto, relajado y soñador.

El lema personal de mi padre es: «Sé real y sé auténtico». Como Lyle es mi héroe, he intentado apropiarme de su lema. Y esto incluye, en particular, ser franco sobre mí mismo. Así que prepárate para una revelación completa sobre Johathan Hopkirk. Nunca me elegirías de entre una multitud, Kurl. Soy chaparro para mi edad y de huesos finos. Tengo el cabello castaño arena y se para en todas direcciones de la manera más alejada de la moda posible, sin importar cuánto gel extrafuerte me ponga en la mañana para aplacarlo.

Mis pasiones son la música en vivo, en especial la música tradicional y el *bluegrass*, y la poesía, como ya dije, sobre todo las obras de Walt Whitman. ¿Te has topado alguna vez con el influyente poema de Walt «Canto a mí mismo»? Estaría tentado de afirmar que ese poema es mi manifiesto personal, pero en conjunto es demasiado complicado, demasiado glorioso, para hacer esa afirmación. Como Walt, creo con pasión en vivir:

… corriendo mis riesgos, gastando para conseguir enormes
beneficios,
adornándome para entregarme al primero que me tome,
sin pedir al Cielo que se someta a mi buena voluntad,
derramándola siempre con liberalidad.

Un hermoso sentimiento, ¿no es así, Kurl? Arriesgado y
hermoso. Y, con el ánimo de ser real y auténtico, me gustaría divulgar algo que en su tiempo Walt nunca pudo admitir directamente por miedo a las recriminaciones: soy
gay. Mi sexualidad nunca ha sido algo que haya tratado de
esconder.

¿Estar «afuera» conlleva una vida social más espinosa?
Es muy probable. La desafortunada realidad de la homofobia ya se me anuncia tras dos semanas de haber comenzado
el año escolar. Hay ciertos miembros de mi pandilla —ciertos pequeños JO, en tu lenguaje, Kurl— que yo desearía que
hubieran madurado en el verano y, por lo tanto, hubieran
perdido el interés en mí y en esa vaga e intangible amenaza
que parezco representar para ellos. En lugar de eso, su interés parece más intenso que nunca. Pero para ocultarse y
mentir también se necesita una energía considerable.

Lyle, en todo caso, apoya sin reservas a los gays y siempre me apoya a mí por completo. Es otro aspecto de su heroísmo, supongo.

Acaba de sonar la campana, Kurl, y mi mano está acalambrada por haber escrito sin parar durante cincuenta
minutos.

Cordialmente,
Jonathan Hopkirk

P. D.: Incluyo la parte 14 de «Canto a mí mismo», pues la cita de arriba tal vez no tenga mucho sentido por sí sola. Perdón por la pelusa de las orillas. La he estado cargando en el bolsillo de mis pantalones durante la transición del regreso a clases, pero en este momento ya memoricé más o menos esta sección del poema, por lo que me da gusto pasar la estafeta.

Querido pequeño JO:

¿Que nunca te elegiría de entre una multitud? Quiero decir, ¿estás seguro?

Al día siguiente de que Khang nos entrega la segunda tanda de cartas de los de primero de prepa, estoy caminando por el pasillo como siempre. Está el habitual grupito de pequeños JO. Todos se ríen, en especial las niñas, viendo a dos tipos que patean un libro para pasárselo el uno al otro. Las páginas vuelan por todos lados. Y hay un pequeño JO más chiquito que los otros que corre de un lado al otro, persiguiendo el libro y diciendo: Muy chistoso, bueno, ya pasó el chiste, ya, chicos, regrésenmelo. Tiene una voz como aguda y chillante.

Este pequeño JO está vestido con algún tipo de disfraz, parece. Una camisa blanca con cuello alto, abotonado hasta arriba, y tirantes cruzados en la espalda. Digo, parece un personaje de novela histórica. Un deshollinador o algo así. Pienso que tal vez está en la obra de teatro de la escuela, tal vez vaya a hacer una audición, pero creo que no hay ninguna sino hasta después de Navidad.

Bueno, este tipo chiquito no deja de agacharse por el libro un segundo antes de que lo pateen hacia el otro lado.

En un punto, su mano recibe un golpe bastante fuerte de un zapato de uno de los pequeños JO, pero no hace siquiera una pausa, solo sacude sus dedos y otra vez va como a gatas al otro lado del pasillo para intentar interceptar el libro. Continúa así, y debo decir que es bastante doloroso verlo, hasta que el señor Carlsen, el maestro de Negocios y Tecnología, entra en el círculo y recoge el libro, echa un vistazo al lomo y dice: *Grandes poetas británicos*. Jóvenes, de verdad temo por su generación.

Por supuesto, todos los pequeños JO se ríen a carcajadas. Excepto el más pequeño. Su cara está toda roja y le falta el aliento. Se acerca al señor Carlsen y hace un gesto para quitarse el pelo de la frente y apoya sus puños en sus caderas. Como si, después de todo lo que ha pasado, ahora por fin hubiera encontrado la única cosa por la que vale la pena enojarse. Dice: En realidad, señor, yo argumentaría que la poesía tiene una relevancia real para nuestra generación si uno aprende a tomar al poeta en sus propios términos.

Digo, no es necesario ser experto en ingeniería aeroespacial para deducir cuál de los pequeños JO en este escenario es Jonathan Hopkirk.

Y debo decir que tu gran confesión de ser gay tampoco es algo tan terrible como probablemente pensaste. Lo deduje más o menos al llegar a la línea: ¿Te puedo llamar Kurl? Sin mencionar: Mis pasiones son la música en vivo y la poesía. Me choca tener que decírtelo, pero los alumnos de preparatoria normales no tienen «pasiones». No tienen lemas y filosofías personales. No tienen manifiestos escritos por poetas gays de la historia.

¿Eras tú al que molestaban así en el pasillo? Quizá no solo es por ser gay. Desde mi punto de vista, yo diría que no te están empujando por todos lados por ser raro debido a tu homosexualidad, sino por ser raro en el sentido de *extraño*. O sea, los tipos raros tienen cierta aura que los rodea. Es casi como un olor. Están atorados en algún lugar de sus cabezas, en una especie de burbuja. En realidad, la gente no lo puede resistir: ven una burbuja y quieren reventarla.

Atentamente,
Adam Kurlansky

Querido Kurl:

¡Drama! ¡Escándalo! ¡Intriga! ¡Misterio! ¿Adivinas acerca de quién leí en el *Lincoln Herald* esta mañana? Noticia de primera plana:

¡Kurl renuncia! Con dieciséis puntos de ventaja para los Wolverines en el primer partido de la temporada, el full-back Adam Kurlansky se sale del equipo; les cuesta el juego.

Supongo que el hecho de que no escuchara de este evento sino hasta leerlo en el *Herald* prueba mi casi total aislamiento social y mi alienación de la cultura de esta escuela. Estoy seguro de que me hace oficialmente la última persona en Lincoln que se entera de las noticias. El hecho de que Bronwyn, la amiga de mi hermana, escribiera la historia le agrega ironía a mi ignorancia, puesto que ella y Shayna sin duda pasaron la mitad de la noche de ayer hablando de eso y ni siquiera entonces me di cuenta. Todavía no les he mencionado que Adam Kurlansky es el amigo por correspondencia que me fue asignado, supongo que porque, en cierto sentido, parecemos una pareja poco probable.

Permíteme citar la noticia del periódico:

«El entrenador Samuels comentó al *Herald* que está enfocado en mantener el espíritu positivo, ayudar a los Wolverines a unirse para cubrir el hueco que dejó Kurlansky. "Estoy preocupado, seguro", admitió. "Pero Kurl es un buen chico, un guerrero, un león de verdad. Estoy seguro de que lo solucionará a tiempo para apoyarnos en esta temporada". Kurlansky se negó a comentar la salida del viernes en la noche. Cuando le preguntamos si podemos esperar que regrese a la cancha este año, su respuesta fue: "Lo dudo"».

Espero que no te enojes con Bron por escribir la noticia. Tal vez, como yo, sientes que raya en la esfera de los chismes de celebridades. Bronwyn Otulah-Tierney puede ser, en ocasiones, demasiado apasionada. Está muy enfocada en armar un portafolio para sus solicitudes a las mejores escuelas de periodismo en el país.

Releí tu carta más reciente anoche, Kurl, y me gustaría aclarar un punto: nunca quise decir que me bulean solo por mi orientación sexual, y tampoco que de alguna manera me resulta un misterio por qué me señalan. Y lo más importante: no fue mi intención quejarme por ser maltratado. Tal vez soy «raro en el sentido de *extraño*», como teorizas con tanta elocuencia. Pero mi extrañeza es solo la consecuencia natural de aspirar a algo que está más allá de la preparatoria: la poesía, en específico.

Kurl, ¿puedes en verdad culparme por querer enfocarme en algo más que en mi entorno inmediato? Sé honesto: si pudieras, ¿no querrías sumergirte en algo mayor que las pequeñas y sórdidas tormentas de la adolescencia? ¿No querrías trascender el aburrimiento que adormece la mente de, por ejemplo, la clase de Negocios y Tecnología? El señor

Carlsen se para frente a nosotros en sus pantalones Gap, meciéndose hacia delante y hacia atrás sobre sus talones, entusiasmado con los presupuestos en Excel y la optimización de los motores de búsqueda, y la única razón por la que puedo abstenerme de salir corriendo y prenderme fuego a mí mismo es que mi mente está en otro lugar. Llámalo aura; llámalo burbuja. Entiendo que incita a los demás a la malicia y al tormento. Incluso vuelve locos a Shayna y a Lyle cuando me hablan y parece que yo no escucho sus voces.

Anoche estuve releyendo el libro de Walt Whitman *Hojas de hierba* y copié estas estrofas para ti (adjuntas). Capturan el espíritu de heroísmo que estaba intentando describir. Whitman habla aquí acerca de brindar su espíritu a la humanidad en general, pero «¡… no te caerás! Carga todo tu peso sobre mí» resume la fuerza constante, positiva, de mi padre y su devoción hacia mí y hacia Shayna.

Cordialmente,
Jonathan Hopkirk

Querido pequeño JO:

Creo que puedo contarte algo sobre héroes. Sacrificio, etcétera. Mi papá murió al caer de un techo cuando yo tenía diez años. Mi tío Viktor sostuvo el negocio solo durante algunos años, pero casi quebró. Entonces mi hermano Sylvan renunció a su trabajo y se fue a trabajar con él de tiempo completo. En aquel entonces tenía veinte o veintiuno e iba a la mitad de su capacitación como electricista, pero dejó todo. Deberías ver su departamento de mierda. Quiero decir, estoy seguro de que todos sus ahorros se fueron a Tejados Kurlansky y no están generando millones. Nunca me ha dicho ni una palabra de esto.

La cosa con los héroes es que te hacen mirarte a ti mismo. Tu hermano es un héroe, me dice la gente. Pero en realidad se refieren a mi hermano Mark, no a Sylvan. Se refieren a Afganistán. Me lo dicen porque me lo quieren recordar. También porque, según Sylvan, Mark siempre se encoge de hombros como para quitárselos de encima cuando le dicen cosas como esa. No es cierto que el mundo se vaya a convertir en un lugar mejor, les responderá.

Claro que Mark se la ganó. Lo enviaron a la guerra justo

después de cumplir dieciocho. O sea, era unos meses más chico que yo ahora. Hasta el tío Vik se calla cuando Mark está cerca.

No sé qué pensar de esos poemas que sigues mandándome. De ese último en especial. «Prolongo tu vida con formidable hálito» o lo que sea. No sé si Walt Whitman es en realidad a quien te quieres parecer. Tengo que decir que parece un idiota. Yo podría vivir sin todos esos poemas.

La cosa con los héroes es que preguntan sin preguntar: ¿Y tú qué? ¿Qué esperas *tú*?

Les tendría que decir que en realidad no estoy esperando nada.

Atentamente,
Adam Kurlansky

Querido Kurl:

¿Me permites una observación inesperada sobre el grupo de pequeños JO que han adquirido el hábito de fastidiarme (los llamo, colectivamente, «los Carniceros»)? Me es difícil concentrarme en cualquier otro tema para escribir cartas cuando, justo antes de la clase, los Carniceros se apropiaron de mi mochila y la aventaron al techo de la escuela.

Puedes haber notado, o no, a un pequeño JO llamado Christopher Dowell en el grupo. Pues ahí tienes a un joven que, puedes estar seguro, nunca se ganará un apodo cool. En mi experiencia, siempre es el que tiene la posición más precaria en el grupo, el que camina en esa línea delgada que separa al que pertenece y al marginado; puedes estar seguro de que será él quien pegue más duro, quien ría más fuerte. A los otros Carniceros no les importa específicamente si yo vivo o muero, pero este, el tal Dowell, es quien de verdad me odia. Porque Dowell sabe, y sabe que yo lo sé, que está mucho más cerca de ser como yo que sus supuestos amigos.

Me dio tristeza saber que tu padre murió. No me había dado cuenta de que ambos hemos perdido a uno; de una manera oblicua, circunstancial, esto nos da algo en común.

Sonabas un poco deprimido en tu carta pasada. Espero que no estés arrepintiéndote de la decisión que tomaste de dejar de jugar futbol americano. Voy a suponer, Kurl, que si quieres contarme tus razones para haber renunciado al equipo de una manera tan dramática y precipitada, me las contarás. Tengo curiosidad, por supuesto. Pero cuando me senté hoy en Mate y releí la historia de Bron del *Herald* bajo mi escritorio, de pronto pensé lo que debe ser para ti que en la escuela, y tal vez también en tu casa, te juzguen constantemente por tus acciones y todos te pidan que las expliques.

Por favor, no sientas ninguna obligación de explicarme nada. Mi punto es justo el contrario: te quiero invitar a sentirte libre de usar el espacio de estas cartas para hablar de las cosas que de verdad te interesan, pensar en los temas que dominan tus pensamientos cuando estás solo. También podríamos aprovechar la ventaja de que no nos debemos nada el uno al otro y que nadie más va a leer jamás lo que estamos escribiendo, que solo somos tú y yo y lo que sea que tengamos ganas de decir.

Déjame ser el primero en seguir este consejo. Esto es lo que estoy pensando ahora: si concluiste que Walt Whitman es, en tus palabras, un «idiota», entonces no pudiste apreciar hasta qué punto se sumergió, en cuerpo y alma, en la vida cotidiana de la ciudad de Nueva York del siglo XIX. Adjunto unas cuantas páginas fotocopiadas de «Canto a mí mismo». Echa un vistazo a la gran variedad de tipos de gente y actividades que describe. Los barcos de pesca, el funeral, las mujeres lavanderas, las colmenas, el coro de la iglesia: todos en una página del poema. Tal vez puedas darme tu interpretación de eso y después, en mi siguiente carta, te diré lo que creo que significa. Los dos estaremos equivocados y en lo correcto.

La poesía es así, Kurl: resbalosa y evasiva. Significa diferentes cosas para los diferentes lectores. No deberías sentirte apenado si te pone nervioso. No eres el único que tiene esa reacción. Mira al señor Carlsen. Prefiere ver que patean *Grandes poetas británicos* por el corredor, no que lo lean, y menos aún que lo discutan, lo estudien y lo aprecien.

Cordialmente,
Jonathan Hopkirk

Querido pequeño JO:

Esta es una carta extra para ti, puesto que en realidad se supone que en la clase de Khang deberíamos estar investigando nuestro tema para una presentación de diapositivas de ASP: Anuncio de Servicio Público. El fascinante tipo de cosas que te toca hacer en Literatura Aplicada de tercero de prepa.

Pero, por si acaso te mueres de curiosidad, mi ASP trata de situaciones de emergencia explosiva. Desde que mi hermano Mark regresó, he estado leyendo mucho sobre los talibanes, Al Qaeda e ISIS en Afganistán. Él no habla de eso, pero hay mucha información en línea. Desde la retirada de Estados Unidos, los tres grupos se están metiendo en luchas internas y empujándose unos a otros para tener el poder. Aunque durante el despliegue militar de Mark creo que eran más que nada los talibanes.

Bueno, pues hay un paseador de perros que pasa con sus perros por la parada de mi camión en la mañana. Tiene un injerto de piel cosido en lugar del ojo que le falta y una cicatriz horizontal que va desde la nariz hasta el área de su oreja. También le falta la oreja. Es una herida de guerra, de seguro. Tiene más o menos la misma edad que mi hermano, pero no le he preguntado. Digo, ¿qué tal si se conocieron allá, pero se odiaban? ¿Qué tal si este tipo está molesto porque Mark no resultó tan herido como él? Con los veteranos nunca sabes.

Lo que me hizo pensar en este veterano que pasea perros después de leer tu carta es que hace que la gente comente. Ven que no está poniendo atención. Que está hablando solo o lo que sea. No digo que tú hagas eso, pero tiene esa aura de la que yo hablaba. Está en esa burbuja. Así que la gente habla de él, por diversión. Es evidente que se ríen de él. No sé. No es algo respetuoso, teniendo en cuenta su sacrificio, pero así es la gente.

Por lo que veo, la diferencia básica entre los terroristas suicidas y el personal militar de Estados Unidos es que los terroristas suicidas preferirían morirse y los soldados estadounidenses preferirían no hacerlo. Ahora que las tropas de Estados Unidos están básicamente retiradas, los talibanes se enfocan en blancos políticos y civiles. Puedes hacer una lista de estrategias talibanes con solo leer las noticias. Un ejemplo de una estrategia talibán es: haz que un carro bomba choque con un camión lleno de pasajeros. Esto acaba de pasar en Kabul.

Otra estrategia talibán: entra en una escuela primaria en Logar y dispara. Esa es la provincia donde Mark estaba destinado, por lo menos al principio. No sé adónde lo mandaron después del primer año.

Es medio irónico que haya estado leyendo sobre este asunto de la insurgencia porque, cuando éramos más chicos, Mark siempre apagaba las noticias. En la cocina, cambiaba el radio de nuestra mamá de su estación de noticias al Top 40. Adam, decía él, no seamos del tipo de gente que cree todo lo que se oye en las noticias.

Nada de esto llegará a mi tarea de ASP. Solo lo escribo porque dijiste que escribiera lo que estoy pensando. Digo, tienes razón. La gente me pregunta y me pregunta por el equipo de futbol, y cuál es mi problema y cuándo regreso. Mientras, en lo que pienso es en la estrategia talibán: rompe los faroles de cierta intersección. Cuando el desfile de carros de políticos se detenga ahí, manda a tres terroristas suicidas a echarse un clavado bajo los camiones de policía.

No digo que este sea el tipo de cosas en las que quiero estar pensando todo el tiempo. Solo resulta que están en mi cabeza. Me hace pensar que no vale tanto la pena estar tan preocupado por el futbol americano y la escuela y mi tío, etcétera.

Atentamente,
AK

P. D.: Creo que tu hermana y su amiga Bronwyn están en mi clase de Mate este año. El año pasado, Bron también estaba en Física conmigo. Digo, es difícil olvidarla cuando siempre les pregunta a los maestros sobre cosas como su «sesgo oculto» y sus «conjeturas tácitas».

Querido Kurl:

En lugar de escribir sobre mis «influencias primarias», como sugiere la señorita Khang, me gustaría tomar esta oportunidad para contestar la pregunta que me hiciste ayer a la hora del almuerzo. «¿Por qué no te sientas en la mesa de los gays?», dijiste y señalaste una mesa del otro lado del comedor, junto a la estación de separación de composta/reciclado, donde un tipo de segundo de prepa con *piercings* por todos lados se besaba con su novia gótica.

También estaban allí dos o tres tipos de primero de prepa, encorvados miserablemente sobre las pantallas de sus laptops. Era difícil adivinar si sabían o no que era la mesa de los gays. Shayna y Bron la llaman «la Mesa Gay» y su erradicación es una de las causas preferidas de Bron. Señala la existencia de la Mesa Gay como ejemplo de segregación social, formalización de la jerarquía y perpetuación de los desequilibrios del poder. Estoy seguro de que tu sugerencia de que me fuera a sentar a la Mesa Gay no tenía la intención de ser un insulto ni un agravio de ningún tipo, Kurl, incluso aunque por desgracia permanezca en mi cabeza ahora, en retrospectiva, como la primera y única frase hablada en voz alta que hemos intercambiado. Tenías un tono exasperado, de un modo que reconocí de muchas de mis conversaciones con Shayna sobre este mismo tema general. La impaciencia de un hermano mayor.

Antes de tu aparición en la cafetería, mis dificultades solo eran un resultado matemático. Había más Carniceros que asientos libres en mi mesa. Como es natural, estaba a medio trago de leche cuando recibí el clásico golpecito de cadera en el hombro por detrás. Fue Christopher Dowell el que hizo el primer contacto, y mi leche se derramó por toda mi camiseta *vintage* de popelina. «Muévete, mesero sin charola», me ordenó Liam VanSyke. «Esta es nuestra mesa».

Intenté hacer la Maniobra de la Pared de Piedra, llamada así por ese gran momento de los derechos de los gays en la historia estadounidense, aunque en realidad solo consiste en comportarse como si uno fuera una pared hecha de piedra. Me quedé mirando mi charola, quité la envoltura de mi burrito de atún, mordí dicho burrito y comencé a masticar.

«¿Estás sordo?». Maya Keeler tomó lo que quedaba de mi leche y la vertió sobre mi burrito.

Maya es esa rubia que solo es más alta que yo por dos centímetros o algo así. No puedo imaginar por qué, pero parece que podría estar involucrada románticamente con Dowell. De todos modos, al parecer Maya se ha convertido, en estas cuantas semanas de segundo de prepa, en la mente maestra de los Carniceros, la que está detrás de toda la operación. Es ella quien, por ejemplo, planeó el juego de futbol con la antología de poesía del que fuiste testigo hace dos semanas. Justo antes de que Dowell me tirara el libro de la mano, oí que la voz de Maya decía detrás de mí: «Ahí, fíjate. Justo ahí».

Pero regresemos a la escena que tenemos a la mano. La fase dos del plan de defensa de Jonathan Hopkirk: Buscar

Rescate. Eché un vistazo rápido y subrepticio a la cafetería buscando al monitor del comedor, pero, por supuesto, los Carniceros ya habían hecho lo mismo antes de abalanzarse sobre mí. Nadie quiere que lo castiguen, y mucho menos que le asignen la tarea obligatoria de escribir un ensayo *anti-bullying*. Ni yo valgo esa molestia.

Agitaron el envase para que las últimas gotas de leche cayeran en mi cabello. Sin duda, los otros tipos de mi mesa ahora se veían incómodos. Dos tipas de tercero de prepa cerraron sus mochilas y desalojaron, y con ello dejaron espacio más que suficiente para los Carniceros, pero ahora ya habíamos superado la mera logística y estábamos entrando en el procedimiento de la cosa.

Dowell se agachó y, con sus dedos, me picó las costillas tan fuerte que me retorcí, inclinándome hacia un lado, y casi me caigo de la silla. «Pon atención, marica», dijo.

Perdona el lugar común, pero en ese momento juro que lancé un suspiro interior de alivio. La fase tres —Esperar que se cuelguen ellos mismos con su propia cuerda— era un éxito victorioso. Lo creas o no, *marica* es una palabra que no escucho tan seguido. Esa palabra ha llegado a estar tan asociada con la homofobia y las palizas a los gays que su habilidad para generar desaprobación pública es casi mágica.

Dowell se había pasado. Los otros Carniceros se inclinaron y se alejaron apenas lo necesario para dejar un mínimo espacio entre ellos y Dowell y yo, y con ello nos aislaban mientras miraban a su alrededor buscando reacciones. Un par de tipos que estaban cerca voltearon a ver.

«Órale, toallita de culos, levántate», intervino Liam, pero yo podía oírlo en su voz: estaba apenado, casi disculpándose. «Necesitamos tu lugar».

Te juro, Kurl, que continuar sentado ahí con mi burrito mojado no era solo terquedad. Estaba preocupado por un enorme despliegue de pensamientos generadores de ansiedad: que todos estaban mirando, que se me había olvidado poner la alarma en la mañana y que había tenido que salir corriendo sin desayunar, y que había gastado todo mi dinero en este burrito de atún que ahora era una desgracia aguada, así que estaría tembloroso y estúpido debido al bajo nivel de azúcar en la sangre durante todas mis clases de la tarde.

De todos modos, al final volteé y mi mirada se encontró con la de Dowell, quien se estiró, me tomó por el cuello de la camisa, me jaló hasta que me paré de la silla, cerró su puño y… Bueno, ya sabes el resto, Kurl, porque ese fue el momento preciso en que interviniste.

Mi *deus ex machina*. Es como si hubieras aparecido de la nada. Llegaste hasta donde estábamos Dowell y yo, y él soltó mi cuello de inmediato. Tu cara era por completo inexpresiva. Ya había notado eso de ti, al verte atravesar los pasillos o sentarte en los escalones que hay detrás del gimnasio: tienes una manera perfecta de mantener tu cara quieta y serena sin importar qué esté ocurriendo a tu alrededor.

El jueves pasado, por ejemplo, vi a dos chicas de primero abordarte en el estacionamiento. Habían estado secreteando de ti y riendo. Pude verlo desde la mitad de la explanada, así que estoy seguro de que tú lo viste desde donde estabas parado, junto a la portezuela del conductor de tu auto.

Tenías un moretón nuevo sobre tu pómulo por alguna pelea. Por supuesto, he oído los rumores de tu hábito de pelear. La gente dice que te sacaron a patadas del equipo de futbol por tus peleas. Incluso oí que alguien afirmaba que golpeaste al entrenador.

De cualquier manera, cuando las niñas al fin juntaron el valor para acercarse a ti y empezaron a hablar contigo, yo no estaba seguro de si les devolverías la sonrisa y también les tirarías la onda o si las alejarías con un gruñido. Pero elegiste la opción C, Kurl: Neutralidad Perfecta. Levantaste tu barbilla a manera de saludo cortés, pusiste una mano en tu mejilla y la dejaste caer otra vez —adiviné la frase con la que te abordaron; de seguro te preguntaron por el moretón—, pero tu expresión permaneció imperturbable y te diste la vuelta hacia tu auto tan pronto que las chicas prácticamente se desinflaron y se fueron cabizbajas.

Más o menos, esta es también la forma en que se desarrollaron los eventos en la cafetería, ¿o no? No mostraste un puño, no dijiste: «Lárguense de aquí, vándalos», o lo que sea que diría normalmente una persona para dispersar a un grupo de Carniceros; ni siquiera los miraste feo. No necesitaste hacerlo. Ese moretón que ya está desapareciendo de tu cara te hace ver amenazante. Dice: «Me pelearé con quien sea, por cualquier razón».

Bajaste la mirada para ver a Dowell durante menos de tres segundos antes de que él cediera. Apenas hizo una pausa para agarrar su bolsa de papas fritas y su botella de Dr. Pepper de la mesa antes de escabullirse con la cola entre las patas. Para cuando tuve el ritmo cardiaco otra vez bajo control, todos habían desaparecido, y me derrumbé en mi silla en la, para entonces, mesa vacía.

Recogiste mi charola inundada de leche y me miraste fijamente. Durante un milisegundo, vi en tu cara un minúsculo chispazo de algo que te preocupaba; no sé, he pensado en ello bastante y no puedo deducir qué sería. Tal vez estabas considerando hacerme tragar a la fuerza la charola. Dijiste:

«¿Por qué no estás sentado en la mesa de los gays?». Y entonces te diste la vuelta y te fuiste, airado.

¿Mi respuesta? Estoy totalmente de acuerdo con Bron en esto, Kurl. La Mesa Gay es Discriminación 1. Designar un área específica de un supuesto espacio común para un grupo minoritario, aunque no sea de manera oficial, implica que el resto del espacio está prohibido para ese grupo. Pero, con el objetivo de ser franco, ya sé lo que querías decir. Quisiste decir: «¿Por qué te pones en el camino de estos monstruos? Y si te encontraste en su camino de manera accidental, ¿por qué te quedaste ahí?». ¿Respuesta? Elige una de las siguientes: a) Estupidez. b) Terquedad. c) Fatalismo. d) Masoquismo. e) Todas las anteriores.

Cordialmente,
Jonathan Hopkirk

Miércoles, 30 de septiembre

Querido pequeño JO:

Eres una especie de escuincle chismoso, ¿no? Observar mi cara en el estacionamiento, etcétera. ¿Qué tal si dejas de acosarme y espiarme en la escuela? Y creo que fui bastante claro cuando dije que no más poemas. ¿De veras crees que eres el tipo del que Walt está hablando? ¿Crees que ya resolviste «el desdén y la tranquilidad de los mártires», como él dice? ¿Crees que lograr que te empujen una bola de jodidos ojetes minúsculos en la cafe te hace «comprender los grandes corazones de los héroes»?

O sea, ¿qué sucede? Incluso el hecho de que los llames «los Carniceros» convierte todo el asunto en algo más poético y romántico de lo que es en realidad. De todas formas, ¿cómo se te ocurrió ese nombre para ellos? Ni siquiera tiene sentido, dado el hecho de que la mitad son niñas. Tu problema, Jo, es que te engañas gran parte del tiempo.

Mi hermano Mark empezó a trabajar en la reserva militar cuando yo tenía doce años. Creo que en ese momento él tendría diecisiete. Unos meses después, en algún momento me contó sobre este recluta del Campo Ripley al que cacharon chupándosela a un repartidor de UPS. Antes de su audiencia, el tipo se metió un tiro con su fusil de asalto. Recuerdo que Mark dijo: Por lo menos hizo lo que era honorable. En ese momento me hizo pensar en los caballeros antiguos, los samuráis o algo. Lo que era honorable. Digo, si lo piensas de esta manera, creo que tus problemas en Lincoln no son tan graves, Jo.

Atentamente,
AK

Querido pequeño JO:

Me sentí muy mal por la carta anterior, así que te escribo otra en mi hora libre. O sea, no importa si ponemos cartas adicionales en el buzón de Khang. No es como si ella fuera a bajarnos puntos por hacerlo.

En Mate me siento bastante cerca de Bron. Empezamos a hablar y en cierto momento le conté del proyecto de Khang y que te estoy escribiendo. Pensó que era algo para morirse de la risa. Dijo: Apuesto a que te manda más de una página a la semana. Y apuesto a que también te hace escribir más de una página a la semana.

Le respondí que parecía conocerte bastante bien para ser el hermanito de su amiga. Me explicó que ella y Shayna te dejan acompañarlas a todos lados porque no tienes amigos de tu edad. O sea, yo ya sabía que no tienes amigos porque te veo solo en la escuela todo el tiempo. Pero creo que Bron habla con franqueza, ¿o no? Dice cosas que no suenan duras en el momento, pero se ven duras cuando las escribes. Como estoy seguro de que ya lo habrás notado, yo también estoy solo la mayor parte del tiempo en la escuela. En realidad, estoy solo en todos lados.

No sé por qué le dije a Bron de nuestras cartas. Creo que estaba buscando una segunda opinión sobre ti y la manera en que te haces notar tanto. Y lo haces a propósito, según parece. Al ponerte todos esos disfraces, etcétera. Es como si atrajeras el fuego enemigo, así lo creo. Que atraes el fuego enemigo.

Escribirlo me hace pensar en algo que leí para la tarea de ASP. En una explosión lo natural sería aguantar la respiración. Pero no lo hagas. La onda del estallido presurizará excesivamente el aire y ponchará tus pulmones como si fueran globos. La mayoría de las víctimas de explosiones mueren por un derrame en los pulmones, no por la metralla.

Bueno, pues le pregunté a Bron por qué usas esa ropa. Hoy eran esa camiseta con las flores rojas pequeñas y el saco verdoso-parduzco. De *tweed* o algo así. Como si estuvieras a punto de ir de cacería en Gales o algún otro lugar así. O esa corbata de moño del otro día, con el estampado amarillo y azul en espirales. Digo, veo esos atuendos y casi me pongo a sudar pensando en tu seguridad. Eres un objetivo ambulante.

Y ella me dijo: ¿Aún no te ha mencionado a su ídolo, Walt Whitman?

Tuve que reír. Sí, Walt y yo ya tenemos una relación amistosa, respondí.

Bron dijo: Es *cosplay*.

Le pregunté qué es eso y me explicó que eres un chico obseso y porrista de Whitman, por lo que te vistes como él. Las palabras exactas de Bron: «Chico obseso y porrista».

¿Eso existe?, le pregunté. Digo, ¿hay un club o algo así?

No, solo es Jonathan, dijo ella.

¿Recuerdas a ese paseador de perros del que te hablé? Últimamente le he estado poniendo un poco más de atención. Esta mañana los perros como que lo estaban jalando por la banqueta y él dijo: «Están oliendo la muerte del mundo natural». Esas fueron sus palabras exactas. Casi sonó a poesía, a algo de esa poesía que me has estado mandando. O tal vez dijo «percibiendo» en realidad, y no «oliendo». Percibiendo la muerte del mundo natural.

Así que parece que lo que se supone que debes hacer en una explosión es reducir tu perfil lateral. Significa acostarte de lado y poner un brazo sobre tu ojo expuesto.

Creo que el paseador de perros no tuvo tiempo para seguir estas instrucciones. Cuando hablo con él, tiene que voltear la cabeza por completo hasta el otro lado para poder verme con su único ojo y escucharme con su único oído.

Atentamente,
AK

Jueves, 1º de octubre

Querido Kurl:

Esta es una carta adicional, ya que no tengo Literatura otra vez sino hasta el lunes. Espero que no te importe recibir dos cartas esta semana. Solo será una nota breve, en realidad: Lyle me va a recoger para ir a una cita con el dentista a las 3:30 p. m., así que me metí enseguida al salón de la señorita Khang después de la escuela.

Quiero explicar por qué parecía que estaba llorando hoy a la hora del almuerzo, en el estacionamiento para bicicletas, cuando te acercaste a Bron, Shayna y a mí. El momento era un poco raro en general, ¿no crees?

Técnicamente no te acercaste a nosotros; es más exacto decir que solo pasabas junto a nosotros en tu camino a la parada del autobús. Supongo que debe haber sido una sorpresa voltear y descubrirme con lágrimas rodando por la cara y a dos niñas riéndose de mí con descaro.

«¿Qué pasó?», preguntaste. «¿Qué le pasó?».

«¡Oye!», dijo Bron. «¿Qué te pasó a *ti*?». ¡Ese ojo morado, Kurl! Estoy seguro de que a los tres nos impresionó cómo te veías, pero, como es natural, fue Bron la que no dudó en investigar.

«Nada. Una pelea», replicaste, y te alejaste para cruzar al otro lado de la entrada de vehículos antes de que alguno de nosotros pudiera decir nada más. Más tarde, te busqué para ofrecerte una disculpa por nuestra intromisión y para ver si estabas bien, pero no regresaste a la escuela después del almuerzo.

En fin. Quiero que sepas que, si lo deseas, puedes contarme sobre esas peleas (no puedo evitar observar su frecuencia: aquel moretón en tu pómulo, hoy el ojo morado), pero, por respeto al espíritu de nuestro acuerdo de «escribir sobre lo que sea que quieras», no voy a insistir.

No obstante, mientras, quisiera explicar el fenómeno de mis lágrimas. Mi hermana nos acababa de mostrar una postal vieja que encontró en la casa, en uno de los libros de Lyle: su *Enciclopedia de nombres de bandas*. En la postal se veía un bar de mala muerte llamado el As. ¿Conoces ese lugar, que está arriba del Skyline Diner, con el sórdido signo de la flecha de neón en diagonal que apunta hacia arriba de las escaleras? Bueno, Shayna pensó que la letra de atrás podría ser de Raphael, nuestra madre. Son dos frases cortas: «De todas formas, debo de haber impresionado a Axel. Dijo que la tocada era mía si la quería». Sin dirección y sin saludos.

Bron dijo que pensaba que debía de ser una postal irónica, impresa como un chiste por alguien del bar, porque no había manera de que el As fuera un destino turístico confiable en aquel entonces.

Shayna dijo que Bron no había entendido nada. «Debe de haber sido una tocada como solista, ¿verdad? No una cosa de Decent Fellows», dedujo. «Mamá debía de tener algo por su cuenta».

Tenía muchísimas ganas de inspeccionar la postal con más detenimiento, pero Shayna me la arrancó de las manos y la metió en el bolsillo interno de su chamarra de mezclilla. El hecho de que me la arrancara y la metiera en su bolsillo es lo que debe haber provocado las lágrimas que rodaban por mi rostro cuando de repente pasaste junto a nosotros. El hecho de que esa valiosa reliquia del pasado fuera manipulada con tanta rudeza. Como ya debo haber mencionado, no hay fotografías de mi madre, Raphael Vogel, en la casa Hopkirk, por lo que cualquier evidencia de su existencia en la Tierra adquiere un significado emocional adicional.

La verdad, Kurl, es que tiendo a llorar con bastante facilidad. Es un reflejo físico que parece que no puedo controlar, y no solo lloro como reacción a la tristeza, sino casi ante cualquier experiencia emocional, incluyendo las atípicas como la sorpresa o la vergüenza. En realidad, *llorar* es una palabra demasiado fuerte para eso. Es más como un derrame involuntario de unas pocas lágrimas, algo que noto con dificultad y que puedo intentar ocultar con un movimiento subrepticio de las puntas de mis dedos. Pero, como es lógico, es algo que tiende a echar más gasolina al fuego cuando se trata de escenarios de *bullying* y burla pública.

Cordialmente,
Jonathan Hopkirk

P. D.: Estos últimos días me he encontrado a mí mismo preguntándome cómo fue herido tu hermano en Afganistán. No sientas que tienes que revelarlo si no lo deseas.

Viernes, 2 de octubre

Querido pequeño JO:

Muy bien. Aquí va una nota rápida en respuesta. No es un secreto ni nada por el estilo. El hueso de la cadera de Mark se hizo añicos al golpearse con una roca cuando él fue lanzado desde la parte trasera de un camión. Había estado allá poco más de dieciocho meses. Al parecer, estaba parado en la plataforma de carga del camión con todos los demás, llegaron a una esquina y había una cabra en la carretera. Así que el conductor, por supuesto, pisó el freno a fondo y dio un volantazo.

Mi hermano fue el único que salió volando. Su rifle se resbaló por un terraplén y lo perdió. También se rompió la muñeca. La mala suerte fue que el hospital de Faluya estaba tan desabastecido que tuvo que esperar mil años a que le hicieran una cirugía. Demasiado tiempo. Luego un ataque insurgente en la base hizo que todo el hospital se llenara, por lo que al final lo enviaron a Alemania para la cirugía. Una espera tan larga, al parecer, hizo que el daño fuera peor.

Atentamente,
AK

Sábado, 3 de octubre +
Domingo, 4 de octubre

Querido Kurl:

¿Alguna vez has ido a Basement Records? Shayna y yo prácticamente crecimos ahí. De niños vagábamos por la tienda los sábados en la tarde mientras esperábamos a que Lyle terminara de dar sus clases en la escuela de música que estaba arriba.

Hoy Bron y Shayna fueron allá conmigo porque Bron comenzó en su blog un proyecto al que llama «Notas de vida». Busca un fan de algún disco en particular, lo entrevista y le pregunta sobre el papel que ha tenido el disco en su vida, y luego convierte la entrevista en una minibiografía canción por canción (por supuesto, acompañada de una lista de reproducción). Estoy encantado con la idea de que uno pueda concebir un proyecto como este, salir sin más y ejecutarlo. A mí me detendría por completo decidir cuál sería el primer disco. Me paralizarían las implicaciones que tendría cada elección: en qué tono haría el blog, a qué tipo de lectores atraería el título x versus el título y, cuál sería la paleta de colores del diseño de la cubierta del álbum y si desentonaría con la plantilla del blog que estoy usando. Exagero para lograr el efecto que quiero, Kurl, pero solo un poco.

En fin. Los tres nos dispersamos en la tienda viendo álbumes en diferentes categorías. Bron ya había encontrado *Tell Mama*, de Etta James, para el post que estaba escribiendo sobre su tía materna, Constance Otulah, por lo que estaba ahora en la *p* de Prince, en una subsección de R&B. Shayna estaba en la sección de metal, y ella y Bron platicaban de un pasillo a otro recordando una fiesta a la que fueron en la primavera pasada y en la que todos se reunieron de manera espontánea y se pusieron a bailar la canción «You shook me all night long». Yo estaba absorto en las notas del interior de uno de los primeros discos de Flatt & Scruggs y solo las escuchaba a medias, con disimulo.

Llevaban como dos minutos hablando cuando de pronto puse atención: «¡Sonaba como una especie de animal salvaje en una trampa!», decía Bron. «Juro por Dios que los vellos de mis brazos se erizaron».

«¿Hablas de Kurl?», pregunté. «¿Estás hablando de Kurl?».

Shayna puso los ojos en blanco; le dije de nuestro proyecto de Literatura. «Ahora que recibe cartas suyas, Jojo es una especie de antropólogo de Adam Kurlansky».

«Lo sé», dijo Bron. «Tú sabes que ese tipo te aplastaría como a un mosquito si alguna vez intentaras hablar con él en la vida real, ¿verdad?».

«Pero ¿qué pasó en la fiesta?», pregunté.

Entonces Bron contó que los miembros del equipo de futbol americano habían doblado un gancho de alambre para formar la letra *w* de Wolverines y, tras calentarla en la estufa, les marcaron la piel a todos. Cuando llegaron a ti, Kurl, te sentaste en la silla de la cocina como todos lo habían hecho antes de ti. Los otros se habían quitado sus camisetas o sus jeans para que les dejaran la marca en algún lugar oculto, pero tú replicaste que la querías justo en tus bíceps. Cuando acercaban el alambre caliente a tu brazo, lo quitabas enseguida y, según Bron, al intentar sujetarte para marcarte, «de pronto te habías convertido en una explosión nuclear».

Al principio todos pensaron que era chistoso, te abuchearon y se abalanzaron sobre ti para mantenerte acostado en el suelo de la cocina. «El tipo más fuerte del equipo, asustado por un dolor leve», «Kurl habla mucho, pero no puede soportarlo», ese tipo de cosas. Pero Bron dijo que de verdad te pusiste como loco. En este punto, Shayna metió la cuchara y dijo que le rompiste la nariz al *quarterback*. Que dejaste abollada la puerta de acero inoxidable de la lavadora de trastes. Que quemaste la cara de alguien al rechazar el gancho caliente con un movimiento brusco del brazo. Por un rato se volvió una pelea real y, para cuando te liberaste, ya estabas bastante golpeado y algunos de los Wolvies estaban bastante desconcertados. Después desapareciste de la fiesta.

«Ya sabes, por eso lo expulsaron del equipo», afirmó Shayna.

«No lo expulsaron», repliqué. Me molesta que la gente de la escuela parece aceptar esta versión de la historia de forma tan incondicional. «Renunció. Bron, tú escribiste el artículo. Dijiste que renunció».

«Bueno, nunca fue del todo claro. El entrenador no dijo nada cuando le pregunté y, de hecho, no le han estado rogando que regrese».

Shayna negó con la cabeza y agitó un disco de AC/DC para que lo viéramos. «Esa fiesta fue el principio del final», opinó. «Negarse a que lo herraran lo convirtió en alguien ajeno. Nunca podría ganarse la confianza del equipo otra vez».

«La verdad, no creo que haya sido así», insistí.

«Yo solo te digo lo que me dijo Rachel», contestó Shayna. «Dijo que las cosas cambiaron después de esa noche».

«¿Quieres decir entre Kurl y Teresa?», preguntó Bron. «¿Rachel te contó que terminaron por lo que pasó en esa fiesta?».

«Espera, ¿quién es Rachel?», intervine.

«Bueno, Rachel cree que sabe todo. Las calificaciones de Teresa estaban bajando, eso es todo. A sus papás les preocupa que no la acepten en Princeton».

«¿Quién es esta gente?», pregunté. «¿Estamos hablando todavía de Kurl?».

«Rachel es la prima de Teresa», dijo mi hermana. «¿La ubicas? Teresa Lau, la novia de Kurl del año pasado».

No, no sabía. No sabía que tenías novia, Kurl, o que habías tenido una novia en algún momento. Estoy marginado del saber popular de la prepa Lincoln, como siempre.

«Terminaron», puntualizó Bron, pero yo ya lo había deducido.

«Era una arrogante», dijo Shayna.

«¿Porque quería ir a la universidad?», preguntó Bron. En esta época, la universidad es el tema de una leve disputa entre Bron y Shayna. Bron ya está estudiando para su examen de admisión, y a Shayna este comportamiento le parece inaceptablemente nerd. Cada vez que puede, le suelta pequeños comentarios sobre que es «tan pretenciosa» y «tan exagerada», y que «está haciendo un esfuerzo demasiado grande».

«¿Y Kurl...?». No estaba seguro de qué quería preguntarles. «¿A Kurl eso le molestaba?».

Bron se encogió de hombros. «Ahora Teresa está en Princeton, Jojo. En realidad, no era su tipo».

«Era una snob», repitió Shayna, que cachó mi mirada y me hizo unas muecas obvias en dirección a Bron. Dado el drástico desplome en las calificaciones de Shayna el año pasado, lo más probable es que ella tampoco vaya a Princeton el próximo año.

Cordialmente,
Jonathan Hopkirk

P. D.: Es la tarde del domingo. Escribí esta carta por partes durante todo el fin de semana. Al releerla ahora, veo que el tono ha cambiado y también el ritmo: se nota mucho menos apresurada y atropellada que cuando uno no intenta decir todo en cuarenta y cinco o cincuenta minutos, ¿no crees? Aquí en casa tengo el tiempo para sentarme en mi escritorio con una taza de chocolate caliente o un plato de cereal, mirar nuestra calle y armar los detalles del día de una manera que tenga sentido. Es más fácil escribir lo que pienso si tengo tiempo para pensar.

Sábado, 3 de octubre

Querido pequeño JO:

Creo que técnicamente es tu turno de escribir. Pero tengo más ganas de escribir una carta que de empezar mi reporte de Ecología sobre los anfibios. Además, podemos intercambiar el turno de vez en cuando. Khang no se ve demasiado exigente sobre cuántas cartas escriba, ahora que es obvio que estoy involucrado en el proyecto.

Hicimos un tejado hoy en Bloomington. Todo el día hubo docenas de buitres en el cielo. Después le pregunté a Sylvan qué pensaba que ocurría, y me dijo que tal vez era un venado.

Escogí anfibios para el reporte de Ecología porque una vez en el bosque encontré un animal que no podía creer que fuera real. Una lagartija minúscula, tan roja como un camión de bomberos. Yo tenía unos nueve o diez años. Se deslizó por mi palma, se abrió camino por debajo de las hojas y desapareció. Es la cosa viva más veloz que jamás haya tenido en la mano. Recuerdo haber buscado información después y no era en realidad una lagartija, sino una salamandra. Un tritón del este. La bibliotecaria me dijo que el tritón del este no vive en Minesota. Me mostró un mapa en la parte de atrás del libro donde se señalaba la localización de su hábitat. Debe haber bajado de Canadá, dijo, rodeando todo el norte del lago Superior.

Resulta que básicamente esta salamandra nunca sale del agua. Va directo de un estado larvario al de un adulto acuático que es de un verde amarillento con pecas y tiene una cola plana. Pero algunas veces, por razones desconocidas, se desvía. Le crecen pulmones. Se vuelve roja. Se va al bosque y pasa de uno a tres años como salamadra antes de regresar a su estanque o río y transformarse otra vez en una criatura acuática. Los tritones del este son más atrevidos que otros parientes suyos. Pasan tiempo sobre la tierra y se juntan en grupos. Ni siquiera les importa el sol. Es probable que les ayude el hecho de que la piel roja sea tóxica para los depredadores.

No sé por qué te doy todos estos detalles. Casi no hay probabilidades de que veas un tritón del este en esta parte del país. Pero creo que si alguna vez lo ves, así sabrás lo extraordinario y maravilloso que es.

Atentamente,
AK

Querido pequeño Jo:

Antes quise escribir que, si alguna vez tienes la oportunidad, deberías ver volar un buitre. Desde el suelo no se distinguen su cara fea ni su cabeza calva. No te importa su asquerosa dieta. Se eleva con el viento y se inclina al pasar a través de las nubes. Quiero decir, se aleja bastante y eso es magnífico.

Estoy consciente de que regreso a asuntos que no tienen nada que ver con nada. En mi cabeza, estas cartas que estoy escribiendo se empiezan a sentir como una carta larga e interminable. Debería contarle a Jo sobre la vez que vi el tritón del este, pienso, u olvidé contarle a Jo que estos pájaros de verdad se ven magníficos en el cielo.

Y después leo una de tus cartas y pienso: la gente no tiene idea de cómo soy. O sea, como que la distancia entre lo que la gente ve y lo que en realidad hay dentro de mi cabeza me impacta cuando leo tus cartas. Yo creo que todos tienen esta brecha. Es solo que no la enfrentan casi nunca. Es impresionante oír que la gente todavía habla de cosas que pasaron el año pasado.

Esa fiesta. Mi rompimiento con Teresa. Digo, ni siquiera fue un rompimiento. No en la forma en que se oye hablar sobre eso, cuando hay una discusión y alguien o ambos quedan después con el corazón roto y van por todos lados diciendo cosas del otro a sus amigos. Puede que Bron tuviera razón. Los padres de Teresa se tomaban muy en serio sus calificaciones. Tal vez no les gustaba que yo estuviera reprobando mis clases.

Aunque eso no es lo que Teresa me dijo. Me explicó que era porque no le gustaba que yo me peleara. Dijo que su mamá pensaba que yo necesitaba terapia y, a menos que fuera a hablar con este psicoterapeuta que su mamá conocía por su trabajo, Teresa ya no tenía permiso de salir conmigo. Durante un tiempo me sentí mal por eso. Tal vez no te acuerdes de Teresa, pero era una persona tranquila, dócil. Se veía súper de azul. Quiero decir que ella sabía que se veía muy bien de azul, así que cuando quería vestirse elegante no se maquillaba ni le hacía nada especial a su cabello. Solo se ponía algo azul. Así era ella. Discreta, si la comparas con otras chicas.

Todo pasó porque una vez después de la escuela estábamos viendo televisión en su casa, y su papá llegó temprano del trabajo y preguntó qué me había pasado en la cara. Yo no habría ido a su casa ese día con mi cara apaleada si hubiera pensado que su papá regresaría a su casa temprano del trabajo y me vería.

Atentamente,
AK

58

Querido Kurl:

Creo que te debo una disculpa. Mientras leía tu última carta, me descubrí avergonzándome cada vez más por relatar esa chismosa conversación sobre ti que tuvimos en Basement Records. Debe de haber sido extremadamente inquietante para ti leer que estas experiencias personales tuyas siguen en el archivo de chismes después de tantos meses. Debe de haber sido doloroso leerlo. Para tu enorme crédito, no expresaste ningún enojo sobre eso, solo una leve sorpresa. Mi carta también debe de haber hecho que Bron, Shayna y yo nos veamos como gente superficial e incluso vengativa, algo que no somos, o por lo menos yo quisiera creer que no lo somos.

Me pregunté por qué te expuse la conversación de esa manera, esforzándome tanto para recordar las palabras exactas de Bron y Shayna, y con tan poca consideración por cómo te podrías sentir al leer esas palabras. La verdad es, Kurl, que siento mucha curiosidad por ti, pero soy demasiado cobarde para hacerte preguntas directas sobre ti. Mi motivación para relatar ese festín de chismes de la tienda de discos fue cien por ciento egoísta: quería saber cuál versión de la historia contarías si yo te provocaba para contarla. Y confieso que me satisfizo leer lo que escribiste sobre Teresa, tu perspectiva sobre ella y las razones de tu ruptura. Pero ¡qué manera más indirecta y deshonesta de buscar la información! En el futuro, Kurl, si algo despierta mi curiosidad, juro solemnemente que te preguntaré, en lugar de intentar engañarte para que escribas sobre ello.

Y, sin cambiar de tema, me mencionaste que regresabas «a asuntos que no tienen nada que ver con nada». No me molesta. Al contrario: quiero más, por favor.

Anoche busqué la salamandra; no la científica, sino la mítica. ¿Sabías que también la llaman la salamandra de fuego? En alguna época se creía que el fuego no le hacía daño. Al parecer, las salamandras de fuego fueron vistas caminando por entre las llamas después de Pompeya, después de Hiroshima. Algunas veces brillaban con tal intensidad que dejaban ciega a la gente. No estoy seguro de por qué, Kurl, pero leer estos datos maravillosos acerca de tu criatura me pusieron de pronto tan feliz que reí a carcajadas. Puedes preguntarle a Shayna. La puerta de mi cuarto estaba entreabierta y mi hermana me oyó reír y me preguntó qué era tan chistoso. No le dije, porque de alguna manera me parecía un secreto (como si yo hubiera descubierto alguna clase de conocimiento secreto, arcano) y esto me puso todavía más feliz.

Cordialmente,
Jonathan Hopkirk

P. D.: No sé si te fijas en estas cosas, pero hay un concurso de talento en la escuela llamado Ídolo Lincoln y la cinta de audición de Shayna fue elegida para la competencia en vivo. De alguna manera me convenció de ser su banda de apoyo. Incluso tomando en cuenta el favoritismo familiar, mi opinión es que Shayna Hopkirk tiene un gran talento. Nada le gustaría más que dejar la escuela y unirse a los Decent Fellows; y un tema que causa cada vez más fricción entre Lyle y ella es que no la deja cantar con la banda desde hace dos años, aunque, cuando era más joven, con bastante frecuencia la subían al escenario para hacer unos cortos y adorables duetos y solos.

En fin. El show es mañana a las seis de la tarde, por si quieres sentarte en la última fila con cara de piedra y no aplaudirnos, Kurl. Creo que tienes Literatura en la mañana, así que me aseguraré de poner esta carta en el buzón a primera hora. Has estado yendo al salón de la señorita Khang para revisar el correo incluso cuando no tienes clase de Literatura, ¿verdad? Yo también. Cuando escribimos cartas así, fuera de horario, nunca puedo estar seguro de si aparecerá alguna. Me da algo que anhelar en la escuela, aparte de que los Carniceros me lancen de un lado a otro.

Jueves, 8 de octubre

Querido pequeño Jo:

Tuve que ayudar con un tejado ayer después de la escuela. La lluvia que ha caído las últimas dos semanas nos ha hecho retrasarnos. Para cuando terminamos casi eran las siete, por lo que imaginé que quizá ya me habría perdido lo del talento en la escuela.

Pero a Sylvan se le metió en la cabeza que tenía que asistir a este evento extracurricular en específico. Traté de decirle: «No importa, no es tan grave», pero me empezó a explicar que está preocupado por mí desde que se acabó el futbol americano.

Estás todo tenso, como atrapado en tu propio pellejo, dijo.

¿Qué se supone que significa eso?, dije yo.

Eres como un perro enjaulado, me respondió, que se muerde su propia piel y se golpea la cabeza contra los barrotes.

Bueno, bueno, voy, dije solo para que dejara de compararme con un perro.

Así que creo que hice justo lo que predijiste, Jo. Me colé a la última fila del auditorio. Me senté junto a un hombre con el cabello canoso y greñudo y una camisa negra vaquera. Uno de muchos papás en la multitud, ¿verdad? Podía ser cualquiera.

Un par de minutos más tarde, después de que un grupo de raperos termina su presentación, comienza el intermedio y el tipo que está junto a mí me ofrece su mano y dice: Hola, soy Lyle.

Por supuesto que es Lyle. Cuando las luces se encienden, el tipo se ve igual a ti, Jo. La camisa vaquera está desabotonada y debajo lleva una camiseta que dice: «¿Tienes hierba?», con la palabra *hierba* en letras azules. No entendería ese pequeño chiste interno de ninguna manera si no me hubieras mencionado en una de tus cartas que la música que tu padre toca es *bluegrass* (o sea, «hierba azul» en español, ¿entiendes?).

Me ofrece su mano, pero mis manos están todavía sucias por el trabajo. Uñas negras y sangre seca en mis nudillos. Medio le enseño a Lyle mis manos para disculparme por no darle la mano y, por supuesto, me pregunta en qué he estado trabajando. Entonces le hablo sobre Tejados Kurlansky y, antes de que me dé cuenta, ya está anotando el número porque al parecer tu tejado necesita mantenimiento desde hace como una década.

Del otro lado de tu papá está este tipo, Cody, y Lyle me dice que toca el bajo en su banda. Cody me cuenta que, cuando era adolescente, también trabajaba para una compañía que arreglaba tejados. Me muestra sus bíceps y dice: Agradecerás este trabajo más tarde en la vida.

Ya sabes, como cuando estás entre el público y hablas con el extraño que está a tu lado y entonces durante el resto del show es como si estuvieran viéndolo juntos. Digo, no es como si le dijeras algo más a la persona o incluso le dirigieras una mirada o ella a ti. Pero de alguna manera se siente como si estuvieras compartiendo tus reacciones con el otro. Eso es más o menos lo que pasó entre tu papá y yo. Algunos de los tipos de nuestra escuela son realmente malos. No es ni siquiera que les falte talento, lo que les falta es juicio. Tratar de bailar tap con una canción de Beyoncé nunca será una buena idea, sin importar quién lo haga. Y esa cosa con el yoga y el canto tirolés. Esa fue una de las veces en que Lyle y yo como que nos volteamos para mirarnos de reojo. Hizo una maniobra muy elaborada en la que tosió hacia su puño para disimular su risa. Tal vez también pudiste escucharlo desde las bambalinas, Jo.

La voz de Shayna no es para nada como la imaginé. Creo que esperaba un sonido ligero de música popular. Ya sabes, esas canciones con un coro cursi y una letra con demasiadas palabras comprimidas. En lugar de eso, suena como una fumadora compulsiva de sesenta años de edad. Y lo digo en el buen sentido.

Al verlos a los dos en el escenario, Lyle no puede evitarlo. Se agacha y dice: Esos de allá son mis hijos. Sonriendo como maniaco con orgullo paterno.

Shayna es buena cantante, pero debo decir que quien de verdad me impresionó fuiste tú. Quiero decir que nunca dijiste nada de tocar la mandolina. Bueno, sí, tuve que preguntarle a Lyle qué era esa cosa. Nunca había visto una.

Dijiste que serías la banda de apoyo de Shayna, pero no que ibas a cantar. Y tampoco dijiste que eras tan bueno haciéndolo. Tu voz es lo opuesto a la de Shayna. Más aguda que la suya, para empezar. Me hizo darme cuenta de que nunca te he escuchado ni siquiera hablar. Es raro saber tanto de cómo piensa una persona sin haber escuchado su voz. Cuando cantaste, era un sonido agudo y puro. No sé.

Sentí como que te reconocía y no te reconocía al mismo tiempo.

Luego los jueces hicieron lo suyo. Uno de ellos comparó tu sonido con el de Donny y Marie Osmond, y Lyle dijo: No puede ser. Se reía pero en realidad se veía como irritado.

Cody dijo: Ella debería estar en la banda, amigo.

No le digas eso, dijo Lyle, o la voy a tener encima de mí veinticuatro horas al día, siete días de la semana.

Suena exactamente como Rapha, dijo Cody. Podía haber sido Rapha cantando.

Lyle no respondió y Cody agachó la cabeza y le dio una breve palmada en el hombro como para decir que lo sentía. Supongo que Rapha debe ser Raphael, o sea, tu mamá, ¿no?

Le pregunté si Shayna y tú tomaban clases de canto, etcétera. Lyle dijo que nunca fue realmente necesario. Se notaba que estaba tratando de no presumir, de no hablar demasiado de ti, pero no podía evitarlo. Mientras tocaban los siguientes muchachos, se acercó a mí y me dijo que tú, Jo, dejaste de hablar durante casi un año cuando apenas entrabas a la escuela. Te hicieron pruebas y toda la cosa, me explicó Lyle, pero después descubrió que te entusiasmaba cantar, y era como si de alguna manera no te dieras cuenta de que la letra de las canciones estaba hecha de palabras. Así que Lyle cantaba contigo todo el tiempo. No solo canciones reales, sino cosas inventadas, canciones de ¿Cómo estuvo tu día? ¿Qué haremos para cenar?, para que pudieras comunicarte con él de esa forma. Según parece, incluso Shayna se sumó a la acción. El año en que nuestra vida se convirtió en un musical, así lo llamó Lyle.

Creo que me dormí durante algunos de los siguientes actos. Tres horas en un tejado y nada de tiempo para comer provocan este tipo de cosas. Perdona que no me quedara después para felicitarte en persona. Cuando escuché que el sistema de vota-con-tu-celular tenía problemas técnicos y tendrían que volver a contar, me despedí enseguida de Lyle y de Cody y me fui.

Hoy en la mañana escuché que alguien más ganó. Espero que no lo tomes personal, Jo. Shayna y tú no fueron lo bastante ostentosos, eso es todo. Deberías estar orgulloso porque sé que tu lema Hopkirk es «Sé real y sé auténtico». Anoche de camino a casa me acordé de eso y pensé: Así es como sonaban allá arriba: reales y auténticos.

Atentamente,
AK

Querido Kurl:

Ayer, después de la escuela, te acercaste a la parada del autobús y bajaste la ventana. «¿Dónde está tu bicicleta?», preguntaste.

Me tomaste desprevenido. «En ningún lugar», contesté.

«¿Qué?», dijiste.

«Te digo después», respondí, y sentí que mi cara se calentaba, así que me di la vuelta y hui hacia la parada del camión, detrás del mapa.

Te pido una disculpa por mi extrema rareza-rayando-en-grosería. Pero tú y yo, técnicamente, no nos «decimos» cosas, ¿o sí? Las escribimos, pero habría sido mucho más raro decirte: «Te escribo sobre eso más tarde». Y, de todas formas, a decir verdad no quería contarte sobre mi bicicleta. Su nombre era Nelly, también conocida como el Jotomóvil (bautizado así por los Carniceros la primera vez que me vieron poniéndole un candado en la escuela). Es suficiente decir que Nelly encontró una muerte violenta y homofóbica y ahora yace, eso espero, al fin en paz en una tumba acuática. Drew Saarienen, cuyo hermano Michael está siempre con Dowell, me dijo en Civismo que tiraron a Nelly en Cherry Valley. Ayer fui allá para pescarla, pero está en la parte del arroyo donde se desborda el agua, medio hundida entre el lodo y las hojas muertas, y me pareció que esos dos metros de agua podrían congelar los huesos de cualquiera que se metiera ahí hasta hacerlos añicos. No podía saberlo desde el dique, pero, de todas formas, imagino que tal vez los Carniceros rajaron las llantas y cortaron los cables de los frenos antes de aventar la bici.

¡Basta! Ahora, un tema más agradable: hoy el pizarrón nos invita a «Describir tu *sanctasanctórum* interior». Una parte de la clase empezó a reírse a escondidas mientras la señorita Khang lo escribía en el pizarrón porque no entendieron lo que decía y se las arreglaron para inventar que decía «escroto». Hubo muchos chistes: «El mío está arrugado y tiene mis bolas adentro», y ese tipo de comentarios. Gracias de todas maneras, Alex Federsholm, pero hay una imagen mental que de veras no necesitaba que me echaras encima.

Mi *sanctasanctórum* interior es mi cuarto, porque hospeda mis dos posesiones más preciadas. La primera es mi tocadiscos, un Philips de 1970 hecho en Holanda que Lyle restauró para mí y me regaló en Navidad cuando tenía trece años. Tengo algunos artistas favoritos, por supuesto, pero la colección de Lyle de discos de vinil es tan grande que siento que sería prematuro, a mi edad, cultivar una lealtad demasiado intensa hacia ciertos discos. Cuando regreso de la escuela, lo primero que hago después de quitarme los zapatos y dejar la mochila es subir directo a mi cuarto, cerrar la puerta, poner un disco y meterme en mi casa de campaña.

La casa de campaña es la segunda razón por la que mi cuarto es mi santuario. En lugar de una cama, duermo en un colchón doble en el piso de una vieja casa de campaña militar. Es otro de los objetos desechados de la juventud de Lyle; esta estructura pesada de lona y aluminio era el santuario interior de él y de mi madre cuando la banda era demasiado pobre para ir a moteles, y lo que hacían era parar en el descanso de la autopista que estuviera más cerca de su siguiente tocada y clavar la casa en el pasto. Lyle armó la vieja bestia para mí hace algunos años, cuando, por alguna razón, yo estaba pasando por un periodo de insomnio, y no ha sido desarmada desde entonces.

Cordialmente,
Jonathan Hopkirk

Viernes, 9 de octubre

Querido pequeño Jo:

En cierta forma, que duermas en una casa de campaña no es lo más extraño. Me hizo reír imaginarte hecho bolita adentro, con tu linterna y tus libros de poesía o lo que sea.

En algún momento, mi cuarto estaba decorado con toda clase de cosas de futbol. Pero cuando salí del equipo, saqué todo y lo tiré a la basura. Me pareció que no valía la pena obsesionarse con eso.

Así que ahora hay paredes desnudas, un tapete verde decolorado, una vieja computadora que es basura, una cama demasiado corta para mis piernas. No es exactamente un *sanctasanctórum* interior. Excepto por una cosa que más o menos me gusta porque está muy fea. Es una colcha que mi mamá y su mamá, mi *babcia* (mi abuela, y se pronuncia *babcha*), hicieron para el baúl de ajuar de mi mamá. Tenía un baúl de ajuar, o sea, un baúl de verdad, hecho de madera, para guardar todo lo de su boda. Platos, toallas y cucharas de plata: ese tipo de cosas. En fin, mis padres trajeron este baúl cuando emigraron y la colcha está hecha a base de retazos de tela tan gastados o llenos de hoyos que ya no se pueden usar para nada más.

Hay algo que me gusta de esta idea. Que las cosas se usen hasta que ya no sean útiles, y después las corten en pedazos y las junten para hacer algo que vuelva a ser útil. Digo, la colcha es horriblemente fea. Hay partes anaranjadas y rosas y cafés, y las que tal vez fueran blancas al principio ahora tienen varios tonos de beige. Pero me gusta justo por su fealdad. Me gusta que mi mamá, y mi *babcia* antes que ella, y así un montón de generaciones antes que ellas, deben haber pensado solo en la calidez y en que pudiera cubrir la cama, y no en la apariencia.

Atentamente,
AK

Querido Kurl:

Una nota rápida entre clases, porque olvidé pedirte que, por favor, no le menciones a Shayna nada de Nelly (mi bicicleta). Lyle me compró esa bici nueva en mi cumpleaños, y Shayna se gastó su dinero para conseguirme un mejor asiento después de que se robaron el primero un mes después. Honestamente, no tengo valor para decirle a mi familia que su esfuerzo y su dinero, ganado con esfuerzo, fue malgastado.

También se me olvida a cada rato responder a tu pregunta sobre la expresión *Carniceros*. Es un término de Walt, por supuesto. Uno de los «incultos» a los que observa en su quehacer cotidiano es el trabajador de la carnicería. Cuando lo leí por primera vez el año pasado, algo de su descripción me recordó a Dowell: la monotonía, la carnosidad, los puños. No creo haberte dicho, pero Dowell y yo éramos amigos cuando estábamos más chicos.

De cualquier manera, hojeé el «Canto a mí mismo» cuando me preguntaste por primera vez, pero no encontré la referencia al carnicero y apenas ahora me acordé de tu pregunta. Al final la encontraré alguna de las veces en que lo relea.

Cordialmente,
Jonathan Hopkirk

Querido pequeño Jo:

Tengo la misma pesadilla cada dos meses más o menos.
Cuando ocurre, sé que no voy a poder dormir otra vez en
toda la noche. Estamos reparando un tejado, y la regla en un
tejado es siempre inclinarse hacia delante, pero en este sueño me paro y, en lugar de inclinarme hacia delante, me in-
clino hacia atrás. Los demás me echan unas miradas como
de: «Te lo buscaste». Todo mi cuerpo se tensa para tratar de
corregirlo, intentando inclinarse otra vez hacia delante. O
sea que mi estómago está como un puño, de lo fuerte que
se tensó. Pero, por supuesto, nada funciona. Mis brazos co-
mienzan a girar y mis pies se mueven en el aire y me caigo. Ya sabes, eso que ocurre en los sueños, lo que dicen de
que siempre te despiertas justo antes de tocar suelo. Yo no.
Caigo al suelo y mi cabeza se rompe. Digo, puedo sentir
un líquido caliente que se derrama sobre mi cráneo y sale
de mis oídos. Siento cada una de mis costillas clavándose
en mi pecho. Los pulmones desinflándose. Los huesos de
las piernas plegados como acordeones. Entonces, solo después de eso, me despierto. Luego de uno de esos sueños de
los tejados, los músculos de mi estómago me duelen todo

el día, como si hubiera hecho mil abdominales la noche anterior.

Así que ahora son las 2:30 a. m. y se supone que tengo que estar listo a las cinco para irme con el tío Viktor en la camioneta. Con eso, en total habré tenido como dos horas de sueño esta noche.

Para ser honesto, Jo, odio reparar tejados. No solo porque todo el día mi tío se esté viajando con la idea de tener poder sobre mí. Odio todo lo que implica este trabajo. Odio la arenilla de las tejas y el hedor del chapopote. Odio oír los golpes de los martillos todo el día, que se sincronizan y luego pierden la sincronía, por lo que nunca pueden convertirse en un ritmo o un solo ruido. En el verano odio la manera en que el calor golpea, pero también que la membrana asfáltica lo absorbe y hierve por debajo. Hombros quemados, rodillas quemadas, manos quemadas. Beber agua todo el día, pero seguir con sed. En la primavera y el otoño odio el viento helado que barre los techos en todas direcciones al mismo tiempo.

Me da gusto que mi papá no esté aquí para oírme decir esto. O sea, dudo que le encantara el trabajo, pero no recuerdo que se haya quejado alguna vez.

Estaba imaginándote dormido dentro de tu casa de campaña militar. Tu santuario interior. Debo decir que me hizo sentir un poco mejor esa imagen mental. Gracias por darme todos esos detalles sobre los discos que escuchas, etcétera. En realidad, me hace sonreír ahora, sentado en la alfombra de mi cuarto.

Creo que lo que tengo es un santuario exterior en lugar de uno interior. Es este trecho cerca de mi casa, por las vías del tren. Mark y yo íbamos mucho allá cuando éramos niños, antes de que lo cerraran con una cerca y pusieran todos esos letreros de propiedad privada. Acostumbrábamos ir en bicicleta por el centro de las vías, entre los rieles. Mark llegó a ir sobre el riel derecho, pero yo nunca pude lograrlo.

Hizo algo parecido a un trineo de triplay para que lo jaláramos por las vías. Amontonábamos rocas o ramas y lo deslizábamos por los rieles. Una vez encontramos en la zanja una silla con descansabrazos y la pusimos sobre el trineo; él me dejaba sentarme en ella y me jalaba por las vías. Por alguna razón, era la emoción más grande.

Ya le pusieron una cerca y lo cerraron para que no se pueda llegar a las vías, excepto por el área donde la tela metálica está enrollada. Hace poco pusieron un camino de asfalto para las bicicletas y los que pasean perros, etcétera. Pero todavía es bastante salvaje allá. Grillos por todos lados. Pasto sin cortar, la clase de pasto que Walt Whitman dice que suena como «tantas lenguas que hablan» en el viento. Y no sé. Una sensación de estar en la orilla de las cosas. Una línea divisoria entre la ciudad y cualquiera que sea el lugar hacia donde van esos trenes.

Atentamente,
AK

Querido Kurl:

Bueno, esto es lo que puedo decir de los Kurlansky: sin duda, tu familia sabe cómo moverse en un techo. Ayer cuando me fui a la escuela había dos hombres poniendo unas lonas sobre los escalones del frente de la casa y sobre unos arbustos, y cuando regresé a la casa ya habían cubierto casi medio techo con tejas nuevas. Al no verte en la escuela, supuse que debías ser parte del equipo. Perdóname de antemano por sermonearte, Kurl, pero espero que no hagas un hábito faltar a la escuela por el trabajo. No te ayudará mucho a aprobar tus cursos y graduarte.

En fin. Cuando caminaba por la entrada a mi casa, me saludaste con la mano y yo te saludé. Bron y Shayna estaban acostadas en el piso de la sala haciendo tarea, o más precisamente Bron estaba escribiendo algo en su laptop que podía ser o no tarea, y Shayna hojeaba una revista vieja de *Rolling Stone*. Subí a mi cuarto, pero los martillazos que sonaban encima eran más intrusivos en el segundo piso, lo que explicaba por qué las chicas se habían apropiado de la sala.

No podía dejar de pensar en lo que me habías confesado

de que odias trabajar en los techos, Kurl, y todo ese ruido. Lo escuchaba justo como lo habías descrito: los martillos golpeteando sin sincronía, alguien que daba órdenes rugiendo —asumí que sería el tío Viktor— y otras voces más apagadas que murmuraban, que asumí que serían la tuya y la de Sylvan. No era un día demasiado caluroso, pero pensé en hacer limonada, tal vez llevarles una charola con vasos y una jarra al pie de la escalera de aluminio. Pero no tenemos jarra y no sé exactamente cómo hacer limonada. Para ser más preciso, no podía pensar en nada más abiertamente gay que hacer para un grupo de techadores. Trato de reconocer mi homofobia internalizada y no sucumbir a ella, como diría Bron, pero hay veces en que me paraliza y me doy por vencido. Después de intentar leer en mi casa de campaña durante diez o quince minutos sin lograrlo, volví a bajar y me uní a Bron y a Shayna.

Empezó a llover justo después de que Lyle llegó a casa con Cody Walsh, el bajista de Decent Fellows. Ustedes, los Kurlansky, tuvieron bastantes dificultades para cubrir el techo con lonas: el viento se había levantado junto con la lluvia, y hubo muchos gritos, y groserías y escaleras arrastrándose por la pared; luego Lyle los invitó a todos a entrar a tomar una cerveza.

Tu hermano Sylvan es como una versión de ti, solo que envuelto en plástico autoadherible: varios centímetros más bajo que tú, hombros más angostos y menos músculos en general. Enjuto y muy bronceado. Tu tío Viktor es otra variación: ancho como tú pero más carnoso, casi achaparrado, hombros caídos y barriga redonda. Pero todos ustedes tienen el ceño fuerte, pómulos anchos, nariz recta, boca seria. Me hizo preguntarme por tu hermano de en medio, Mark. ¿Manifiesta estos mismos genes Kurlansky?

«Siéntense, siéntense», pidió Lyle. Entonces dejaste de protestar por tu ropa mojada y tus manos sucias y se sentaron: Viktor, en una silla del comedor; Sylvan, en el sofá junto a Cody y Lyle; tú, en el piso con las niñas y yo. Traté de no mirarte, pero no paraba de pensar en lo que me contaste que te había dicho Sylvan sobre que «estás todo tenso, como si estuvieras atrapado en tu propio pellejo». Te sentaste en una posición de piernas cruzadas, más o menos, pero era como si tus cuádriceps no se pudieran adaptar a ella; solo tus tobillos estaban cruzados, en sus calcetines de trabajo hechos de lana; tus rodillas, en los jeans sucios, apuntaban diagonalmente al techo y tus antebrazos las sujetaban en su lugar.

Temo que, después de unos pocos intercambios iniciales de cortesía —cuánto tiempo han estado trabajando con techos, qué hace Lyle para ganarse la vida, qué tipo de música toca la banda—, ustedes los Kurlansky no tuvieron muchas oportunidades de participar en la conversación. Tú y yo éramos quizá los más *notablemente* silenciosos, Kurl. Bueno, notablemente es la palabra equivocada, puesto que nadie más se dio cuenta. Tal vez ni tú te diste cuenta de lo callados que estábamos. Se me ocurrió ahora, al escribir esto, que ambos somos los miembros más jóvenes de nuestras familias. Tenemos algo en común.

De cualquier manera, con dos de los Decent Fellows en la reunión, supongo que era inevitable que el *bluegrass* fuera el tema de conversación. A petición de Sylvan, Lyle hizo una demostración de una melodía básica de *bluegrass* en el banjo.

Después Bron nos dijo: «Uno de los mitos que se repiten acerca de la música *bluegrass* es que es una tradición exclusivamente blanca».

«Eso no es un mito», replicó Cody. «El *bluegrass* era música blanca de los montañeses desde el principio. La música negra eran el jazz, el gospel y el blues. Dos cosas por completo diferentes».

«Antes de la Guerra Civil», dijo Bron, «la gente negra y la blanca y pobre compartía la mayoría de los espacios y actividades, incluyendo su música. En origen, el banjo era un instrumento africano, ¿verdad, Lyle?».

«Seguro», respondió Lyle, siempre afable. «Pero el banjo no inventó el *bluegrass*. Lo inventó Bill Monroe, y él era blanco».

«Bill Monroe es parte del mito», insistió Bron. «Tomó todos sus ostinatos y patrones de punteado de la gente que tocaba a su alrededor cuando era niño. En su biografía deja tan claro como el agua que él no inventó nada. Solo absorbió y copió, y luego lo grabaron y popularizaron y lo canonizaron como el padre del todo el género».

«En realidad, todos somos una bola de campesinos sureños pobres», bromeó Lyle.

«Tal vez tú lo eres», dijo Shayna de forma desleal. «Tal vez también nos criaste a Jojo y a mí como *rednecks*, Lyle».

«Solo estaba usando a los Decent Fellows como ejemplo», puntualizó Bron. «Sin duda, tu banda no es la excepción cuando se trata de borrar la historia negra».

«Yo no soy *redneck*, no creo», intervine. Llevaba mi corbata de moño azul turquesa de terciopelo y mi chaleco de ante, así que sabía que eso iba a provocar risa.

Así que supongo que contribuí a la discusión con mi granito de arena, Kurl. Y también tú, ahora que lo pienso. La pizza llegó, y pasamos las servilletas y pusimos las rebanadas de orillas derretidas en nuestros regazos. Tu hermano se sirvió de la Suprema para amantes de la carne, pero cuando te inclinaste hacia delante para tomar una rebanada, tu tío Viktor dijo: «No, esperaremos a comer en casa. Tu madre está cocinando».

Supongo que Lyle se dio cuenta de que estabas muerto de hambre. «Una rebanada no va a arruinar su apetito, ¿o sí?».

«No, está bien, estoy bien», contestaste, y te quedaste sentado, torciendo tu servilleta, y luego la guardaste en tu bolsillo trasero.

Tampoco habías tocado tu refresco. Hubo un momento de silencio y ruido de gente masticando, y entonces el tío Viktor se levantó y anunció que debían irse.

«Entonces, ¿qué tal una invitación oficial para cenar mañana?», propuso Lyle. «A la hora que terminen el techo. Haremos comida tex-mex o algo así».

Él y tu tío se dieron la mano, y después Sylvan y tú también les dieron la mano a él y a Cody, y por todos lados sonaron «Mucho gusto» y «Nos vemos mañana».

Sylvan mencionó que no te necesitaban para terminar el resto del trabajo y que hoy estarías en la escuela, así que tal vez te veré en algún momento en el día, pero espero que también vengas a cenar en la noche.

Cordialmente,
Jonathan Hopkirk

Martes, 13 de octubre

Querido pequeño Jo:

Khang nos acaba de decir que ya terminó de ofrecer sugerencias de temas que usar en nuestras cartas. De todas formas, no es que tú y yo los hayamos usado mucho últimamente. Khang dijo que para este momento ya deberíamos saber que toda escritura implica compartir algo de nosotros mismos. Así que expláyense, sugirió.

Pero los recuerdos… Un recuerdo no se puede compartir cuando escribes sobre él. Las palabras no transfieren un recuerdo a ningún lado ni te ayudan a volver a vivirlo. El recuerdo solo se queda ahí. Acumulado bajo tu piel, como un moretón.

Por ejemplo, recuerdo que había un pájaro en las vías que nos odiaba a Mark y a mí. Era todo negro, excepto por un destello rojo en cada ala. Llegaba planeando desde los árboles y aleteaba justo en nuestra cara. Una vez le hizo un rasguño en la frente a Mark, debajo del pelo. Su canto sonaba como piedras golpeándose entre sí.

Tienes razón, no dijimos nada anoche cuando trajeron la pizza. Una o dos veces nos miramos. Pensé que tal vez estabas un poco incómodo con nosotros ahí, pero es posible que eso solo estuviera en mi cabeza. Creo que si no hablas, no puedes saberlo.

Dale a la gente lo que quiere, dice el tío Viktor. Si quieren tejas baratas, dales tejas baratas. Gracias a las tejas baratas, él puede ofrecer un precio menor que Tejados AA, que se robaron muchos clientes de Kurlansky después de que murió mi padre. No te preocupes, Jo. En tu techo usamos materiales de buena calidad. La cosa con el tío Viktor es que es mejor mantener la cabeza agachada y hacer lo que él dice y dejar que piense lo que quiera. Como con la pizza en tu casa. Parecería tonto hacer eso. ¿Por qué no podía comer un pedazo de pizza? Podría parecer tonto o vergonzoso, pero es insignificante. De hecho, no vale la pena convertirlo en algo importante.

Mark pensaba que era muy chistosa la manera en que lo atacaba ese pájaro, pero, para ser honestos, a mí me desconcertaba lo interesado que parecía en lastimarnos. Me recuerda que en las guerras de la antigüedad embarraban a los cuervos con sebo y luego les prendían fuego y los soltaban para que volaran sobre los muros de los enemigos. Podías quemar toda una fortaleza con estos pájaros de fuego. Un pueblo entero.

Encontré una guía de aves en la biblioteca y busqué el nombre de este pájaro asesino. Sorpresa, sorpresa: tordo negro alirrojo.

Ayer en tu casa pasé mucho tiempo tratando de no quedarme mirando todo. Nunca había estado en una casa como la tuya. No hay decoración en ningún lado que yo pudiera ver. No había cortinas, solo las ventanas desnudas. No había cuadros en las paredes ni cosas en las repisas. Ningún cojín de adorno para decorar el sillón. La cocina no tiene gabinetes, solo repisas abiertas con platos apilados y algunos muebles con cajones y una encimera de triplay.

Lo que ocurre es que en tu casa no hay nada que mirar. Todo es para usar. Hay un estéreo enorme con muchas partes diferentes: un tocadiscos, un receptor, un reproductor de CD y unas bocinas gigantes. Incluso un reproductor de casetes. Y, bueno, debe haber por lo menos diez instrumentos musicales diferentes en tu sala. Algunos ni siquiera los reconocí, como ese que era largo y ondulado, con unos pequeños corazones tallados, y ese otro rectangular con el círculo grande plateado bajo las cuerdas.

Cuando íbamos hacia la puerta, Sylvan le preguntó a Lyle por el objeto que estaba en la pared, que parecía un reloj y estaba hecho de latón y madera.

Un barómetro, respondió Lyle. Mi hijo lo trajo a casa de algún lugar. Él es fanático de lo oscuro y lo obsoleto; ¿no eres así, Jojo?

Había dos palabras en la carátula de tu barómetro: *regen* y *mooi*. Cuando llegué a mi casa las busqué. Son palabras en holandés que significan «lluvia» y «despejado». Al parecer, lo que hace un barómetro es medir los cambios en la presión atmosférica y decirte si va a llover pronto. Útil y hermoso, ¿ves?

Te veo hoy en la noche, Jo. Gracias por invitarme expresamente.

Atentamente,
AK

Martes, 13 de octubre, diez de la noche

Querido Kurl:

Algunas veces tu tío Viktor me parece un hombre difícil de complacer. Parecía bastante satisfecho con la cena (Lyle hace unas enchiladas muy decentes, ¿no?) y la bebida (tienes que admitir que sacar el vodka del congelador incluso antes de sentarnos a la mesa fue otra demostración de brillantez por parte de Lyle. Mi padre es un genio para anticipar las necesidades).

Fue necesario ir a buscar a mi hermana para que bajara a cenar. Lyle la había llamado desde el pie de las escaleras, pero ella no había respondido. La encontré encorvada bajo sus cobijas como un tejón, durmiendo como lirón. Por lo que pude adivinar, había estado ahí todo el día. De todas formas, ya sabía que no estaba en la escuela.

«No tengo hambre», murmuró, cuando por fin pude despertarla.

«Tenemos invitados», insistí. «Los Kurlansky, ¿recuerdas?».

Bajó quince minutos después en blusa de pijama y un overol, tallándose los ojos como una niña pequeña; su cabello era una cómica maraña.

Viktor estaba hablando con Lyle, de adulto a adulto. Se quejaba de ti, Kurl. «No creerías lo difícil que es lograr que este flojo hijo de puta levante un dedo. El más corpulento y el más tonto de todos, y cree que es demasiado bueno para trabajar diario».

«Adam está en la escuela, tío Vik», intervino Sylvan. Sonaba un poco derrrotado, como si hubiera discutido este tema con tu tío unas mil veces antes.

«Pero ¿por qué? ¿Por qué está en la escuela?», replicó Viktor. «No tiene ninguna razón para estar en la escuela. Ya ni siquiera tiene futbol. Toda esa musculatura para nada».

Shayna miró la mesa con un interés repentino. Preguntó, como para cambiar de tema de una manera tan obvia que bordeaba lo sarcástico: «¿Y alguno de ustedes ha ido alguna vez a este bar en el centro llamado As?».

Ustedes los Kurlansky negaron con la cabeza.

«Es ese lugar donde tocan música que nadie conoce. Lyle, ¿no tocaban ahí los Decent Fellows hace un millón de años?».

«No».

Todos voltearon a ver a Lyle, quien tomó un poco de cilantro de su plato y lo cortó en pedazos pequeños sobre su carne de cerdo al pastor.

«En el bar hay una foto de mamá en la pared», dijo Shayna.

Y de pronto recordé que el As aparecía en la postal que Shayna nos mostró a Bron y a mí en la escuela, esa de la que pensó que la letra en el reverso era de Raphael.

Lyle miró con atención. «¿Qué hacías tú allá? Eres menor de edad».

Shayna puso los ojos en blanco.

«Estos niños», murmuró Viktor. Otra vez se dirigió a Lyle, como si los dos estuvieran juntos en algún bar, sintiendo lástima por sus niños buenos para nada, y nosotros, los niños, no estuviéramos ahí escuchándolos. Te señaló otra vez a ti, Kurl. «¿Sabes que este puede levantar dos atados de tejas con un brazo? ¡Como Popeye!». Una risa cruel. «Nos cuesta dinero todos los días que no está ahí con su familia. A su propio hermano, a su propio padre».

«Tú no eres mi padre», afirmaste.

Eso produjo un silencio sin duda incómodo. Por cortesía, los demás nos quedamos mirando nuestros platos. Se me ocurrió que la botella de vodka que estaba junto al vaso de Viktor estaba casi vacía, aunque Lyle y Sylvan solo habían tomado un trago cada uno. No podía recordar si la botella estaba llena del todo cuando salió del congelador, pero creo que casi lo estaba.

¿Por qué te estoy contando esta escena con tanto detalle? ¿Por qué te acabo de escribir todo esto, haciendo pausas para recordar con la mayor precisión posible el vocabulario que utilizó cada persona, el tono preciso de voz, las miradas que los demás intercambiaron, sentados a la mesa? Estabas ahí, después de todo. No necesitas que yo te reconstruya la escena.

Tal vez estoy volviendo a contarlo para entender algo de todo ello, algo sobre sus corrientes emocionales internas. Es obvio que Shayna estaba tratando de irritar a Lyle al desobedecer las reglas de esa manera frente a los invitados. Pero no es nada nuevo. Más bien, supongo que lo nuevo es que era más teatral, más descarado. Tu dinámica familiar me resulta más misteriosa, por supuesto, porque no la he observado con mucha frecuencia. Kurl, honestamente no sé cómo describir lo que sentía mientras tu tío hablaba de ti de esa manera. Intentaba interpretar la expresión de tu cara, pero, como ya he observado antes, tu expresión siempre es serena de una manera perfecta e inmaculada.

Cordialmente,
Jonathan Hopkirk

Miércoles, 14 de octubre

Querido pequeño Jo:

Encontré la parte de la que hablabas del libro de Walt, sobre los carniceros. Dice así:

El carnicero se quita el mandil de matar, o afila
el cuchillo en el puesto del mercado,
paso el tiempo escuchando sus gracias descaradas
y viéndolo
bailar ora lento, ora acelerado.

No estaba buscando esa parte en específico. Solo la encontré y era justo como la habías descrito: de inmediato visualicé a ese jodido ojete de Dowell. Es la manera en que camina, creo. La manera en que se arrastra, con la cabeza agachada y los hombros encorvados.

Mientras, ahí estás tú. Esta mañana vi esas cosas de fieltro gris que llevabas sobre los zapatos. Me recordaron a los deflectores, eso que se usa en un techo junto con el aislante para impedir la transferencia de calor. Y pensé que tus atuendos de Walt funcionan más o menos como deflectores. Son una manera de impedir que la escuela se filtre en tu interior y que tú te filtres hacia afuera. Busqué esas cubiertas de zapatos, así que ya sé que en realidad se llaman polainas.

Creo que nunca te expliqué nada de mi tío, ¿verdad? Se casó con mi mamá tres años después de que mi papá se murió. Yo tenía trece.

Para entonces, Sylvan ya tenía su propio departamento desde hacía un tiempo y Mark se fue al ejército esa primavera, justo después de la graduación, así que quedamos solo ella y yo con el tío Viktor.

«Ora lento, ora acelerado». De alguna manera es muy difícil imaginarse a Walt el poeta merodeando por el matadero y oyendo hablar al chico de la carnicería. Me pregunto cómo se sale con la suya. Digo, nunca lo golpean ni nada, ¿o sí? Nadie dice: ¿Por qué no dejas tu estúpido cuaderno de notas de poesía y dejas de observarnos? No sé. De alguna manera, Walt es inmune a toda esta gente. Logra disfrutar a todos y todo en el mundo.

Atentamente,
AK

Querido Kurl:

Mi guardarropa se compone más que nada de basura de la tienda de segunda mano, por si no resulta obvio. Me abro camino junto a las damas de la beneficencia, buscando gangas. Sin embargo, intento reforzar la calidad y el estilo general de mis atuendos con unas cuantas piezas únicas *vintage* que me consigue el señor Trapero.

¿Conoces su tienda, allá por la calle Lake? Tal vez nunca ha estado en tu radar. El apellido del dueño en verdad es Trapero: una vez lo vi firmar una factura. Su nombre de pila es Mischa o tal vez Michel, pero siempre lo he llamado señor Trapero. Se peina el cabello hacia atrás con fijador y tiene una panza grande; lleva una camisa negra con chaleco y anillos de oro en cada dedo como un mafioso de película. Ya está cerca de los setenta años, y me aterra que decida retirarse antes de que yo tenga la edad suficiente para ir manejando a las subastas y a las ventas de patrimonio familiar, o sea lo bastante rico para comprar ropa antigua a precio de mercado.

No puedo permitirme muchas de las cosas que vende el señor Trapero. La mayor parte de su inventario es ropa de diseñador para mujer, de marcas como Gucci y Prada. Pero el señor Trapero tiene mis medidas registradas y me separa cosas cuando tienen un agujero de polilla o dos, o los puños raídos o cualquier otra cosa que dificulte su venta. Que sea un harapo, a veces. Pero incluso las prendas más harapientas opacarían la calidad de cualquier cosa que compres en una tienda en el centro comercial.

Cordialmente,
Jonathan Hopkirk

Querido pequeño Jo:

Sylvan tenía que haber terminado la chimenea de tu techo ayer, pero estaba *regen* y no *mooi*. Ahora ya se fueron a hacer un trabajo al otro lado de la ciudad, así que me pidió que regresara después de la escuela y la terminara.

Shayna me abrió la puerta de tu casa y dijo: Lyle no está en casa pero no importa, pasa.

Era un trabajo de cinco minutos que se convirtió en uno de cuarenta minutos gracias a que Shayna y Bron me aventaban galletas al techo y me robaban la escalera y me señalaban las macetas de Lyle escondidas entre las hierbas crecidas en tu patio trasero. Supongo que cuando Lyle tiene una tocada fuera de la ciudad, es momento de hacer fiesta en la casa Hopkirk.

Me pidieron que me quedara a comer. Me preguntaron si quería una Coca. Me preguntaron si me gustaba el pad thai, porque Bron iba a hacer su pad thai vegano y me retaban a extrañar la carne. Son palabras de Bron: Te reto a extrañar la carne.

Respondí: La carne no me importa tanto como cree la gente.

No pensé en lo raro que sonaría sino hasta que lo dije. Bron se empezó a reír, y dijo: ¿Qué significa eso?

Así que tuve que explicarle que la gente siempre asume que debo ser un carnívoro estricto por ser tan alto. Y porque es un lugar común del futbol americano. Filete y huevos para desayunar, etcétera.

No les pregunté sobre ti, Jo. Creo que me parecía raro preguntar. Pero te imaginé arriba, acostado en tu casa de campaña. No sé por qué pensé que estarías en tu casa de campaña a esa hora del día, pero lo pensé. En cierto momento fui arriba para usar el baño, pero la puerta de tu cuarto estaba cerrada.

Bueno, pues Bron está en la cocina haciendo su pad thai. Shayna nos cuenta todas estas historias de la escuela. Al principio me siento en la sala con ella, pero en verdad Bron no está muy contenta allá en la cocina sola. Sale una y otra vez y exclama: ¿Qué? ¿Quién dijo eso? No puede ser. Eso no es lo que oí. Etcétera. En realidad pasa más tiempo parada en la puerta de la cocina, dejando caer pedacitos de cebolla en el tapete, que cocinando.

Al final voy y me paro en la puerta de la cocina para que los tres podamos hablar y Bron deje de alejarse de la estufa. Está amontonando zanahoria, col y jengibre. Todo cortado en rodajas finas. Y, como a mí me gusta cocinar, observo cómo lo hace.

Bron tiene unas ideas geniales, pero no es la mejor para darles seguimiento, ¿verdad? Fríe muy bien la cebolla y el jengibre. Vierte el resto de las verduras en el sartén, pero luego las deja ahí sin revolver. Estamos en la sala hablando con Shayna y me doy cuenta de que Bron ni siquiera está pensando en la comida. Describe cómo explotaría un vagón cisterna de un tren si este se descarrilara. Al parecer, quieren hacer que esos vagones cisterna atraviesen el centro de Mineápolis, así que Bron planea escribir un artículo sobre lo peligroso que es.

Pero, digo, huelo que las zanahorias empiezan a quemarse. Entonces regreso a la cocina y revuelvo todo. Encuentro una tapa en el gabinete y agrego un poquito de agua al sartén y lo cubro.

Bron me sigue y dice: Ah, genial, gracias, pero en realidad no está poniendo atención. Deberías ver cómo ocultaron la seguridad pública y las estadísticas de riesgo en su informe, agrega.

Entonces oigo que dice tu voz: Oye, oye esto. Shayna, escucha.

Eres tú, Jo. Bajaste las escaleras volando y pasaste al lado de la cocina sin notar que yo estaba parado ahí. Estás sentado junto a Shayna en el sofá con tu mandolina. Estás descalzo. Todavía vestido con tu camisa almidonada de cuello alto de la escuela, pero está desabrochada y cae de uno de tus hombros.

No levantas la vista para ver quién está en la puerta de la cocina, y Shayna se lleva un dedo a la boca y sonríe, así que me quedo callado.

¿Cuál es la canción que cantaste? Nunca la había oído. He estado escuchando *bluegrass*, pero no sonaba como *bluegrass*. Tal vez era algún tipo de música renacentista. Alguna balada. Pero, una vez que empezaste a cantar, la canción en sí misma ni siquiera importó. Todo el asunto era tu voz.

Bron está parada junto a mí en la puerta de la cocina con un paquete de tofu en las manos. Digo, ninguno de nosotros mueve ni un dedo después de que empiezas a cantar. Apenas respiramos.

Te sientas en la orilla del sillón con un pie descalzo hacia delante para equilibrarte, golpeteando al ritmo. Tu clavícula destaca cuando rasgueas. Al cantar te inclinas hacia delante con los ojos cerrados y echas tu cabeza hacia atrás. Es como si estuvieras escuchando a otra persona cantar adentro de ti.

Y también suena como otra persona. O no es una persona, tal vez suena más como una criatura. Un animal. Tu voz se rompió, se rompe. Digo, creo que eso es lo que le estás mostrando a Shayna. ¿Cómo lo llamó ella después? Los estragos de la pubertad.

Estás cantando con esta nueva voz tuya. Una nota tenor, rota, que sube enloquecida por la escala, como una criatura que escapa de la muerte. Como la canción de muerte de una criatura salvaje. Creo que era por el contraste. Una canción de amor anticuada y tan civilizada, cantada con una voz salvaje como esa; ver que tu garganta produce ese sonido. Te digo que hizo que se me erizaran los vellos de los brazos y sintiera un cosquilleo en el cuero cabelludo. Sentí a Bron temblar junto a mí.

Cantaste estas palabras: «Y, de todos modos, espero algún día que tú y yo seamos uno». Mientras, de alguna manera, tu voz cantaba lo opuesto: que prácticamente no había esperanza de ninguna reunión ni de un final feliz. Debe haber sido el contraste lo que resultaba tan maravilloso y espeluznante.

Después Shayna se estiró y puso su mano sobre tu boca, aunque ya habías terminado la canción. Maldita sea, Jonathan Hopkirk, dijo.

Te reíste, aventaste la mandolina hacia los cojines del sofá y apoyaste tu cabeza en su costado. Dijiste: Oíste eso. Lo oíste, ¿verdad? ¿Oíste esa voz? ¡Ese era *yo*!

Bron metió el paquete de tofu bajo su brazo y empezó a aplaudir para hacer notar que estábamos ahí parados.

Me giré enseguida y regresé aprisa a la cocina. No sé. Necesitaba un minuto para poner mi cara en orden. Quiero decir, escribir cartas es una cosa. Otra cosa es ser invitado por tu papá para la cena. Pero es muy diferente aparecer por sorpresa. Verte hacer algo privado. O algo que de alguna manera no es exactamente público.

Como era de esperar, cuando regresé a la sala te estabas escondiendo detrás del sofá, entre el sofá y la ventana frontal.

Hola, Kurl, me saludaste, pero sonabas sofocado.

Hola, respondí. Shayna y Bron se morían de la risa. Fui y miré detrás del sofá, pero mantenías las manos frente a tu cara para protegerla.

Shayna dijo: Ay, no llores, Jojo. Ven, sal. Nos encanta tu voz totalmente hecha mierda, ¿o no, chicos?

Nos encanta, dijo Bron.

Sí, dije. Nos encanta.

Entonces saliste. Te habías abotonado la camisa, pero tu pelo se había frotado contra el sillón o algo porque estaba parado hacia todos lados.

Decirle que no llore lo hace llorar, explicó Bron. Es como Pavlov y sus perros.

Algo se está quemando, le dije.

¡La salsa de cacahuate! Bron soltó un chillido y corrió a la cocina.

No es un llanto real, puntualizaste. Simplemente no te esperaba.

Lo sé, dije. Lo lamento.

Antes estaba dormido, dijiste.

Eso imaginé, dije. Tu *sanctasantórum* interior.

¿Su qué?, preguntó Shayna, pero ninguno de los dos le respondió.

Sonreíste, todavía como lloroso.

No sé bien qué decir del pad thai de Bron. Los tallarines estaban todos apelmazados. Sabía a cátsup, básicamente. Me serví tres veces porque ya estaba temblando de hambre para ese momento. Me ofrecí de voluntario para cocinar la próxima vez.

Hago un schnitzel excelente, dije. Pensé que el schnitzel era una comida normal que todos conocen, pero creo que no lo es. Tenía a ustedes tres revolcándose de la risa.

Después de comer tomamos turnos en vencidas. Cuando nos tocó a ti y mí, Shayna puso sus manos sobre las nuestras para jalar en tu dirección.

¡Yo te salvaré, Jojo!, dijo.

No me llames así, dijiste. Y no me ayudes. Yo puedo.

Te paraste y te inclinaste para hacer fuerza con todo tu peso.

Dios mío, dijiste, es como derribar un árbol.

Firmes robles de minúsculas bellotas crecen, dije, y otra vez todos ustedes pensaron que era lo más chistoso que jamás habían escuchado. No sé ni de dónde lo saqué.

¡Antigua sabiduría Kurlansky!, exclamó Bron, y tal vez tenía razón.

Estoy consciente de que estoy repitiendo lo mismo que tú hiciste en esa carta después de que Lyle nos invitó a cenar. Te escribo un segundo-a-segundo de todo lo que todos dijimos. Cada minúsculo chiste y mirada y movimiento. O sea, tú también estabas ahí en la casa, así que es difícil que necesites que lo haga. Pero ya entiendo por qué quisiste hacerlo tú.

Todo se siente como si ocurriera demasiado rápido, como si algo se me pudiera escapar a menos que me tome un tiempo extra para escribirlo después.

Logramos que cantaras algo más. Bron pidió «Imagine» y fue como el apocalipsis.

Duele, dijo Bron, y lo digo literalmente. Físicamente. Dijo: Hace que me duelan las bubis.

Debo decir que entendí exactamente lo que quería decir. El sonido de tu voz oprimía mi pecho como si mis costillas se hubieran encogido. Mi garganta se sentía como si hubiera estado gritando.

Una cosa que notaba era que cada vez que Bron o Shayna te llamaban Jojo, tú decías: No me llames así. Pero unos minutos después lo volvían a hacer.

Entonces justo antes de irme, te pregunté: ¿Te importa que te llame Jo?

Eso depende, dijiste. ¿Todavía significa «jodido ojete»?

¡No! Me reí. Te juro que ya se me había olvidado eso desde las primeras cartas. Agregué: Es que he llegado a pensar en ti como Jo.

Bueno, entonces está bien, aceptaste.

Okey, dije.

Okey, repetiste.

Atentamente,
AK

Querido pequeño Jo:

Estaba leyendo algunas cartas viejas a las tres de la mañana aquí en mi cuarto. Me preguntaste si Mark tiene los genes Kurlansky. No. Tiene más o menos la estatura de Sylvan, pero es más estrecho. Angular. Tiene la piel pálida de mi mamá y ojos cafés. Las chicas enloquecen con Mark por su expresión conmovedora. O así es como él me lo explicó hace tiempo, cuando le empezaron a llegar mensajes de chicas y yo quise saber por qué.

En Afganistán, una vez Mark vio morir a un hombre al que mordió una serpiente. Le explicó a Sylvan que intentaron hacer que se recostara y se quedara quieto. Tranquilo. Pero el tipo brincaba por todos lados en un ataque de pánico. Sylvan no sabía qué clase de serpiente era. Dijo que tal vez un áspid.

Digo, Mark nunca me habla de Afganistán. Le cuenta esto a Sylvan cuando Sylvan va al Texas Border, el bar donde Mark trabaja como gerente. Después Sylvan me cuenta cuando estamos en algún techo sin el tío Vik.

Mark era vegetariano. Decía que era un vegetariano en una casa llena de asesinos de animales. Yo aprendí a cocinar viéndolo a él, porque empezó a hacerlo cuando tenía trece o catorce. Sacaba montones de libros de cocina vegetariana de la biblioteca para buscar nuevas cosas que probar. Introdujo en nuestra casa el concepto de condimento. El orégano fresco en la lasaña de verduras. Comino y cilantro en el guiso de Marrakech.

Me encantaba la manera en que, al cocinar, se limpiaba las manos en su camiseta a cada rato sin darse cuenta. Sus dedos pasaban rápido por el frente y la espalda, a la altura de sus costillas, antes de abrir el refri o voltear la página del libro de cocina.

Adam, me decía, no seamos el tipo de gente que piensa en recoger todo el tiempo mientras hace un desastre.

En realidad es la cobra, no el áspid, la que tiene el veneno más mortal en Afganistán. Una neurotoxina. Lo busqué: debe haber sido una cobra de Asia Central o una cobra india. Los militares de Estados Unidos tenían que comprar frascos de antídoto de Irán. El problema es tu corazón, me explicó Sylvan. Mientras más rápido late tu corazón, más rápido llega a él el veneno.

Para variar, lo que me despertó hoy no fue una pesadilla. Era que extrañaba a Mark. Me desperté sintiéndome mal de tanto que lo extraño.

Digo, no se murió allá ni nada. Regresó intacto, así lo describen. Los tornillos de su cadera, la manera en que cojea, no son nada comparado con la mayoría de los veteranos que obtuvieron su licencia por razones médicas. Por supuesto que lo extrañé todo el tiempo que pasó allá. Pero no sé. De alguna manera lo extraño más desde que regresó. Ya pasaron como cinco años desde que lo movilizaron, y me prometí que cuando regresara todo sería como cuando éramos niños. Caminatas y luchitas y hot cakes y práctica de tiro al blanco y bromear todo el tiempo. Ni siquiera estaba consciente de que llegué al extremo de hacerme una promesa tan ridícula a mí mismo, y menos de que me la creía.

Ahora que regresó es obvio. Es tan obvio, que pensarías que yo sencillamente lo superaría. En lugar de extrañar a Mark, algunas veces me despierta en la noche una especie de agujero que se abre en mi piel y por el que se derraman todas mis entrañas.

Atentamente,
AK

Querido Kurl:

No estuviste en la escuela hoy, lo que, por supuesto, significa que tampoco había una carta tuya en el buzón de la señorita Khang. Tal vez estabas trabajando en un techo, pero llovía esta mañana, así que me parece poco probable. Estoy un poquito preocupado por que estés enfermo o algo, debido a lo que ocurrió el sábado.

El sábado en la mañana fui a Cherry Valley para hacer un intento más serio de recuperación de bicicleta, pero el nivel del agua se había elevado y Nelly se había hundido a mayor profundidad en el fondo del arroyo, bajo las hojas en descomposición y el fango. Incluso si hubiera tenido el valor para desvestirme y sumergirme, dudo que sea lo bastante fuerte como para sacar la bici.

Tras esa desalentadora aventura, fui a encontrarme con Bron en una sesión de información sobre el examen de admisión en el centro comunitario, que estaba tan entretenida como suena; después comimos pho y vimos *El francotirador* en el cine Riverview. Mi objetivo era estar lejos de la casa mientras estuviera llena de Decent Fellows, ya que su espacio habitual para ensayar no estaba disponible.

Llegamos a la casa cerca de las nueve de la noche y Lyle mencionó que habías pasado por aquí, Kurl. Que saliste a correr, le dijiste, y te habías dado cuenta de que estabas cerca. Nos contó que te quedaste un rato para escuchar dos canciones, pero que ni siquiera te sentaste. También, que parecías nervioso: «Inquieto, o espantado o algo».

Te preguntó si te gustaría fumar una pipa y, cuando respondiste que no, gracias, él llenó el bong de todas formas y fumó un poco por si cambiabas de opinión, lo que al final hiciste, según él.

«¿Le ayudó?», pregunté.

«Por supuesto que le ayudó, Jojo», respondió. «Siempre ayuda».

Mi padre es algo así como un evangelista en lo que se refiere a esta droga en particular (a la que, estoy seguro de que ya lo habrás notado, él y los demás Decent Fellows se refieren como *verde*). Adora el hecho de que la estén legalizando en algunos lugares de Estados Unidos y no puede soportar que tarde tanto en Minesota.

Por supuesto, para cuando saques esta carta del buzón de la señorita Khang estarás de regreso en la escuela, es decir que te habrás recuperado de lo que sea que te afligiera o te siga afligiendo; sin embargo, tengo que admitir que me inquieta no saber, mientras escribo esto, si estás bien. ¿Sabré de ti mañana o el día siguiente o el que sigue? Esta es una de esas ocasiones en las que una simple llamada telefónica sería infinitamente más reconfortante.

Cordialmente,
Jo

Martes, 20 de octubre

Querido pequeño Jo:

Solo una nota rápida para decirte que lamento si te tuve preocupado. En primer lugar, tal vez no debí haber ido a correr el sábado. Tenía la espalda adolorida y correr lo empeoró. Tanto que me quedé en cama el domingo y ayer. Pero ahora ya me siento mejor.

Atentamente,
AK

Miércoles, 21 de octubre

Querido Kurl:

¡Tres cartas tuyas en el buzón esta mañana! ¡Y una de ellas se ve tan larga como una novela corta! Si la desventaja de una relación basada en la escritura de cartas es algún periodo ocasional de suspenso, entonces el lado positivo es la feliz abundancia cuando comienza de nuevo. Me estoy llevando estas misivas a casa para leerlas a gusto, Kurl. Y, acerca de la nota breve de ayer, lamento escuchar que te dolía la espalda. Es una razón más para reducir el tiempo que pasas encorvado en los techos, independientemente de lo que opine tu tío sobre el asunto.

Cordialmente,
Jo

Sábado, 24 de octubre, 9:45 p. m.

Querido Kurl:

Noche de sábado, ¡noche de schnitzel! Llegaste a nuestra casa hoy cargado de bolsas de súper, apenado, disculpándote por no preguntar antes, diciendo que habías planeado cocinar en casa, pero que el tío Viktor no se sentía bien y tu mamá había decidido ir a visitar a tu tía Ágata en el asilo. Te pregunté si estaba bien que hubiera más gente para cenar. Seguramente anticipabas que estaría Bron, pues es una apuesta bastante segura para las cenas en fin de semana, pero hoy también habían venido Rich, el guitarrista de Decent Fellows, y su esposa, Trudie.

Bron y yo te ayudamos a bajar la carga de víveres y buscar el sartén adecuado. Rich, Trudie y Lyle se sentaron en la sala, cantando «Wienerschnitzel, Wienerschnitzel, Wienerschnitzel», lo que solo puedo suponer que es una canción publicitaria de la década de 1980. Para ese momento, ya le habían dado duro a la hierba.

Habías traído algunas herramientas de tu casa, incluyendo un afilador de cuchillos. Tomaste nuestro cuchillo más grande del cajón y lo pasaste por los discos metálicos. Acababa de leer tu carta sobre cómo habías aprendido a cocinar por tu hermano Mark, así que te vi con una nueva fascinación y respeto por tus habilidades.

«Técnicamente», nos dijiste a Bron y a mí, «no se llama Wiener schnitzel a menos que esté hecho con ternera y venga de cierta área de Alemania que tiene autorización oficial».

«Quieres decir Austria», dijo Bron. «*Wien* es Viena».

«Nop, quiero decir Alemania», dijiste.

Abriste un paquete de chuletas de cerdo y separaste la primera, la golpeaste sobre la tabla, la rebanaste a la mitad horizontalmente y la abriste como una tarjeta de felicitación.

«Ahora es algo para los turistas en Viena, pero el platillo no vino de ahí. Creen que originalmente fue importado de Italia».

«Espera. ¿*Investigaste* sobre este platillo?», preguntó Bron.

«Investiga todo», dije. «Pregúntale sobre las salamandras».

A Bron le encantó. Se enganchó de inmediato.

«Cuéntame sobre las salamandras, Kurl. ¡Muero por oír sobre salamandras!».

Habías sacado un pequeño martillo metálico y con puntas de tu bolsa del súper y comenzaste a apalear la costilla de puerco para hacerla aún más delgada. El ruido atrajo a Shayna a la cocina.

«Está muerto, hombre, ya está muerto», gritó y te tomó del antebrazo fingiendo que estaba tratando de arrebatarte una pistola de la mano. Le entregaste el martillo y fue su turno. «Mira, estoy golpeando tu carne», bromeó.

Yo estaba preocupado por haberte avergonzado con ese comentario acerca de las salamandras. No quise sacar a relucir de esa manera un tema de tus cartas. ¿No viola por completo el principio de escritura libre sobre el tema en el que estés pensando que el destinatario de la carta voltee y lo exhiba en público como burla? Mientras se cocinaba el platillo, yo pasé todo el tiempo exprimiendo mi cerebro, buscando la manera de ofrecerte una disculpa.

Y después, durante la cena, Bron tuvo que sacar el tema otra vez. «Kurl, te lo suplico», dijo. «Por favor, cuéntanos algo interesante sobre los anfibios».

Sin embargo, no pareciste particularmente ofendido por eso. Solo sonreíste, masticaste tu bocado de schnitzel, tragaste y dijiste: «La palabra *anfibio* proviene del griego. Lo que significa, o significaba, vivir una doble vida».

Bron bajó su tenedor y se te quedó mirando. «Adam Kurlansky, eso es lo más profundo que he oído en todo el día».

Te encogiste de hombros. «No son más que datos».

Sé que te molesta cuando te escudriño demasiado, Kurl. Pero, aunque corra el riesgo de que me llames «escuincle chismoso» otra vez, ¿puedo decir que eres mucho más guapo de lo que sospecho que crees? Tienes una cara amplia, eslava, y una frente ancha y lisa. Ojos hundidos. Unas orejas pequeñas que quedan pegadas a tu cabeza. Todos estos atributos, en sí mismos, pueden considerarse de neutros a positivos. Hay una angulosidad agradable en tus pómulos y quijada que contrasta con la suavidad de tu boca.

«Una boca generosa», dicen en las novelas. Pero en la escuela muy poca gente describiría tu boca como «generosa», porque la mantienes en línea recta. De forma similar, tu ceño está ligeramente fruncido de manera permanente. Los párpados, levemente abatidos. La quijada, apenas tensa. He observado estos minúsculos esfuerzos de tu parte para mantener tu cara inmóvil porque hace ya meses que trabajo en decodificar tu expresión sin expresión, Kurl. Está en un punto intermedio entre no-me-importa y no-te-metas-conmigo. Pero en el momento en que te distraes, todo cambia. Cuando estabas cocinando tu schnitzel, por ejemplo, tu cara era por completo diferente de como la he visto en la escuela. Y noté el cambio de nuevo cuando nos sentamos a comer y todos lanzaron exclamaciones sobre la comida.

«Esto es increíble, Adam», afirmó Trudie. Sostuvo el tenedor con un bocado de schnitzel para mostrar las capas entre los empanizados. «¿Qué es lo que lleva?».

Enumeraste ralladura de limón, sardinas, alcaparras y eneldo. Nos explicaste que la mitad del secreto consistía en mantener la suavidad del sabor de los otros platillos (en este caso, la ensalada con vinagreta dulce y los tallarines con crema) para que no distraigan del schnitzel. Todos pasamos un minuto saboreando la comida en silencio, lo que en verdad fue maravilloso.

¡Y tu cara, Kurl, mientras hablábamos de la comida! No era posible pasar por alto lo duro que trabajamos todos, durante toda la tarde, para ver aparecer ese cambio en tu cara. No solo Shayna, Bron y yo: incluso Lyle hace más chistes cuando estás cerca, repite para ti las historias que sabe que más gustan. Hicimos hasta lo imposible por animarte a esbozar una sonrisa, porque cuando sonríes se siente como cuando sale el sol.

Por supuesto, dirás que todos son como tú. Todos llevan una cara diferente a la escuela. Y argumentarás que mis dificultades para cambiar de expresión alcanzan tal grado que explican en gran medida cómo me tratan en la escuela. Y estarás en lo correcto con ambas afirmaciones. Pero de alguna forma contigo el cambio es más extremo, como si fueras dos personas diferentes. Me pregunto, Kurl: cuando te miras en el espejo, ¿alguna vez logras ver un rostro espontáneo? Porque desearía que pudieras verlo. Es un prodigio contemplarlo.

«¿Vienes con nosotros a Paisley Park? *¿Por favor?*», te preguntó Bron en la mesa.

Paisley Park de Noche: el baile trianual que anuncian solo veinticuatro horas antes de que se abran las puertas y solo a los más devotos acólitos de Prince, también conocidos como sus seguidores de Facebook.

«No vengas si tienes que trabajar mañana temprano», advirtió Lyle. «Acabará tarde».

«Nos vamos a tomar el día libre, más o menos», respondiste. Nos contaste que a tu tío le habían pagado hoy por un par de techos, así que al día siguiente no estaría en condiciones de trabajar.

«Entonces, es un hecho», dijo Trudie. «Vienes con nosotros en la noche».

Ahora tengo que dejar de escribir y vestirme para ir a Paisley Park. Estás abajo viendo la tele con Rich, Trudie y Lyle mientras Shayna y Bron escogen qué ponerse.

Me acabo de dar cuenta de una cosa. Cuando llegaste hoy a nuestra casa y dijiste que no ibas a cocinar en tu casa porque tu tío no se sentía bien, creo que quisiste decir que no estaba sobrio. ¿Estoy en lo correcto? Si es así, me alegro mucho de que esta noche hayas cocinado para nosotros en vez de para él.

Cordialmente,
Jo

Querido pequeño Jo:

Bajaste al final, así que no viste la sensación que causaron las chicas. Bron, con los hombros descubiertos y un resplandeciente overol dorado y brillos en sus rizos. Shayna tenía una faldita y todo ese maquillaje en los ojos. Digo, tu hermana se veía como alguien por completo diferente. Creo que estoy acostumbrado a verla en pants y camisetas holgadas. Llega a la sala y dice: Oigan, ¿alguien aquí conoce a un tipo llamado Axel?

Silencio total. Los adultos intercambian miradas breves, tensas.

Shayna pone sus puños en las caderas y dice: Ay, ya. Todos lo conocen, ¿verdad? ¿Quién es?

Digo, por supuesto que no me está hablando a mí. Solo reconocí el nombre por esa postal de la que me hablaste, la que te mostró a ti y a Bron en la escuela aquella vez.

Rich y Trudie miran a Lyle. Están esperando que él decida qué responder. Tiene la cara bastante roja. Se queda mirando su chamarra y la aprieta entre las manos como si Shayna fuera el sol, demasiado brillante para mirarlo directamente.

Al final Trudie dice: En realidad, no creo que tu papá quiera hablar de Axel, cariño.

Y Rich dice: Nos estás sacando de onda un poco con esto, Shay… Cuánto te pareces a tu mamá en ese atuendo.

¡Rich!, le susurra Trudie.

Justo entonces bajaste las escaleras, el último. Un traje de lana y una corbata de moño. Te pregunté qué habías estado haciendo todo ese tiempo.

Escribiendo, respondiste y me diste una carta enfrente de todo el mundo.

Admito que me sentí avergonzado. Guardé el sobre en mi bolsillo bastante rápido. ¿Cómo vas a bailar en ese disfraz?, dije, y Shayna dijo: Dios mío, sí, dile que no puede ponerse eso.

Entonces todos pasamos un rato molestándote: Jojo, otra vez estás exagerando. En 1920, o cuando sea que hayan cosido tu ropa, estamos seguros de que no tenían antros para bailar. Tal vez deberíamos ir a buscar un bar clandestino o un lugar de jazz. Etcétera.

Dejamos el carro en un estacionamiento anexo y caminamos como mil horas en el viento helado y esperamos otras mil horas en la fila. Empecé a arrepentirme. O sea, no soy alguien a quien le gusten las multitudes ni estar parado. Ni los conciertos en general. Tampoco me desvelo. Apenas pasaban de las once de la noche y yo ya estaba cansado. Shayna había dicho que escuchó que algunas veces Prince no toca sino hasta que sale el sol. Así que estoy parado en la fila, pensando en que en esta época del año la salida del sol no es sino hasta las ocho. No hay manera de que yo aguante hasta esa hora.

Les digo a todos que no me siento tan bien y que tal vez vea si puedo tomar un tren. Es entonces cuando Bron empieza su discurso. No entiendo cómo lo hace. Es un su-perpoder. Empieza hablándonos solo a nosotros, a nuestro pequeño grupo. Luego se da cuenta de que la escuchan otras personas, así que voltea y levanta la voz y hace que toda la gente sea su público.

Esta es nuestra fábrica de chocolate, dice. Todos tenemos un boleto dorado en nuestro bolsillo. Es nuestra Disneylandia. Nuestro país de Nunca Jamás, nuestro nirvana. Somos los elegidos. Prince es nuestra religión, y Paisley Park, nuestra Meca. Y si Prince es nuestra religión y Paisley Park es nuestra Meca, ¡entonces, esta es nuestra peregrinación, gente! ¡Hoy somos humildes peregrinos!

Somos los jóvenes de esta tierra, dice. ¡Esta es nuestra revolución! Bueno, después de un rato ni siquiera tiene sentido lo que dice. Pero hasta los tipos de seguridad que están en la puerta sonríen y asienten con la cabeza ante sus palabras: ¡Este es nuestro tiempo y esta es nuestra música y vamos a bailar, cabrones!

No te vayas, me pediste, pero ya había decidido quedarme. O sea, ¿quién puede irse después de un discurso como ese? Y fue como si Prince también hubiera escuchado el discurso de Bron. Tal vez lo oyera. Es posible, si hay tantas cámaras en el lugar como dijo Rich. De cualquier forma, al fin se abrieron las puertas y la fila avanzó bastante rápido.

Lo que hizo Prince fue pensar en un lugar mágico y escribir una canción sobre él. Antes de que las chicas y tú bajaran, Lyle nos tocó una canción titulada «Paisley Park». Cuando ya era bastante rico y famoso, Prince construyó la canción en un lugar real. Creo que Elvis fue el primero que hizo eso con Graceland, pero no sé si ahí hacía fiestas para bailar.

Ahora que lo pienso, Prince me recuerda más o menos a ti, Jo. No sé. Por su puesto, no son los tacones altos ni la licra ni sus anteojitos de alambre. Pero hay algo. Tal vez cómo se creó él mismo. Cómo inventó un mundo en el que vivir.

Hacia el final, hubo un momento (que, por fortuna, fue a las cuatro de la mañana y no a las ocho) en que hizo uno de esos solos infinitos de guitarra. Solo la rasgueaba por todo el frente del escenario. Quiero decir, se notaba que había perdido totalmente la noción de lo que hacía su banda e incluso de la canción que estaba tocando.

Estábamos parados justo frente a él y Bron gritaba lo mucho que lo amaba. Shayna me jaló el brazo hasta dislocarlo mientras decía: Dios mío, míralo, solo míralo. Prince se apoyó sobre una rodilla frente a nosotros, como si nos estuviera contando una historia con su guitarra.

Al observarlo, de pronto me di cuenta de lo raro y maravilloso que era poder ver algo que se creaba de la nada. Tan de cerca. Me recordó cómo se sintió verte cantar cuando no sabías que yo estaba ahí. Algo a medio camino entre obsceno y sagrado. No sé. Pero de repente me encontré sonriendo como un idiota, volteando para mirar el lugar y pensando: Cualquier cosa, *cualquier cosa*, es posible en esta vida. Este momento es todo. Ahora mismo.

Digo, tú también debes haberlo sentido, porque cuando volteé a verte había lágrimas en tu cara.

Así que ya lo entiendo. Ya sé por qué los Decent Fellows, las chicas, todos los demás que estaban en Paisley Park y tú creen que ese hombre es un dios. Es porque, cuando está en el escenario, Prince cree que es un dios. Es un dios en el escenario, tal vez. Digo, estoy dispuesto a admitirlo.

Atentamente,
AK

115

Querido Kurl:

Tienes razón: ver a Prince tan de cerca, con ese grado de intimidad e intensidad, es una experiencia que solo un mínimo porcentaje de sus fans podrá tener. Ahora que han pasado unos días, comprendo que fue una experiencia memorable. Sin embargo, debo admitir que, de alguna forma, me pareció una noche descorazonadora.

Me sentí más y más consciente de mí mismo conforme avanzaba el concierto. Cuando Prince hizo un bailecito lento con una de sus cantantes en el escenario —Shayna y Bron sabrán su nombre, la más alta—, las luces casi se apagaron y él dijo: «Volteen a otro lado. No hay nada que ver aquí». Y ahí nos quedamos, en la oscuridad, durante dos o tres minutos, sin nada que ver y nada a lo que pudiéramos aferrarnos. Tú, las chicas y Lyle se habían alejado de mí, así que me sentí muy pequeño para aquel lugar.

Al final las luces se encendieron un poco y Prince anunció: «Este es su baile de graduación, chicos. Hagan parejas ahora, hagan parejas».

No creo que te hayas dado cuenta, porque estabas hablando con Bron y los demás, pero un chico había estado platicando conmigo en la fila, afuera. Se me acercó y me sacó a bailar. Rogan, se llamaba.

Dios nos salve, pensé, de verdad es como un baile de graduación. Excepto porque Rogan era mayor para ir en la prepa, más bien estaba como a la mitad de su década de los veinte. Técnicamente, demasiado viejo para mí. Pero acepté de todas formas.

Mientras bailábamos una calmada, Rogan me hizo un cumplido por el traje que ustedes encontraron ridículo para Paisley Park. Me dijo que mi ropa le recordaba a *Under the Cherry Moon*, así que hablamos de esa película, de que los dos pensábamos que Prince expresaba un gran dolor en todo ese disco a pesar de la vibra retroefervescente. Rogan murmuró: «Estoy completamente embelesado con este lugar».

Le dije que no estaba seguro de que alguna vez hubiera escuchado a alguien decir en voz alta *embelesado* en una frase. Me preguntó si eso hablaba bien o mal de él, y respondí: «A favor. Definitivamente a favor».

Así que estaba bailando con Rogan; al fin empezaba a sentirme más contento —por lo menos, un poco menos aburrido e irritable, halagado de que alguien en ese lugar estuviera lo bastante interesado en mi existencia para buscarme, encontrar una razón para tocarme y hablarme— y entonces te vi, Kurl.

Habías hecho pareja con Shayna y por encima de su hombro, a dos o tal vez tres metros de distancia, nos estabas mirando directamente a Rogan y a mí. A duras penas puedo recordar tu expresión sin estremecerme, y aún menos intentar describirla por escrito. Tu cara estaba perfectamente tranquila y neutra como siempre, pero tensa, rígida, como si requirieras toda tu energía para mantenerla así. Había algo en tus ojos, algo hermético, enojado y sombrío.

Casi esperaba ver tus puños cerrados, preparados para atacar, pero tus manos descansaban abiertas y relajadas en la cadera de Shayna. Cuando notaste que te estaba observando, bajaste la mirada de inmediato y la siguiente vez que volteé a ver, Shayna te estaba hablando al oído y tú habías inclinado la cabeza hacia su hombro para escuchar lo que te decía.

Kurl, si te acuerdas, te informé que era gay en una de las primeras cartas que te escribí. Sabes que nunca he tratado de esconder quién soy. Si tienes un problema con mi sexualidad, necesito que seas honesto conmigo y lo admitas. Porque si verme en una pista de baile en los brazos de un hombre basta para provocar en ti una aversión y un odio tan intensos, y no estás dispuesto a lidiar con eso de una manera abierta y directa, entonces me temo que tú y yo tendremos entre manos un problema a largo plazo y a mayor escala. Tampoco tiene caso que lo niegues. Como ya mencioné antes, me he vuelto algo así como un experto autodidacta en leer tu cara.

Estoy luchando contra el impulso de contarte sobre mi historia sexual. Siento la necesidad de poner excusas, de exonerarme, para convencerte de mi relativa inocencia. En términos de experiencia física, he tenido muy poca: dos sesiones de manoseo a tientas basadas en retos y un *affaire de cœur* en el campamento de música que se alargó hasta la mitad del verano. Dolorosamente intenso en cuanto a mensajes de texto recargados, dolorosamente ligero en cuanto al contacto físico real. De hecho, ese melodrama de la secundaria es la razón por la que ya no tengo celular.

Me enoja revelarte todo esto, Kurl. Sé que es mi propio sentido de la vergüenza y de la humillación lo que me impulsa a hacerlo. Es probable que también se deba a mi homofobia internalizada. Pero ¿de qué otra manera se supone que me defienda de que me mires como si yo fuera algo pegado a la suela de tu zapato?

Cordialmente,
Jo

Miércoles, 28 de octubre

Querido pequeño Jo:

Esta es mi tercera carta. Rompí las otras dos porque me tomó cierto tiempo calmarme. De verdad me arrepentí de aquella carta que te mandé al principio, cuando estaba enojado, esa en la que te llamé «escuincle chismoso». Te escribí otra de inmediato para intentar compensarte, ¿recuerdas? Y tampoco olvidaste el insulto. Lo mencionaste hace solo dos cartas: «Aunque corra el riesgo de que me llames "escuincle chismoso"», escribiste.

Por lo menos ahora sé por qué no querías hablarme estos últimos dos días en la escuela. No es que hablemos mucho, de todas formas. Más bien, Bron y Shayna hablan y nosotros estamos parados junto a ellas, que nos hacen algún comentario ocasional. Pero estos dos últimos días en la escuela casi no me miraste. Me preguntaba qué pasaba.

Pongamos una cosa en claro. No eres un lector de la mente. No sabes nada de lo que estaba pensando en la pista de baile de Paisley Park. Digo, perdóname si te miré de manera extraña por un segundo. O con la que fuera mi expresión facial.

Pero no fue porque tuviera «un problema con tu sexualidad». Tus palabras. Si tuviera un problema con tu sexualidad, ¿no crees que a estas alturas ya habría surgido? Haces que parezca como si hubiera estado ocultando estos terribles pensamientos críticos contra los gays y los hubieras descubierto justo en mi cara. No eres un lector de la mente. No sabes lo que pasa en la cabeza de los demás. No tienes ninguna razón para llegar a conclusiones de esa manera. Lo cierto es que no tienes ningún derecho.

Lyle y tú. De verdad es irónico, porque me imagino que Lyle también sacó sus conclusiones más o menos al mismo tiempo en que tú lo hiciste.

¿Te diste cuenta siquiera de que Lyle me acorraló, o algo así, después de que bailé con Shayna? Me toma del brazo y dice: Que mi hija esté vestida así no significa que quiera esa clase de atención de tu parte, Adam.

Le digo que no sé de qué habla. Y entonces me empieza a hablar y hablar de que algunas veces las niñas adolecentes prueban su atractivo sexual en los niños vistiéndose así, y eso hace posible que reciban una atención sexual para la que no están listas.

Y todo el tiempo que pasa sermoneándome, me observa de arriba abajo con una mirada que no he visto nunca. No puedo siquiera describirla.

¿Qué tal si uso tu manera de abordar las cosas y te explico cómo me hizo sentir? Me hizo sentir que Lyle Hopkirk estaba mirando más allá de mi cara, hacia un lugar secreto en mi cabeza que ni siquiera yo sabía que existía. Un lugar feo.

No sé ni qué respondí. Metí las manos en los bolsillos y dije algo como: Sí, no, claro, yo nunca lo haría.

Pero el problema con Lyle es que tampoco sabe leer la mente. No tenía idea de lo que pasaba en mi cabeza mientras bailaba con Shayna. Así que ¿qué tal si ustedes dos dejan de actuar como si hubieran descifrado cómo son todos? Porque no lo saben.

Atentamente,
AK

P. D.: Solo saqué a bailar a tu hermana porque ese tipo universitario te sacó a ti. Ya te estaba tocando el pelo y arreglándote la corbata de moño cuando saqué a Shayna. Y tú ya te estabas riendo. Digo, por lo menos dejemos claros los hechos.

Querido Kurl:

Una confesión: estoy bastante seguro de que es mi culpa que Lyle te echara en cara que bailaras con Shayna. Él no estaba intentando leer tu mente sino actuando según unas nociones que yo recientemente había puesto en su mente. Te debo una doble disculpa, Kurl, tanto por acusarte de homofobia como por haber hecho, sin querer, que tuvieras problemas con mi padre.

Fue cuando Bron, Shayna y yo estábamos arriba arreglándonos para ir a Paisley Park, después de cenar schnitzel y justo antes de sentarme a escribirte la carta. Estabas abajo con los demás y yo estaba tirado en la cama de Shayna mientras se probaban ropa. Intentaba adivinar cuánto le gustas a Shayna, diciéndole que pensaba que debería aventarse y molestándola con lo obvio que era para todos que ustedes dos se gustaban.

Estoy consciente de que fue increíblemente inmaduro de mi parte. Clásico comportamiento pesado de hermano menor.

«No es mi tipo. Apenas habla», replicó Shayna, y yo me burlé porque ¿no es la clásica defensa que ofrecería una chica cuando se siente tan radicalmente atraída hacia un chico que le resulta desconcertante? «Lo adoro como persona, pero no es mi tipo».

«Lee mucho, ¿sabes?», insistí. «Y es un excelente escritor».

«Como dije, no es mi tipo», repitió ella.

«De veras le gustas, Shayna. Solo digo que deberías darle una oportunidad».

«¿A quién le gusta Shayna?». De pronto, Lyle estaba parado en la puerta del cuarto.

«A Adam Kurlansky», respondí.

«Para aclarar», dijo Bron, «estamos trabajando con poca evidencia y una gran dosis de especulación».

«¿Por eso te vestiste así?», le preguntó Lyle a Shayna.

«¿Cómo?».

«De forma inapropiada», contestó Lyle mientras señalaba con un ademán su falda corta. «Quiero que te la cambies antes de salir».

«Eh, no creo», replicó Shayna. «Y, de todas formas, lo que tiene Jojo es que está *celoso*. Es patético. ¡Eres *patético*, Johathan Hopkirk!». Y, al pasar junto a Lyle, lo empujó, dio fuertes pisadas por el pasillo y azotó la puerta del baño.

Así que me exiliaron a mi cuarto, donde tuve suficiente tiempo para pensar en los eventos de la tarde y escribirlos para ti. Y, bueno, fuiste testigo de primera mano de la ineficacia del esfuerzo de mi padre por censurar las elecciones de vestuario de Shayna. Ella nunca había puesto ningún esfuerzo en su ropa ni en su maquillaje antes de esto, así que tal vez Lyle solo está intentando asimilar la transformación.

Otra confesión (sé real y sé auténtico, Jonathan, sé real y sé auténtico): mi hermana tenía razón sobre mí. Estoy celoso. Tengo envidia de las opciones fáciles que todos ustedes disfrutan. ¿Salir con alguien o no salir con alguien? ¿A ella le gusta él? ¿A él le gusta ella? Puedes intentar lo que te plazca y cambiar de opinión en cualquier momento. Todos están disponibles para todos. ¿Yo? Se me podría permitir admirar a alguien de lejos, albergar un anhelo secreto, pero actuar de acuerdo con él me costaría todo.

En fin. De verdad lamento, Kurl, el desastre que provoqué en Paisley Park.

Cordialmente,
Jo

Querido pequeño Jo:

Mañana no hay escuela y probablemente no recogerás esta carta sino hasta el lunes. ¿Recuerdas aquel ASP que tenía que escribir, acerca de lo que debes hacer en una explosión? Digo, no es solo sobre los talibanes. Ve el maratón donde explotaron las bombas. En una explosión lo que haces es meterte bajo una mesa o un escritorio hasta que las cosas dejen de caer. Si no puedes salirte de los escombros, esperas. Usas una linterna o un silbato para pedir ayuda. O golpeas algún tubo. Tienes que evitar gritar porque eso te deshidrata y te hace inhalar polvo. Respiras a través de tu camisa. Evitas ventanas, espejos, armarios con puertas de vidrio, elevadores, contactos eléctricos, tuberías de gas, cocinas.

Sylvan me contó que Mark dijo que los terroristas suicidas eran algo que no debían tomarse personalmente en Afganistán.

Le pregunté a Sylvan: ¿Cómo es posible?

Dijo que, según Mark, es más fácil allá porque no tienes que decidir nada. Todas las decisiones las toman por ti. En casa es más difícil.

Le pregunté a Sylvan si eso era lo que Mark había dicho: en casa es más difícil. ¿Fueron esas sus palabras exactas?

Sylvan dijo que tal vez ya era hora de que yo mismo le hiciera a Mark algunas de estas preguntas.

O sea, es posible que sigas el procedimiento punto por punto. Que te escondas bajo la clase correcta de muebles y hagas señales con tu linterna y no tomes la bomba como algo personal. Pero hay una cosa específica que ocurre en tus órganos internos cuando estás expuesto a una bomba. Los tejidos de tus órganos vibran y expelen células en todas direcciones, como el polvo de un tapete al golpearlo. «Como el polvo de un tapete al golpearlo». Recuerdo haber leído esta frase exacta. Todas las partes personales de tu cuerpo, las más recónditas, son sacudidas y magulladas.

Atentamente,
AK

Querido Kurl:

Es probable que no recuerdes mucho. De hecho, es posible que no recuerdes nada de nada.

No podía creer que hubieras estado manejando en ese estado. Considero un milagro que llegaras a salvo hasta nuestra casa y lograras estacionarte, aunque lo hicieras más sobre el pasto que en el camino de entrada, antes de perder el conocimiento. Tal vez lo perdiste mucho antes de llegar y el auto se condujo a sí mismo hasta nuestra casa; en lo que a mí respecta, eso difícilmente habría sido más milagroso.

Algunos años, en Halloween nos quedamos en casa y regalamos dulces, pero esta vez Shayna, Lyle, Cody Walsh y yo habíamos pasado la tarde en el maratón de películas del viernes por la noche en el cine de repertorio. Yo aguanté *El resplandor* y *El proyecto de la bruja de Blair* con ellos, pero había suplicado zafarme de *Saw: Juego macabro*, la función de medianoche, y Cody me llevó a casa. Cuando se trata de películas de terror, mi padre y mi hermana son insaciables y omnívoros. No puedo seguirles el ritmo, ni siquiera físicamente: mis ojos me empiezan a arder por mirar la pantalla tanto tiempo.

Así que fui yo quien te encontró en nuestra entrada con la frente descansando en el volante. Las luces encendidas, la puerta del conductor entreabierta, el radio en AM, en la estación del tiempo, el auto entero oliendo a tufo de destilería.

Te llamé por tu nombre y te empujé un poco. Tu cabeza rodó por el volante, pero no podías ni siquiera enderezarte.

Y entonces dijiste: «Me tengo que ir».

«¿Qué?», pregunté.

«Este es el coche de mi mamá», me explicaste arrastrando las palabras. «Se va al trabajo a las cinco. Me tengo que ir». Giraste la llave y encendiste el motor.

Me quedé junto a la puerta del auto, manteniéndola abierta. «Estás borracho, Kurl. No puedes manejar así de ninguna forma».

Levantaste la cabeza y me miraste. «Hola, Jo», saludaste. Uno de tus ojos estaba cerrado de tan hinchado; el moretón llegaba hasta tu pómulo. Tu labio estaba partido, sangraba.

«¿Qué pasó?», pregunté. «¿Te peleaste?».

«Claro que me peleé».

Me sonreíste, lo que hizo que saliera más sangre fresca de tu labio.

«Ven a la casa», dije. «Vamos por hielo. Voy a llamar a Lyle».

Pero escuchar el nombre de mi padre debe haberte asustado, porque te enderezaste y pusiste el auto en reversa.

«¡Espérate! Kurl, espérate». No sabía qué hacer. El auto estaba moviéndose. Yo ya había tenido que dar dos pasos rápidos hacia un lado para que la puerta no me arrollara. «Para el auto y vete al otro asiento. Yo manejo», te indiqué.

De inmediato te deslizaste al asiento del pasajero y te hiciste bolita apoyando la mejilla en el cabezal, como si el hecho de que yo tomara el volante fuera lo que habías planeado desde el principio.

«Ponte el cinturón de seguridad».

Todo obediencia, buscaste a tientas el cinturón.

Como debes saber, aún faltan varios meses para que tenga derecho a solicitar mi licencia de manejo regular. Estoy bastante seguro de que mi licencia de aprendiz tampoco me permite conducir con un chico de dieciocho años con un alto grado de ebriedad como copiloto. Por suerte, Lyle insiste en ponerme ante el volante para practicar siempre que tenemos la oportunidad de sacar el auto de Mineápolis, así que ya soy un conductor decente, incluso de noche. También, por fortuna, hacía poco había estudiado el mapa, pues sentía curiosidad por la localización de tu santuario exterior, así que, cuando mascullaste la dirección, yo ya sabía más o menos cómo encontrar tu calle.

Estabas tan callado que sospeché que habías perdido el conocimiento otra vez; no estaba seguro, porque me encontraba absorto por completo en la tarea de no cometer ninguna infracción de tránsito. Di la vuelta en tu calle, pero me preocupaba que alguien se asomara desde la ventana del frente, así que estacioné el auto en la banqueta a unas cuantas casas de la tuya.

Tu cara estaba volteada hacia la ventana y no respondiste cuando te llamé, así que salí, caminé hacia tu lado del auto y abrí la puerta del pasajero. Sentí alivio al encontrarte amodorrado pero consciente por lo menos, despierto y levantando la vista hacia mí y parpadeando con tu ojo bueno. Tu cara era como carne.

«Tal vez debí haberte llevado directo al hospital», dije.

«Ven acá, Jo», murmuraste.

Me estabas pidiendo que te ayudara, pensé, así que me agaché y te desabroché el cinturón de seguridad. Agarraste mi brazo y balanceaste un pie hasta ponerlo en el piso, y yo me preparé para recibir tu peso.

Pero, en lugar de intentar pararte, me tomaste de la muñeca y agitaste mi mano varias veces.

«Hola», dijiste, como si nos acabáramos de encontrar y yo te estuviera saludando con la mano en el aire.

«Hola». Me reí a pesar de la preocupación.

Levantaste mi muñeca rodeándola con tus dedos como una pulsera. «Huesos finos», comentaste.

Kurl, hay toda clase de razones para que hicieras lo que hiciste después. Simplemente tenías una conmoción por la pelea, por tus heridas. O tal vez fue simple curiosidad. O pensaste que yo era alguien más. Tal vez pensaste que era Shayna; después de todo, habías manejado casi inconsciente a su casa.

Llevaste una mano a mi cintura, a mi cinturón, y le diste un jaloncito a la punta.

Después pusiste tu otra mano en la hebilla y la desabrochaste.

«Oye». Me enderecé, pero tú no me soltaste.

«Querido pequeño Jo», murmuraste.

Tu voz era baja y suave, y frunciste el ceño mirando mi cierre con gran concentración. De pronto parecías menos borracho.

Todo ese escrutinio, sin mencionar tus manos tan cerca, tuvo el efecto predecible. Más que el efecto predecible: sentí que me habían conectado a un tomacorriente. Era inútil intentar ocultarlo y, de todos modos, tenías las piernas abiertas, casi fuera de tu asiento, y tampoco intentabas ocultar nada.

Desabotonaste mis pantalones. Jadeé cuando me tocaste, y creo que debo haberme balanceado o tambaleado, porque pegaste tu muslo al mío con fuerza para estabilizarme.

La verdad, toda la verdad, Kurl: después de los primeros cinco segundos ya no me importó gran cosa por qué lo hacías. Tienes unas manos callosas. No me dolía exactamente, pero sentí una clase de presión áspera que de algún modo parecía extenderse desde tus manos y acumularse bajo mi piel, en todas partes, como si mi cuerpo entero se frotara contra sí mismo en mi interior, como lija. Mi respiración se hizo más rápida y también sentí rasposa la garganta, como si hubiera palabras alojadas ahí que fueran a ahogarme o a salir a borbotones a la calle. Estaba atrapado entre el dolor y el perfecto y asombroso opuesto al dolor. Me sostuve de tu hombro con una mano y de tu cabeza con la otra, y podía sentir mi propio pulso en las puntas de los dedos, como si estuviera transfiriendo mi latido frenético directamente a tu oído, tu cabello, tu espalda.

Escuché un gemido agudo, estridente y me di cuenta de que era yo. No reconocí ese sonido, no reconocí mi propia voz. Por un instante, pensé sobre mí mismo: «¿Quién es este? ¿Quién podría ser esta persona?», y al descubrir a una persona completamente nueva, pude sentir que sonreía, totalmente encantado, en medio de todo.

No me mirabas, Kurl. No me di cuenta hasta ese momento exacto; en mi defensa, estaba algo distraído. Creo que asumí que estabas enfocado en lo que hacían tus manos; y lo estabas, por supuesto. Pero también evitabas mis ojos, lo cual se me hizo más claro cuando volteaste hacia arriba, me cachaste sonriendo y, como respuesta, levantaste una mano hasta mi cara y la presionaste con suavidad sobre mis ojos.

«No veas esto», me pediste. «No me mires».

Me alejé de ti. Volteé hacia un lado y, con torpeza, demasiado aprisa, subí el cierre, me abroché el cinturón y metí mi camisa. Mis manos se sentían como si fueran las de alguien más.

Te estiraste para meter un dedo en una de las trabillas de mi pantalón, me atrapaste y me diste vuelta para que quedara frente a ti. «Espera, espera», murmurabas, tratando de retenerme ahí y liberar tu otro pie para salir del auto. «Jo, Jo, espera, quédate».

Pero yo estaba temblando, me estaba entumiendo. Todo el tiempo, Kurl —durante esos dos o tres minutos, o lo que sea que haya durado, que no fue mucho—, yo había estado de forma completa justo ahí, suspendido entre tus dos manos como una criatura que difícilmente era humana. Nunca he estado tan presente y tan consciente de mi propio cuerpo como durante esos pocos minutos. Estaba justo ahí, pero tú no me querías ahí. Querías hacer lo que estabas haciendo en privado, sin que yo estuviera ahí para ser testigo. O tal vez no querías que ninguno de los dos estuviéramos ahí. No querías que ocurriera en absoluto.

De todas maneras, para ese momento yo estaba totalmente de acuerdo contigo. ¡Estaba tan avergonzado de mí mismo! Jalé con violencia mi cadera para alejarme y tú aullaste: temo haberte torcido el dedo que estaba atrapado en mi pantalón. Si lo descubriste lastimado hoy en la mañana, entonces te ofrezco una disculpa, y deberías saber que esa lesión en particular no fue resultado de tu pelea previa. Te dejé en el asiento del pasajero y corrí por tu calle; seguí corriendo de regreso por donde había conducido hasta que llegué a la esquina del centro comercial, cuando llamé a un taxi.

Es posible que no recuerdes nada de esto. Confía en mí: consideré la posibilidad de que el procedimiento más sabio fuera no decirte nada. Pero me recordé a mí mismo que comencé esta correspondencia contigo bajo el principio de la honestidad.

Me abriste. Eso es todo lo que estoy tratando de relatar en esta carta. Me abriste, Kurl, en más de un sentido.

Cordialmente,
Jo

Querido Kurl:

Después de Paisley Park, ya sé que no debo leer nada en las expresiones en tu rostro. Pero tu completa negativa a mirarme cuando pasamos uno junto al otro en el corredor hoy en la mañana —la velocidad de rayo con la que retiraste tu mirada y la repentina rapidez de tus pasos; tu cara, con tu ojo un poco menos hinchado pero de un color púrpura más oscuro ahora; ese feo corte en tu labio— fue peor que cualquier mirada supuestamente fulminante que pudieras haberme lanzado. No podía respirar. Mis costillas se encogieron y me aplastaron los pulmones. Llegaron las lágrimas, por supuesto, y tuve que entrar a Mate y ocultar mi cara con el libro de texto hasta que recuperé la compostura.

Consentimiento. He estado pensando todo el día en las reglas del consentimiento, en que una persona no puede dar su consentimiento a nada sexual si está incapacitada por el alcohol o las drogas. Según tú, Kurl, ¿dónde podría clasificarse la noche del sábado en el espectro del consentimiento?

A la hora del almuerzo encontré a Bron y a Shayna en el lugar donde suelen comer, junto al horno en el salón de arte. Ninguna de ellas está siquiera en una clase de arte este año, pero les gusta la vibra y, al parecer, a Rhoda —usan el nombre de pila de la señorita Deane, Rhoda— no le importa que entren a su salón. Deberías verlo alguna vez, Kurl. Con todas esas ventanas, es uno de los salones más iluminados de la escuela.

En fin. Bron comía una ensalada de arroz con brócoli en tupper, y Shayna, una bolsa de papas fritas mientras hundía su pulgar en una bola de barro que había en la mesa de arte.

Jalé un tercer banco de la mesa vecina, me senté y saqué el sándwich de mi mochila. «Si una niña está borracha», dije, «e inicia sexo con un niño sobrio, ¿qué debe hacer el niño?».

Bron se tragó su bocado. «¿Qué pasó?».

Tuve que disculparme por una frase de apertura tan dramática. «Hablo de un niño heterosexual», dije. «Es una situación hipotética».

Bron y Shayna intercambiaron una mirada y después Bron frunció el ceño y bajó su tenedor.

«Si el chico es Kurl, dile que es asqueroso».

«¡No es Kurl!», dije.

«Técnicamente, él no es ni siquiera un niño: tiene dieciocho», dijo Bron. «Dile que debería poner el ejemplo».

«No es Kurl». Mi cara estaba roja, lo sabía. «¿Por qué supones que es Kurl?».

«Porque no conozco a ningún otro niño», dijo Shayna.

«Yo sí», mentí, y entonces me di cuenta de que la mentira no era convincente e intenté con otra: «Escuché a gente hablando en la clase de Mate, ¿de acuerdo?».

«Legalmente hablando, si ella inicia y dice de forma clara todo el tiempo "sí, sí, sí", es un área indefinida», dijo

Bron. «Pero piénsalo: ¿tú querrías tener sexo con alguien que es probable que no lo recuerde? ¿Que es probable que casi ni lo sienta siquiera?».

«Si alguien quisiera eso, tendrías que poner en duda seriamente sus motivos», intervino Shayna.

«¿Preferirías ir a casa de un amigo, estar ahí y pasarla súper juntos, o irrumpir en su casa cuando él no está y quedarte ahí solo?», planteó Bron.

«O irrumpir cuando está dormido», dijo Shayna disimulando una risita, «y recostarlo en el sofá para simular que se están divirtiendo juntos».

«Está bien, ya entendí», dije.

«Y al día siguiente le dirías: "¿No fue maravilloso?"», dijo Bron.

«Y tu amigo respondería: "¿De qué estás hablando?"», continuó Shayna.

Cerré la tapa de mi recipiente para el sándwich y lo metí a mi bolsa.

«¿Adónde vas?», quiso saber Bron.

«Ay, Jojo, no seas así», dijo Shayna.

«Está bien. Me acordé que tengo que hablar con la señorita Khang». Más mentiras, pero no me habían dado el apoyo que buscaba. Al contrario, me sentí más culpable que nunca. Era contigo con quien necesitaba hablar, Kurl, pero te busqué por todos lados y no te encontré. Creo que debes de haber salido de la escuela a mediodía y ya no regresaste.

Cordialmente,
Jo

137

Querido Kurl:

Hoy en la clase de Literatura, por primera vez desde que empezó el año, y a excepción de cuando te lastimaste la espalda aquella vez, no había ninguna carta tuya esperándome. No me había dado cuenta de que nunca habías dejado de mandarme una sola carta, hasta que la señorita Khang se agachó junto a mi pupitre y me preguntó si creía que estabas bien.

«Adam parecía bastante apagado en clase esta mañana», dijo. «Se quedó mirando por la ventana y solo volteó la cabeza cuando traté de hablar con él. Y, al ver el moretón que tiene en la cara, me preocupé».

Ay, Kurl, si este problema se debe a haber escrito demasiado por mi parte, entonces felizmente, con entusiasmo y de todo corazón, lo retiro. Quema mi carta sobre lo de la otra noche. Acordemos que nunca la escribí. Acordemos que nunca te dije nada, que no recuerdas nada, que no hay nada. Honestamente, ya me conoces bastante bien y sabes que puedo exagerar. Sabes que puedo hacer un drama por las pelusas de la secadora.

Pero, por favor, escríbeme. Escribe cualquier cosa, no me importa: escribe cartas de mentiras, escribe listas del súper, escribe «bla, bla, bla» una y otra vez hasta llenar la página. Escribe «Pequeño jodido ojete pequeño jodido ojete pequeño jodido ojete».

Pero, por favor, no repruebes Literatura por mi culpa. No podría soportar ser responsable de eso.

Cordialmente,
Jo

Querido pequeño Jo:

Tu bicicleta está en el estacionamiento de bicicletas al norte de la escuela. Bajo el asiento, pegué con cinta adhesiva la llave del nuevo candado. Quise hacerlo hace tiempo, pero me tomó una eternidad averiguar dónde está Cherry Valley. ¿Sabes que su nombre oficial no es para nada Cherry Valley? Oficialmente, es parte de la desembocadura del río Misisipi. Lo llaman Cherry Valley porque supuestamente las niñas pierden su virginidad si van allá. ¿Soy la única persona que no entiende estos chistes? O sea, no creo serlo. Creo que todos lo llaman Cherry Valley sin darse cuenta de que no es su nombre real.

Al final, Sylvan fue quien me explicó. Le pareció muy chistoso que le pidiera prestado su teléfono para buscar Cherry Valley en el mapa y que no lo encontrara.

Esta solo es una nota rápida. Quería regresarte a Nelly desde hace milenios, pero por lo menos lo estoy haciendo ahora.

Atentamente,
AK

Viernes, 6 de noviembre

Querido Kurl:

¡Gracias, gracias, gracias! Kurl, solo puedo imaginar lo que debió costarte recuperar mi bicicleta de esa horrible cloaca de riachuelo. Lo que más me gusta de tener a Nelly de regreso: estas mañanas, en las que todavía no hay mucha escarcha pero huelen a escarcha, me pongo mis guantes de lana con protección adicional para cubrir las puntas de los dedos y mi bufanda roja deslavada, con estampado de cachemira y flecos que aletean detrás de mí como bandera, y bajo la colina rodando, sin pedalear. Si salgo a tiempo, durante una parte del camino puedo unirme a la flotilla de los que van a diario al centro a trabajar, esos ciclistas dedicados que no abandonan la bicicleta solo porque la temperatura haya empezado a descender. Amo los portafolios atados a las rejillas, las mochilas con paraguas asomándose. Me encantan todos esos pequeños clips de tobillo con los que sostienen los dobladillos de los pantalones para mantenerlos a salvo de las cadenas. El coro de campanas, las señales que hacen los brazos, el «a tu izquierda» que gritan para pasar, las miradas reprobatorias a los autos que viran a la derecha en un ángulo demasiado cerrado.

Andar en bicicleta es una de esas experiencias que, para mí, apuntan a una vida más allá de la preparatoria. Puede ser que tenga que estacionar a Nelly a algunas cuadras de distancia y caminar hasta la escuela para no animar a los destructores de bicicletas a que repitan su actuación, pero al menos recuerdo con regularidad, una vez más, que la libertad espera, a una distancia de menos de tres cortos años.

Esto es todo lo que voy a escribir hoy. He decidido que necesito imponer medidas de austeridad sobre mí mismo para no alejarte para siempre. No sería justo para Bron y para Shayna, para empezar. Se han encariñado contigo casi tanto como yo, Kurl.

Cordialmente,
Jo

Querido Kurl:

Otra vez no hay carta tuya. Shayna y Bron me han preguntado por ti toda la semana: con quién peleaste esta vez, por qué estás tan malhumorado con ellas en Mate, cuándo vienes a la casa para cocinar otra vez, y confieso que les contesté feo la última vez que me preguntaron.

«Como si yo supiera», dije. «Nunca ha sido conmigo con quien Kurl habla».

Lo cual, tristemente, es la verdad. He estado releyendo algunas de tus cartas y me he dado cuenta de lo poco que me has contado en realidad, lo cuidadoso que siempre has sido para guardar tus asuntos para ti mismo.

Sospecho que es así como te conduces en todos los frentes, Kurl. Por ejemplo, en el futbol, la manera tan abrupta en que te saliste del equipo. Al mantenerte en silencio por completo sobre cuáles eran tus razones, te aseguraste de que, si quisieras escapar, nadie podría jalarte de regreso enrollando la cuerda en el carrete porque no habría nada a lo que asirse.

Pero, de cualquier manera, ¡yo no querría «jalarte de regreso»! Aunque, para mí, escribir cartas evolucionó en algo que iba más allá del mínimo requerido para la clase de la señorita Khang, no querría que continuaras escribiéndolas por obligación. Sería horrible. Sería peor que este silencio.

Cordialmente,
Jo

Martes, 17 de noviembre

Querido Kurl:

La señorita Khang me tiene ahora escribiéndole cartas a Abigail Cuttler. ¿Conoces a Abigail Cuttler? Para empezar, no tengo permiso de llamarle Abby. «Siempre me han dicho Abigail y francamente lo prefiero», me explicó en la primera carta que me envió. La amiga por correspondencia original de Abigail, Emily Visser, desapareció después de que a su madre la transfirieron a Alemania, hace tres semanas.

Todo esto para decirte que hoy te estoy escribiendo en mi tiempo libre, y lo hago en mi propia defensa: no creo que sea justo que estés enojado conmigo porque los Carniceros me arrancaran la mochila del hombro hoy en el pasillo. De hecho, me parece que tu actitud fue, en parte, culpar a la víctima.

Si cometí algún error fue no verlos cuando se acercaron. Entre clases, por lo general estoy tan alerta como un animal de presa, girando la cabeza para echar un vistazo al perímetro, parando las orejas para detectar pisadas de depredadores.

Pero esta vez, ¡qué pena!, lograron acercarse a mí, sigilosos. Casi no tuve tiempo para notar nada más que el dolor de mi brazo torcido por la correa con una llave inglesa antes de que llegaras ahí, le arrancaras la mochila a Dowell y me la entregaras dándome un fuerte empujón.

«Lo lamento», murmuré.

«No te disculpes», dijiste. «¡Carajo! ¿Cuál es tu problema?».

«Tienes razón. Perdón», me disculpé de nuevo.

Honestamente, no era mi intención sonar tan estúpido. Todavía me estaba sobando el brazo adolorido, sin entender bien lo que estaba pasando.

«Es como si lo hicieras a propósito», dijiste y, airado, te diste la vuelta para irte.

Kurl, sé que no estabas enojado conmigo en específico porque me arrebataran la mochila. Estabas enojado por tener que rescatarme de los Carniceros. Entiendo lo frustrante que debe ser sentirse obligado a involucrarse, en especial cuando has decidido distanciarte de mí en general. Y no quiero que pienses que no estoy agradecido por la ayuda que me brindaste hoy, y también por el rescate de Nelly en Cherry Valley.

Pero ¿lo hago a propósito? ¿Hago *qué* a propósito exactamente? No me vas a escribir de regreso para responder a esta pregunta, así que tendré que especular por mí mismo.

«Atraer el fuego enemigo»: así es como lo describiste alguna vez, en referencia a mi guardarropa. ¿Te acuerdas? Habías notado que los atuendos que armo con la ayuda del señor Trapero son básicamente disfraces de Walt Whitman. Me llamaste «objetivo ambulante». Y, sí, estás totalmente en lo correcto al decir que esta ropa atrae el fuego de los Carniceros y contribuye a dar una impresión general de excentricidad o despiste total, algo de lo que sin duda sufro las consecuencias en la escuela.

Pero «hacerlo a propósito», si en verdad puedo referir esta acusación por lo menos en parte a mi guardarropa, no consiste solo en vestirme como mi modelo poético. Mucho más que eso, se trata de recordarme continuamente lo corto que es el momento presente, cuán pasajero es el tormento que estoy sufriendo a manos de los Carniceros. Después de todo, esta ropa mía ha vivido más tiempo que cualquiera de nosotros. El saco que notaste en una de tus cartas se llama *tweed* Loaghtan, de la Isla de Man. Es probable que haya llegado a Estados Unidos empacado en el baúl de algún barón, dueño de un molino, en un barco de vapor en la década de 1910.

Lo hago a propósito porque quiero estar siempre consciente de las décadas y los siglos que nos precedieron, durante los cuales la gente produjo cosas hermosas y diseñadas para durar. Quiero caminar por los corredores de la prepa Lincoln con una parte de mí en lo eterno, lo atemporal, y la otra parte deslizándose por el aquí y el ahora tan rápido que nadie pueda detenerme, ni siquiera los Carniceros.

Cordialmente,
Jo

Querido pequeño Jo:

Hablando de Walt Whitman. Es bastante irónico que Khang
me haya asignado un ejercicio de escritura alternativo en
lugar de las cartas que no estoy escribiendo y que este aca-
be siendo un ensayo sobre Walt Whitman. Digo, me asig-
nó un poema a mi elección, pero acabé escribiendo sobre
«Canto a mí mismo».

Ni siquiera planeaba hacer la tarea. He estado trabajando todos los días después de la escuela. Todas las noches
pasamos allá arriba dos horas después de que oscurece intentando hacer más techos durante la jornada antes de que
haga demasiado frío. Pero entonces llegué a casa la otra noche y me senté y de todas maneras escribí el ensayo, todo
de una vez.

Bueno, pues hoy Khang me pide hablar conmigo después de la clase. Estoy pensando: ¿Ahora qué?, porque ya
ha hablado conmigo algunas veces después de la clase: sobre mi ojo morado y sobre no escribirte cartas y sobre la
tarea alternativa.

Resulta que Khang está alterada por el ensayo que escribí. Casi está susurrando. Parada de puntitas para acer-

carse a mi oído, como si fuera un secreto y le preocupara que la gente que esté en el pasillo pudiera oírnos.

Adam, estoy en una conmoción total. Me dice que mi ensayo es muy perspicaz y la construcción de las palabras es muy elegante. Me dice que no tenía la menor idea de que hubiera un intelectual y un artista oculto bajo toda esta fuerza física. O sea, estoy citando las palabras de Khang. «Toda esa fuerza física». Quiere saber de dónde saqué una apreciación tan madura y detallada de la poética de Whitman.

Para este momento estoy casi acorralado contra el pizarrón. Es como si Khang fuera el poodle de alguien, olfateándome la entrepierna, y yo tratara de responder de una manera cortés diciendo: Vaya, ja, ese que tienes ahí es un perro amigable. Aunque lo que en realidad quiero hacer es darle una patada en las costillas. O sea, esta mujer de veras no entiende el concepto de espacio personal.

Al final, Khang deja de hablar y solo me mira. Y de pronto me doy cuenta de que está esperando que yo diga algo. Quiere saber de dónde saqué toda esa basura sobre Walt. Entonces me empiezo a preocupar por lo que ha de pensar en realidad, que me robé ese ensayo o le pagué a alguien para que me lo escribiera. En específico a ti, Jo. O sea, estoy seguro de que en la clase de Literatura nunca paras de hablar de tu amigo Walt y sus metáforas acerca el espíritu de construcción de la nación estadounidense, etcétera. Tal vez Khang se imagina que me he aprovechado de nuestra relación epistolar. Que te he forzado a punta de cuchillo a hacer mis ensayos o algo así.

No creo que de verdad lo pensara. Viéndolo a la distancia, estoy consciente de que solo estaba paranoico. Pero en ese momento estaba ahí parado, casi en pánico, debido a la culpa y la vergüenza. Intentando pensar en alguna clase de excusa.

Al fin, mi boca se abre y lo que sale es esto: Creo que soy algo así como un fanático de Walt Whitman. Sí, eso dije. Algo así como un fanático de Walt Whitman. Lo dije en voz alta, a una maestra.

Pero ni siquiera paré ahí. Le conté que Mark fue a Afganistán y que descubrí que Walt trabajó en ese hospital en la Guerra Civil.

Khang estuvo de acuerdo, dijo que podía darse cuenta de que tenía una conexión personal con el material. Sus palabras: «Una profunda conexión personal».

De pronto, cambia el tema. Empieza a hablar de que quiere proponerme para un programa universitario especial que conoce, en Duluth. Un maestro propone a un alumno, me explica Khang, y si te admiten ellos pagan todo. Y además consideran otras cosas, no solo tus calificaciones y el puntaje de tu examen de admisión.

Qué cosas, le pregunto.

Todo el panorama, Adam, me responde. Hacen una evaluación integral de tu potencial. Les interesan los alumnos como tú, que de otra manera podrían caerse por entre las grietas. Estudiantes que serían el primer miembro de sus familias en asistir a la universidad.

Puente a la Educación es el nombre del programa. Pertenece a la Universidad de Minesota, allá en Duluth. Khang dice que imprimirá el paquete de información y me lo dará en la próxima clase.

Ahora que lo pienso, fue estúpido. Escribir ese ensayo sobre el poema de Walt fue una estupidez. O sea, fue pura chiripa, total y completamente. Solo lo hice porque no se me ocurría otra cosa sobre la que escribir. Y si hice un buen trabajo fue por todas las cosas que te he oído decir sobre Walt. Ahora Khang espera algo que nunca podré darle.

Este programa se hace en Duluth. Y la universidad en general… Ya puedo oír a mi tío Viktor riéndose. En realidad puedo oír a todos riéndose.

Atentamente,
AK

Martes, 24 de noviembre

Querido Kurl:

Yo, por mi parte, no me estoy riendo. Yo, por mi parte, estoy encantado de que la señorita Khang al fin haya reconocido lo que, para mí, era obvio desde tus primeras cartas: eres un escritor talentoso, Kurl. Sospecho que el cumplido no significará mucho viniendo de un aspirante a poeta como yo que se aprovecha del elogio de una maestra, nada menos.

Pero toma, por ejemplo, el vívido detalle con el que retrataste tu conversación con la señorita Khang después de clases. La comparación con un poodle oliéndote la entrepierna me hizo reír a carcajadas. ¡Pobre señorita Khang! No ha leído tus cartas, Kurl, así que para ella tu ensayo debe haber salido de la nada. Debe haberse preguntado si estaba alucinándolo, si lo estaba soñando. Con razón no se podía contener.

Pero estás mal en una cosa: la señorita Khang no sabe nada de *mis* gustos literarios y aptitudes. Kurl, para este momento ya debes haber notado que en persona no tengo una facilidad de palabra especial. Hasta la fecha, nunca he abierto la boca en la clase de Literatura excepto para decir «aquí» cuando nos entregó el primer grupo de cartas de tu clase y ella quiso saber quién era Jonathan Hopkirk. De hecho, no hablo en ninguna de mis clases. Temo que mis cartas te hayan dado una imagen por completo equivocada de mi imagen pública como estudiante.

Todo lo cual me hace darme cuenta una vez más de que tus cartas también me han dado una imagen deformada de ti, Kurl. En realidad, una persona nunca puede conocer a otra, supongo. No del todo.

Cordialmente,
Jo

P. D.: Antes de que pongas fin otra vez a tu correspondencia conmigo, ¿me harías un favor? ¿Me dirías sobre qué parte del poema de Whitman escribiste y lo que dijiste de ella?

Miércoles, 25 de noviembre

Querido pequeño Jo:

En realidad escribí sobre la hierba. Tal vez la parte más clara de todo el libro de Walt *Hojas de hierba* es donde habla de la hierba en sí. Pero, mientras más lo leía, menos claro me parecía.

Es decir, empieza de forma bastante simple, describiendo cómo un niño toma un puño de hierba y le pregunta: «¿Qué es la hierba?». Y Walt da un montón de posibles respuestas. Como probándolas.

En cierto momento dice: «Puede que sea el estandarte de mi talante, tejido con el verde de la esperanza». Lo que quiere decir es que es un símbolo de su personalidad.

No escribí esto en mi ensayo, pero si la hierba fuera el estandarte del talante de alguien, sería el tuyo, Jo. No se trata del pasto recién cortado de un patio. Creo que Walt describe esa clase de hierba larga que crece en las riberas de los ríos. Cuando el viento llega, la hierba se agita y se mece, de manera que se ve como otro río que corre al lado del real.

En el ensayo escribí sobre la hierba que crece de la boca de los cadáveres. Walt lo llama «El hermoso pelo sin cortar de las tumbas». Es la parte del poema que me hizo pensar en Mark en Afganistán. Cuando tomas el tren que lleva al centro comercial, pasas junto al hospital de veteranos y al otro lado está el cementerio militar.

Si, cuando vas en el tren, observas el cementerio, notarás dos cosas: una, que no termina. Todas esas cruces idénticas. Todos esos muertos. O sea, al viajar en ese tren Mark pensará: ¿Cómo es posible que no me muriera allá? ¿Por qué todos ellos y no yo? Dos, las hileras de cruces, con sus pasillos de pasto entre ellas, pasan ante tus ojos cuando vas en el tren. Parecen los rayos de una rueda gigante que, puesta de lado, gira rápido. Hay miles de cuerpos bajo la hierba, convirtiéndose de vuelta en hierba.

Walt Whitman trabajó en un hospital de veteranos y vio todo tipo de muertes. Pero, de algún modo, en este poema mira la hierba del cementerio y la ve como algo bueno, una buena señal. «Hasta el retoño más pequeño es muestra de que en realidad no hay muerte», dice. O sea que está hablando más o menos sobre el círculo de la vida. Sin embargo, señalé lo optimista que es Walt sobre la muerte. Dice: «Morir es distinto de lo que todo el mundo suponía, y más afortunado».

Que él dijera cosas como esa cuando la guerra lo rodeaba y la gente se había quedado ciega o estaba conmocionada o había perdido sus piernas por una explosión… No sé. En mi ensayo escribí que la actitud más o menos positiva de Walt parece ridícula y peligrosa. Pero también parece una revolución. O sea, ¿vivir con esa clase de esperanza? Eso lo cambiaría todo.

Atentamente,
AK

Lunes, 30 de noviembre, siete de la noche +
Martes, 1º de diciembre, ocho de la mañana

Querido Kurl:

Hoy después de la escuela Bron se paró junto al estacionamiento para bicicletas en la Escalade de sus padres. No la
lleva a la escuela muy seguido porque atrae mucha atención no solicitada, así que supe que debía haber un plan
especial.

«Pon a Nelly atrás», me ordenó.

Y entonces la puerta trasera de la camioneta se abrió y
te bajaste.

«Ah, hola, Kurl», te saludé. Sentí todo al mismo tiempo: sorpresa, alivio, vergüenza, alegría.

«Hola». Levantaste a Nelly para llevarla hacia la parte trasera como si estuviera hecha de popotes, y alzaste la
mirada al ver que mis ojos se habían llenado de lágrimas.

«No es llanto», dije.

«Seguro», respondiste. Pero sonreíste.

«Es la temporada de Sagitario», anunció Shayna cuando nos sentamos en el asiento trasero. «Vamos a enseñarle
Detritus a Kurl. ¿Puedes creer que nunca ha ido allá? Le va
a dar un ataque de nerd durísimo cuando vea toda la vieja
cháchara de cocina que tienen allá».

La temporada de Sagitario significa que Bron tiene que comprar regalos de cumpleaños para la mayor parte del clan Otulah-Tierney. Su madre, su abuela, su hermana Zorah y sus hermanos gemelos, Izzy (Isaiah) y Ezra cumplen años en diciembre.

El cumpleaños de Lyle es el 5 de diciembre, y además la Navidad está a la vuelta de la esquina, así que el último par de años Shayna y yo hemos hecho equipo con Bron y hemos tacleado todas nuestras compras colectivas de un jalón.

Nos detuvimos en Basement Records, pero no nos quedamos ahí mucho tiempo puesto que ninguno de los Otulah-Tierney tiene tocadiscos, y Lyle ya tiene todos los discos que existen. Después nos dirigimos a Detritus, que abrió hace algunos años en una calle donde no hay nada más que un salón de belleza de uñas, una tienda mexicana y una bola de escaparates vacíos. Nadie pensaba que sobreviviría, y menos que se convirtiera en algo tan atractivo que provocaría que surgieran otras tiendas *vintage* similares en las mismas pocas cuadras.

Cuando entramos a la tienda yo estaba atento a tu reacción, Kurl. Quería ver Detritus a través de tus ojos. Te quedaste quieto mientras las chicas se dispersaban; Shayna desapareció detrás de una fila de escaleras de biblioteca atadas a un conducto de calefacción y Bron exploraba los cajones de una vitrina de boticario.

Giraste en círculo despacio mientras observabas las cornisas de yeso desmoronadas, las repisas de chimenea, las antiguas plataformas rodantes de fábrica. Estornudaste. Dijiste: «Cosas históricas. Debí haberlo adivinado. Es lo tuyo, Jo».

Era la primera vez que te oía decir mi nombre en voz alta desde que dejaste de escribirme. No lo señalo para quejarme, sino para explicar mi reacción, que fue escapar al fondo de la tienda con las chicas para que no me vieras lagrimear otra vez. No es llorar, pero sin duda puede hacer que me vea patético, en especial para alguien que apenas retomó el contacto conmigo.

Para Bron, fue una visita exitosa. En diez minutos habíamos encontrado y pagado un espejo oval con la parte trasera forrada de terciopelo para la abuela de Bron, una lámpara de pared de bronce para Zorah y unas letras *I* y *E* gigantescas de hojalata de una marquesina de teatro para los gemelos.

«¿Listos para irnos?», preguntó Bron.

«No exactamente», contestaste.

No me sorprendió, Kurl. Te había seguido mirando de reojo mientras recorríamos la tienda y te habías quedado en una pequeña área donde inspeccionaste metódicamente solo como la tercera parte de un metro cuadrado de mercancía. Todavía estabas examinando el primer artículo que habías levantado, una pequeña linterna portátil con una protección hecha de vidrio rojo que tenía el nombre del producto en letras resaltadas: LITTLE WIZARD.

«Esas cosas usan queroseno», te informó Bron. «Son muy peligrosas».

Obediente, pusiste la linterna de regreso en el estante.

«¿Querías seguir mirando?», preguntó ella.

Pero era claro por su lenguaje corporal que Bronwyn estaba en una misión, y el hecho de que esté en una misión significa no perder el tiempo, no irse por las ramas, no entretenerse: tres actividades que más o menos definen mi existencia por completo. Ella había decidido que nuestra siguiente parada sería el centro comercial.

Respondiste que, en realidad, tenías que ir a tu casa y que tomarías el camión, ya que el centro comercial está en dirección opuesta. Yo también decidí irme a casa, puesto que el centro comercial es lo contrario a lo que considero una experiencia de compras agradable.

No sé cómo logré olvidarme de Nelly. La Escalade ya estaba dando la vuelta en la esquina, al final de la calle, antes de que me diera cuenta de que mi bici todavía estaba en la parte trasera. El mío sería un camión distinto pero lo tomaría en la misma parada que tú, del otro lado del parque.

El parque era más hermoso de lo que recuerdo haberlo visto antes: dos tercios de las hojas estaban en el suelo y el tercio restante flotaba en el viento frío como decoraciones de fiesta. Algunos de los maples estaban anaranjados de manera uniforme, excepto por una corona rojo fuego. Señalaste un área de hierba donde no habían cortado el pasto, acorralada por troncos caídos, y entonces ya estábamos hablando de tu ensayo de Whitman. Te dije que siempre pensaba en mi mamá cuando leía las líneas de Walt acerca de que la hierba es «el hermoso pelo sin cortar de las tumbas», y me preguntaste cómo era ella.

«Como Shayna», contesté, «al aparecer. Todos dicen que Shayna se parece a ella. Pero yo no la recuerdo con claridad».

«Yo ni siquiera pensé en la tumba de mi papá», dijiste. «En todo el tiempo que pasé escribiendo el ensayo no pensé en él».

«¿No está en el cementerio militar?».

«No», respondiste. «Está en Faribault, donde vivían mis abuelos. Creo que compraron una parcela familiar grande o algo así».

Pasamos algunos minutos caminando en silencio, haciendo crujir las hojas secas bajo nuestros pies.

«Yo como que entierro el dolor viejo bajo un nuevo dolor», me explicaste.

Te pregunté qué significaba eso.

«No sé. Casi nunca pienso en mi papá».

«En lugar de eso, piensas en Afganistán», adiviné.

«Sí, o en cualquier mierda que esté ocurriendo con mi tío», dijiste. «Lo que sea más nuevo entierra de alguna manera lo anterior».

Pensé en eso. ¿Y yo enterré algún dolor antiguo bajo un nuevo dolor? Me gustaba pensar que no. Me gustaba pensar que yo no enterraba nada, sino que lo enfrentaba, lo solucionaba.

«Tal vez es una estrategia adaptativa», dije. «Tal vez si desplegaras todas las distintas piezas de sufrimiento, todo dolería al mismo tiempo y sería paralizante. Incapacitante».

Me miraste. «Es muy difícil imaginar que *no* hables en clase», dijiste.

«Hablar en público no es una de mis habilidades».

«¿Y cuáles son tus habilidades? Además de la mandolina y cantar».

Reflexioné.

«Soy veloz».

«¿Corriendo?».

«Sí, corriendo. Me subestimas porque visto zapatos Oxford *vintage* de dos tonos en lugar de Reeboks».

Hiciste un sonido gutural de escepticismo.

«Lo digo en serio, soy rápido», insistí. «Y puedo esquivar obstáculos, que es más de lo que puedo decir de ti».

«Está bien», dijiste. «¿Echamos unas carreras?».

Estaba seguro, a pesar de mi bravuconería, de que serías más rápido, con esas piernas tan largas, de músculos abultados. Así que prescindí de cualquier preliminar del tipo «en sus marcas» y salí corriendo, esperando tomarte por sorpresa. Y por un momento debe haber funcionado, porque me mantuve por delante durante ocho o diez segundos antes de escuchar tus pasos golpeando detrás de mí como alguna clase de búfalo enfurecido.

Mi adrenalina se disparó y viré, esquivando por acá y por allá al atravesar un grupo de árboles y brincando sobre ramas caídas. Pero eso no te perturbó ni por un segundo, ¿verdad? Para ti debe haber sido exactamente como un campo de futbol lleno de jugadores contrarios. Esquiva a ese tipo, brinca por encima de ese otro. Debe haber sido pura memoria muscular. Lo cual es, supongo, la razón por la que elegiste no rebasarme, sino taclearme.

Desde aquí, en la seguridad de mi casa de campaña, admitiré que no, no me pegaste con toda tu fuerza. Sí, nos hiciste girar a ambos en el aire con bastante pericia, por lo que cuando aterrizamos tú estabas abajo y recibiste la mayor parte de mi peso. No, no me sacaste el aire ni tampoco me dolió tanto cuando mi pómulo rozó el suelo. Sí, había un grueso colchón de hojas caídas. Pero la sorpresa y la humillación de lo sucedido me impulsaron a fingir un poco, brevemente. Solo una mueca de dolor y un resoplido.

«¿Estás bien?».

Detecté una risa justo bajo esas palabras. Te apoyaste en el codo jadeando, mirando de cerca mi rostro.

«Bueno, me acaba de caer un piano encima», respondí tratando de sonar herido.

«Tú lo pediste. Y no *caí* encima de ti. Si lo hubiera hecho, serías una hamburguesa».

Percibí que a continuación no tendría tu simpatía, por lo que cambié de rumbo. Puedo ser pequeño, Kurl, pero

161

crecí con una hermana mayor que, cuando éramos chicos, le encantaba una buena pelea. Pasé una pierna sobre tu cadera y me senté a horcajadas sobre ti. Levantaste las manos por reflejo —¿qué pensaste que te haría, que te golpearía?—, te tomé de las muñecas y lancé mi peso hacia delante tan rápido que no tuviste tiempo para prepararte, y tuviste que dejarme sujetar tus brazos contra el suelo por encima de tu cabeza.

«Jack el cazagigantes», alardeé. «La fuerza bruta no está a la altura de la agilidad».

Levantaste tus antebrazos, conmigo pegado a ellos, dos o tres centímetros del piso. Hiciste que me elevara. Te tensaste para aventarme.

«Ay, vandalito», murmuraste, aunque riendo.

Los dos reíamos.

Kurl, no sé quién le hizo qué a quién. Sentí tu estimulación al mismo tiempo exacto en que sentí la mía. Disculpa mi terminología del siglo XIX. Odio la palabra *erección*. La única expresión peor es que *se te paró*.

Estimulación por lo menos toma en cuenta el hecho de que no siempre es sexual, o que no tiene necesariamente una motivación sexual. Podría haber sido la adrenalina que todavía circulaba por nuestras venas. O que estábamos hambrientos de contacto físico, de cualquier clase de contacto. ¿Conoces esos horribles estudios en los que los changos bebé se acurrucan junto a la mamá chango robot aunque está cableada para administrar descargas eléctricas? A ese tipo de hambre me refiero.

En fin. Tú y yo estábamos estimulados y era obvio que tú te dabas cuenta de que yo me daba cuenta de que tú te dabas cuenta y así sucesivamente. Tus orejas estaban rojas y yo también sentí que la sangre se me subía a la cara.

Murmuré algo a manera de disculpa y solté tus brazos. Estaba cambiando mi peso de lugar, buscando una manera de lanzarme hacia las hojas sin tener ningún otro contacto accidental, cuando de pronto te incorporaste debajo de mí y me tomaste por la cintura.

La vi en tu cara: la lucha, como una especie de pelea a golpes interna. Estábamos nariz contra nariz, a centímetros de distancia.

Tomé aire. «¿Qué tal si solo te beso y así ves qué te parece?», sugerí.

Negaste con la cabeza. «No, para nada», contestaste. No lo dudaste ni por un segundo.

Así que te ofrecí otra disculpa y me moví para alejarme de ti, y otra vez me asiste con más fuerza. ¿Qué es este comportamiento que tienes con las trabillas de los pantalones, Kurl? Enganchaste tus dedos en la trabilla de mi pantalón como si fuera un arnés.

No me podía mover, tu cara estaba tan cerca de la mía. Tus ojos tenían esa mirada sombría, hermética: la misma que me lanzaste en Paisley Park aquella vez, cuando estaba bailando con ese tipo, Rogan. Ya sé, ya sé. No debo deducir nada de tus expresiones, pero, Kurl, ¡tu mirada hermética en particular es tan horrorosamente humillante! Volteé la cabeza para alejarla de la tuya, buscando cómo escapar.

Shayna me está gritando desde abajo. Ya se me hizo tarde para ir a la escuela. Dejaré esta carta en el salón de la señorita Khang después de la primera clase, si no decido quemarla antes. Entiendo los riesgos que implica volver a discutir escenas que quizá prefirieras olvidar, Kurl.

Cordialmente,
Jo

Martes, 1º de diciembre

Querido pequeño Jo:

Mira. Si vas a hacer una crónica jugada a jugada de toda la cosa en el parque, no puedes solo parar en el momento exacto en el que salgo viéndome como un cabrón. Peor que un cabrón; en realidad, más como un psicópata. Cuando mi boca decía una cosa y mis manos hacían justo lo contrario.

O sea, no quiero decir que estés equivocado sobre ese momento en particular. Yo estaba envuelto en una especie de niebla. Entrando en pánico, si quieres que sea por completo honesto. ¿La expresión en mi cara, esa «mirada hermética» que odias tanto? Si alguna vez la vuelves a ver no la tomes de forma tan personal, Jo. Solo es pánico.

Creo que mejor termino la escena por ti. Bueno, pues estás humillado, como dijiste. Se están formando lágrimas en tus ojos. Yo te detengo para que no puedas escabullirte. Y tú estás contoneándote, por cierto, y *estás* haciéndolo justo en mi regazo y eso no facilita precisamente que mi cabeza se aclare.

Espera, te digo entonces. Suena más como un gruñido que como una palabra. Espera. Por favor, ¿me puedes dar un segundo para pensar?

Como que te paralizas. Te sientas ahí mirando el piso, más allá de mi codo, limpiando tus mejillas con tus puños para secar las lágrimas. No es perfecto. Estoy consciente de que no es perfecto y de que estoy siendo un completo cabrón al retenerte ahí después de rechazarte con contundencia. Pero también sé que si te suelto justo en este momento será demasiado tarde. Nunca te acercarás a mí otra vez.

Si dejo que suceda, no sé qué va a pasar, digo.

Tus ojos miran a los míos y después se alejan.

Bien, dices tú. Podría perder el control y dominarte. Intentas hacer un chiste, aunque suena más bien a lamento.

No, digo. Hablo de mí.

Tus ojos se encuentran con los míos y ahora es sorpresa lo que veo en ellos. Casi sonríes.

Me da tanta envidia, Jo, que esto no te aterre tanto como a mí. Que de alguna manera lo hayas aceptado. No necesariamente que estés cómodo, pero sí asentado. Qué tal si solo te beso: es lo que habías sugerido. Así nomás.

Muevo mis dedos para soltar tus trabillas. Me enfoco en no reaccionar al rozamiento que esto provoca. La verdad es que para este momento estoy respirando bastante fuerte. Mis cuádriceps ya empezaron a temblar. Pego mis muslos al piso, tratando de ocultarte el temblor.

Podemos poner una alarma, propones.

¿Qué?, pregunto.

Una alarma. Que suene a los, digamos, treinta segundos. O veinte. Para tener un límite, ¿sabes? Por seguridad.

Me das una palmada en el hombro. Dices: De cualquier manera, me voy a bajar de tu regazo, ¿okey?

Estoy bastante seguro de que solo estás bromeando con lo de la alarma. O sea, es una idea loca. Pero por lo menos no saliste disparado, corriendo por el parque, para alejarte

165

de mí ni nada, así que solo me siento ahí mientras te acomodas en la hierba junto a mí. De rodillas frente a mí.

Pero no estabas bromeando. Tendremos que encontrar
el sonido correcto, dices. Grillos, o un ladrido de perro o
algo así. El teléfono de Lyle tiene un *riff* de banjo, pero si
resulta que de verdad odias este beso, Kurl, eso provocaría una especie de terapia de aversión y acabarías odiando
también el *bluegrass*. Y me niego a ser el responsable de una
tragedia como esa.

Me tocas el bíceps. Dame tu teléfono, ándale.

No tengo teléfono, respondo.

Frunces el ceño. Volteas alrededor a la hierba como si
pudieras encontrar un teléfono que alguien hubiera aventado y estuviera tirado ahí cerca, de manera conveniente.
Bueno, entonces, dices, tal vez podemos usar una palabra
de seguridad. ¿Has oído de las palabras de seguridad? Podríamos acordar usar cierta palabra, para que si alguno de
los dos la pronuncia en voz alta, la otra persona sabe que
se tiene que detener.

Pero para este momento apenas estoy escuchando.
Apenas puedo oírte siquiera, por la manera en que mis latidos estallan en mis oídos. Siento que cada músculo de
mi cuerpo está inundado de espera. Como si me estuviera
ahogando en la espera.

Qué tal *mandolina*, sugieres. O *la última*, como se dice
en una tocada de *bluegrass*. ¿O es demasiado complica…?

Miras mi cara y dejas de hablar a media palabra. Entonces
te inclinas y pones una mano en mi mejilla y me besas.

Bueno, tú también estabas ahí, Jo. Ya sabes cómo estuvo. Al principio empezaste con suavidad, como si tuvieras
miedo de que te mordiera. Básicamente, solo pasabas tus
labios por encima de los míos. Rompiste el contacto pero te

quedaste ahí, por lo que el no tocarnos fue también parte del beso. Tus ojos estaban abiertos. Dejaste escapar un aliento suave y superficial.

Eso es lo que lo que lo provocó, creo. Sentir tu aliento y toda esa cautela. Cuando tus labios tocaron los míos otra vez, abrí la boca y te besé de verdad. Hasta que tus ojos se cerraron y te balanceaste y yo sujeté tus hombros con mis manos.

Ah, por favor, susurraste, pero todavía no te alejabas. Solo lo decías junto a mi boca. Tu aliento ya no era suave, sino entrecortado. Eres bueno en esto, Kurl.

Reconocí esa voz tuya. Esa voz excitada y aguda de aquella vez en mi coche. Dijiste en tu carta que tu voz excitada era estridente, pero hubo una palabra que usaste que me gustó más. *Abierta*. Esa voz tuya abierta.

Por cierto. No, no voy a usar la palabra *estimulación*. No me importa quién la usó en el siglo XIX ni cómo se comportan los changos bebé en los experimentos. O sea, ni siquiera tiene sentido. Vamos a tener que pensar en otras maneras de describirlo.

Pero no estaba completamente loco por preocuparme por lo que pasaría, ¿o sí? Quiero decir, fue un beso pero ya era más que eso. Mis dedos en tu cabello, pero ya se deslizaban bajo tu camisa, por tu espalda. Mi lengua ya estaba en tu boca. Entrando más profundo. Mis brazos ya te rodeaban, haciéndote perder el equilibrio y volteándote sobre la hierba.

Una palabra aparecía en mi cabeza. Una palabra, una y otra vez, como un signo de neón que destellaba. *Afortunado*. No sé cómo describirlo, Jo. *Afortunado afortunado afortunado*. Mi cuerpo entero quería meterse dentro de tu cuerpo, solo para compartir contigo toda esta fortuna.

En ese momento exacto, un perro ladró justo al lado de nuestras cabezas. Nos sentamos tan rápido que tu frente chocó con mi boca.

Era un cachorro negro labrador que ladraba como maniático. Corría hacia nosotros y brincaba de regreso, intentando hacer que jugáramos con él.

¡Walter! ¡Walter, ven!, gritó esa mujer, y corrió hasta el perro y lo agarró. Enganchó la correa a su collar. Perdón, dijo. Lo siento mucho.

Se fueron antes de que pudiéramos decir nada.

¿Estás bien?, preguntaste.

Revisé mi labio en el lugar donde golpeó tu cabeza. No hay sangre, respondí.

No, me refiero en general, dijiste.

Estoy bien, contesté. En verdad me siento algo así como maravillado.

Te reíste. ¿Oíste eso?, exclamaste. ¿Lo puedes creer? ¡El nombre del perro era Walt!

Atentamente,
AK

Miércoles, 2 de diciembre

Querido pequeño Jo:

Escribo esta carta sentado afuera de la oficina del señor
Abdi. Esperando a que me den la llamada Decisión sobre
Medidas Disciplinarias, también conocida como sentencia.
He pasado aquí toda la tarde esperando a que llegue la bi-
bliotecaria y entregue su reporte.

En realidad tenía la esperanza de no verte aquí este
año, Adam, dijo el señor Abdi antes de dejarme aquí esperando. Toda su cara había languidecido por la decepción.
He estado escuchando tantas cosas buenas por parte de la
señorita Khang sobre tu compromiso con la literatura, tus
metas para el futuro. Y ahora esto.

Jo, tú eres el único que dijo que no necesitábamos hablarlo hasta la muerte. Esas fueron tus palabras exactas, ¿recuerdas? No hay necesidad de hablarlo hasta la muerte.

El lunes, cuando todavía estabas en el parque, te expliqué que me tomaría un tiempo entender qué significaba
para mí besarte y qué podía hacer al respecto, y dijiste: No
tiene que tener un significado. No necesitas hacer nada.
Dejemos que solo sea lo que fue.

Déjalo ser. Como si tú alguna vez, en toda tu vida, dejaras algo ser. Quiero decir, debí haber sabido que te darías la vuelta y lo traerías a colación otra vez cuarenta y ocho horas después. En la escuela, además.

Estábamos en la biblioteca a la hora del almuerzo para enseñarte la información que me dio Khang sobre la universidad. Estabas actuando algo nervioso. Quiero decir, podía darme cuenta de que no prestabas atención a mis palabras, etcétera.

Entonces te pregunto qué pasa y me dices: En realidad no puedo no hablar de eso.

¿De qué?, pregunto. Abordándolo directamente.

Ese beso.

No, digo. No vamos a hablar de eso.

Pero me ignoras. Te inclinas hacia el frente con actitud furtiva. Vamos, Kurl, murmuras. No puedes quedarte sentado ahí y pretender que no fue increíble. Extraordinario.

Y entonces pusiste tu mano sobre la mía. Ahí, encima de todos mis cuadernos, sobre la mesa, en mitad de la biblioteca de la prepa Lincoln. O sea, me sentí como si me desnudara por completo en público.

Me levanto de la silla y empiezo a meter todos mis papeles en mi mochila. Respondo: De ninguna manera. No voy a hacer esto.

Me miras con esos ojos. Esa clase de mirada empática. Arrepentida. Como si supieras que yo reaccionaría de esa manera y hubieras planeado no mencionar nada, pero luego no hubieras podido evitarlo y entonces lo dijiste de todas formas.

Como si yo fuera tan predecible y tú sintieras pena por mí.

Así que me doy la vuelta y salgo.

Estoy caminando hacia mi casillero, pensando en lo peligroso y lo psicótico que eres en realidad, y preguntándome qué hago pasando tiempo con una persona que no puede mantener una promesa durante cuarenta y ocho horas. Tal vez estoy entrando en pánico. Pero también estoy muy enojado.

Me toma un minuto o dos. Estoy cruzando la escuela, a medio camino, cuando me doy cuenta del hecho de que esos niños estaban en la biblioteca cuando me fui. Unos de esos pequeños jodidos ojetes que llamas los Carniceros. La niña rubia y el niño que parece estúpido, Dowell. Entraron justo cuando yo salía y pasé bruscamente junto a ellos sin registrarlo. Pero ahora me doy cuenta. ¿Por qué irían a la biblioteca en su hora del almuerzo si no es para buscarte?

Para cuando camino de regreso por entre las pilas de libros hasta nuestra mesa, ya tienen la mitad de tus pertenencias desperdigadas sobre la alfombra. La niña garabatea en toda tu carpeta con un Sharpie. Corazones, «Me encantan los pitos»: lo habitual. Dowell está sacudiendo algo y tú tratas de quitárselo.

Te empuja y comienza a leer: «Querido pequeño Jo: Creo que puedo contarte algo sobre héroes. Sacrificio, etcétera. Mi papá murió al caer de un techo cuando yo tenía diez años».

Está leyendo una de mis cartas. La que habla de cuando Sylvan fue a trabajar con el tío Vik y Mark se enlistó en el ejército. Es una vieja, así que me toma un segundo reconocerla. Y luego me toma un segundo darme cuenta de que la has estado llevando contigo a todos lados. O sea, estoy tan impactado que me quedo parado ahí, escuchando durante algunos segundos.

Brincas mientras dices: Ya, regrésamela. Es mi correspondencia privada.

Dowell se detiene. Voltea la página. ¿Es de tu novio?, pregunta. ¿Es una carta de amor?

¿Sabes a qué me recuerdas, Jo? Ahora que estoy atrapado aquí, afuera de la oficina del subdirector, con todo el tiempo para pensar en eso. Eres como estos adornos de Navidad que mi *babcia* nos trajo de Polonia y le heredó a mi mamá. Los saqué del sótano y los subí anoche porque mi mamá quiere limpiarlos antes de las fiestas. Son unas formas huecas, rojas y doradas. Esferas y campanas y diamantes, todos hechos del vidrio más delgado que jamás hayas visto. No pesan nada en la mano. Entras en trance si te les quedas viendo en el árbol, porque las luces brillan justo a través de ellos y también se reflejan en las partes brillantes. Dibujan unos patrones geniales en las paredes.

Jo, tú eres exactamente como uno de estos ornamentos. Brillante y delicado y fascinante. Tómalo como un cumplido, si quieres.

Pero esa es la cosa. Deberías ver lo que pasa cuando uno de estos adornos se cae de su gancho. Una vez, cuando éramos niños, por alguna razón Mark tenía un paraguas en la sala. Lo balanceaba en el aire y su punta apenas rozó el árbol, pero una de las campanas se zafó. Hizo un minúsculo *pop* agudo al caer en el piso de madera. Simplemente explotó. Los fragmentos eran tan pequeños y estaban tan desperdigados que no podíamos barrerlos bien. Queríamos tratar de ocultarlo, así que Mark sacó un trapo y limpió todo el piso. Pero, incluso semanas después de Navidad, si caminabas por ahí descalzo acababas con cortadas microscópicas en las plantas de los pies.

Esto es lo que necesito que hagas, Jo: necesito que una parte del tiempo encuentres la manera de parecerte menos a un adorno de Navidad. No digo que lo hagas todo el tiempo. Pero una parte. Y en algunos lugares, como la escuela. Porque no hay manera de que yo te cache siempre que caigas. Y te caes todo el tiempo, Jo. El maldito árbol se agita hacia todos lados.

Encima de todo, le prometí al tío Vik que iría en la tarde a ayudar con un techo. Agrégale eso a una suspensión o cualquier cosa que el señor Abdi decida hacer conmigo. Le estoy dando una excusa.

Ni siquiera es eso lo que me enoja tanto. Nada de eso. Lo que me enoja es que mi vida sea tan predecible. Todo lo que pasó hoy en la escuela, todo lo que pasará cuando llegue a mi casa. En este momento, es tan rutinario que me repugna. Todo lo que dijiste sobre la vida después de la prepa es una mierda, Jo. La verdad es que nada, ni una parte, cambiará jamás.

Atentamente,
AK

Querido Kurl:

Estoy en verdad impresionado por las capas de ironía de tu carta. Hay tantos y tan retorcidos vericuetos y giros de ironía en ella que hoy en mi camino a casa casi conduje la bici de frente contra el costado de un camión. Así de preocupado estaba, tratando de entenderla.

Me encanta la parte donde me culpas primero por tocar tu mano, «en la escuela, además» —¡como si fuera *lap dance* en mitad de la cafetería!— y después por meterte en problemas con la señorita McGuire y, por lo tanto, con el subdirector. Qué conveniente tu manera de pasar por alto el hecho de que yo estaba ahí, sentado y callado en mi silla, mientras que fuiste tú quien estranguló a Christopher Dowell justo enfrente de la bibliotecaria.

Tenía tu carta en sus manos, sí. Te concedo el punto sobre el descuido de llevar conmigo cualquiera de tus cartas, dado mi atractivo para los Carniceros. Pero tu reacción a la situación fue por completo desproporcionada. Eras como Terminator. Sujetaste a Dowell de la garganta y lo azotaste tan fuerte contra las repisas que cuatro o cinco libros se salieron por el otro lado. Con razón la señorita McGuire apareció ahí segundos después. El sonido de libros que caen debe ser como un silbato de perros para los oídos de un bibliotecario.

Le arrebataste tu carta de la mano y la aventaste más o menos en mi dirección.

«Uuuh. Relájate, hombre», dijo Maya. Se levantó de un salto del lugar donde estaba rayando mis cuadernos y retrocedía.

Dowell se estaba ahogando, pero no lo soltabas.

«Mantente lejos de él, carajo», dijiste.

«Kurlansky, perdón, hombre. No teníamos mala intención», se disculpó Maya. Creo que Maya Keeler desearía ser tu perrito faldero más que nada, si tan solo le dieras permiso. Tendrías tu propia aprendiz de agresor.

Noté que la señorita McGuire marchaba por el pasillo y se dirigía a nosotros.

«Suéltalo», te sugerí.

Lo soltaste y Dowell se llevó sus manos a la garganta y se dobló, sin aliento. Pero logró decirte que te fueras a la mierda.

Lo levantaste jalándolo del pelo.

«Oye, Kurl», dije, tratando de ponerte sobre aviso de la inminente llegada de la bibliotecaria.

Te agachaste hasta quedar a la altura de la cara de Dowell.

«Ahora, ¿por qué habría de irme a la mierda cuando se puede ir a la mierda un cabrón como tú?», gruñiste.

Pronunciaste esa sentencia con bastante calma, poniendo tus labios junto a la oreja de Dowell. Tu rutina de maldecir sin perder la tranquilidad, en su más fina expresión. Pero cuando hablaste, la señorita McGuire estaba parada detrás de ti a solo cinco centímetros.

¿Recuerdas que una vez mencioné que hay ciertas palabras que tienden a producir un efecto indeseado en aquellos que hacen uso de ellas? El plan de defensa de Jonathan Hopkirk, fase tres: Esperar a que ellos mismos se cuelguen con su propia cuerda.

Bien, la palabra con *C* definitivamente calificaría como una de esas palabras, Kurl. Está justo ahí, más o menos al principio de la lista.

En todo el tiempo que pasaste ahorcando a Dowell, pronunciando esas palabras despreciables, escuchando que la señorita McGuire te daba la orden de ir a la oficina del subdirector, tu cara nunca delató el más mínimo indicio de emoción. Ni siquiera un parpadeo.

Y al verlo —al verte ahí parado como un pilar de mármol mientras la señorita McGuire hacía que Maya recogiera los libros caídos y luego les ordenaba a esos dos que se fueran para poder lidiar contigo; al ver cómo te cuidaste de *no* voltear hacia mí ni una sola vez, ni siquiera cuando te colgaste la mochila de los hombros, giraste y saliste de la biblioteca—, me di cuenta de que es un rostro diferente por completo de aquel al que me he ido acostumbrando. Fue bastante impresionante verlo y recordar que antes de que nos hiciéramos amigos ese era el único rostro que yo veía siempre.

Sin embargo, mi parte absolutamente favorita de tu carta es el pasaje sobre las esferas de vidrio, los patrones de luz fascinantes y el que se rompieran en fragmentos al estrellarse. Has encapsulado la esencia de mi personalidad en una simple metáfora elaborada de manera brillante. Diste en el clavo. Me definiste en unas cuantas palabras.

Esto es lo que necesito que hagas, Kurl: necesito que dejes de mezclarme contigo en tu cabeza. Escucha ahora con cuidado, porque es un hecho probado en la casa Hopkirk que soy más perspicaz cuando estoy más enojado.

¿Tu ornamento de vidrio? No soy yo, eres tú.

Adelante, tómate todo el tiempo que necesites para recuperarte de esta revelación y analizarla a fondo. Tu brillante metáfora te describe a ti. Adam Kurlansky vive dentro de un caparazón. Un exoesqueleto perfectamente liso y duro, diseñado para asegurarse de que ninguna influencia del mundo exterior pueda penetrar al interior y no se escape nunca nada.

No es un misterio por qué usas este caparazón o dónde lo perfeccionaste. Como pequeño ejemplo, estoy dispuesto a apostar cualquier cantidad de dinero a que tomaste prestado el degradante uso de la palabra con C de hoy directamente de la boca de Viktor Kurlansky. Estoy suponiendo que lo que quisiste decir en tu carta con «le estoy dando una excusa» es que el tío Viktor te va a gritar por pelearte en la escuela otra vez, y estoy dispuesto a apostar que no usará el lenguaje más cortés cuando lo haga, en especial si por casualidad ha estado dando probaditas al vodka. Ahí tienes, Kurl: una evaluación psicológica familiar gratuita, cortesía de

Cordialmente,
Jo

177

Lunes, 7 de diciembre

Querido Kurl:

Ajá. Hoy no hay carta tuya en el buzón de la señorita Khang. Y tampoco estás presente en la escuela. Ahí vamos otra vez. Estoy empezando a creer que el hecho de que interactúe contigo de la forma que sea son malas noticias para tus planes de graduarte de preparatoria este año.

Cordialmente,
Jo

Martes, 8 de diciembre, 12:30 a. m.

Querido pequeño Jo:

Bueno, creo que tuve suerte de que fueras el único que estaba en tu casa. Cuando llegué, justo después del atardecer, estaba seguro de que Lyle o al menos tu hermana estarían ahí, y no sabía qué hacer. No podía soportar el pensamiento de tener que actuar normal junto a ellos. Sostener una conversación trivial. O sea, no creía que pudiera lograrlo. Pero tampoco podía retrasarlo un segundo más.

Ya sabes, como cuando estás en un trampolín y no logras decidir si echarte o no. Estás en la orilla del trampolín mirando hacia abajo, al agua, y todavía no te decides. Pero el trampolín comienza a rebotar un poco debido a tu peso. En cierto momento, te estás inclinando hacia el frente sobre las puntas de tus pies y tu peso se acumula hacia el frente de tu cuerpo. Sabes que, si no brincas, te caerás y que caerte será peor que brincar. Entonces brincas.

Así es como fue esto. Abriste la puerta, Jo, y me miraste. Ah, hola, Kurl, dijiste. Tu manera de decirlo —Ah, hola, Kurl— suena casual, pero, mientras, tus ojos se abren de par en par y tu cuerpo se tensa. Es el completo opuesto a casual. Te he visto hacerlo otras veces cuando aparezco en algún lugar en el que no me esperabas. Cada vez que lo veo siento un pequeño destello de felicidad.

También me sentí aliviado porque no parecías particularmente enojado ni molesto. Al leer tu última carta, supe que estabas bastante enojado conmigo. Y, digo, en definitiva lo merecía. Pero cuando estuvimos cara a cara, de pronto recordé qué aspecto tenías la última vez que nos vimos. Pálido y callado, mientras la señorita McGuire me decía que fuera a la dirección. Para ser honesto, en los últimos dos días fue como si ya se me hubiera olvidado toda esa escena en la biblioteca. Estaba absorto por completo en mi propia crisis mental.

Retrocediste un paso y abriste más la puerta para dejarme entrar a tu casa. No me moví, no pude.

Mi crisis mental se veía así: había estado caminando desde las siete de la mañana, observando a todos los chicos que veía y preguntándome: ¿Lo deseo?

De hecho, fue peor. Más específico y persistente. Todo el día, por todas partes, de un extremo del parque al otro, en el tren, en el centro comercial. Camino por todos lados mirando a todos los miembros masculinos de la raza humana que tienen dieciséis años y me hago preguntas desesperadas, urgentes: ¿Quiero tener sexo con ese tipo? ¿Chuparía el pito de ese tipo? O de ese. ¿Y aquel? ¿Y qué hay de sexo? ¿Y besar? ¿Es solo besar lo que quiero?

De vez en cuando algún tipo me miraba de regreso. O sea, no tanto con una mirada fija como con una serie de miradas furtivas, en las que cada vistazo era apenas un poco más curioso. Con un poco más de interés.

Y entonces me di cuenta de que así es como sucede. Así es como los hombres gays se ponen en contacto unos con otros.

Y tampoco eran solo los que parecían ser gays. Había un guardia de seguridad en la zona de comida del centro comercial. Estaba seguro de que era veterano de guerra. Quiero decir, tenía la misma cabeza rapada y los tatuajes que recordaba de muchos de los militares amigos de Mark. Ese tipo me miró de arriba abajo y como que asintió con la cabeza de una forma que me hizo saber que sabía exactamente lo que yo estaba pensando. Estaba seguro de que, de haberme quedado unos minutos más en el área de comida, él se me habría acercado para hablar.

Por supuesto, no me quedé. Estaba muy bien volviéndome loco yo solo. Gracias, de todas formas.

¿Cuál era la respuesta a todas esas preguntas que me estaba haciendo? No sé. Digo, honestamente no podía entenderlo. De plano no podía encontrar una respuesta. Solo me confundía cada vez más y ya no quería formularlas, pero no podía parar. Me había vuelto una clase de interrogador nazi implacable conmigo mismo.

Al final, estaba tan cansado de todo este cuestionamiento que pensé: Ve a verlo. Ve a verlo ahora mismo y averigua cuál es la respuesta cuando estés viendo a Jo.

Ahora, mientras escribo esta carta, después del suceso, creo que ya sabía cuál iba a ser la respuesta. Quiero decir, lo sabía con exactitud. Pero creo que necesitaba vivir todo ese agotador experimento para probarlo ante mí mismo o algo así.

Y al abrir la puerta dijiste: Ah, hola, Kurl.

¿Quién está en tu casa?, te pregunté. Tal vez no fuera el saludo más cordial, pero casi no podía hablar. Mi corazón latía tan rápido, mientras subía los escalones de la entrada a tu casa, que pensé que podría desmayarme. Y después ver tu cara. Esos grandes ojos cafés, abriéndose aún más.

Esa rápida e incierta media sonrisa con un diente, arriba a la izquierda, apenas chueco y el resto perfecto.

En el instante en que vi tu cara, después de todas esas horas de tortura mental, caí. O sea, había saltado del trampolín y caía.

Parpadeaste y me miraste. No hay nadie, dijiste. Estoy solo.

Más o menos te empujé hacia el interior de tu casa. Cerré la puerta de la entrada detrás de nosotros y le puse llave. Volteé, te besé. Y te besé otra vez, con más fuerza.

Y tras unos cinco segundos estamos subiendo las escaleras y tambaleándonos y tropezándonos con nuestros pies. Te estoy besando mientras jalo tu camisa para quitártela por encima de la cabeza y tú me estás desabrochando el cinturón.

Y de alguna forma también te las arreglas para hablar todo el tiempo. Dices: ¿Estás seguro? O sea, ¿estás seguro de verdad? Si esto pasa, Kurl, me tienes que prometer que no me vas a odiar.

Te interrumpo una y otra vez con mi lengua y murmuro junto a tus labios y tu oreja y tu cuello: Sí, okey, estoy seguro, sí.

Nos abrazamos, haciendo que el otro roce la pared y presionándonos contra el barandal, hasta que por fin logramos llegar hasta tu cuarto; ambos estamos sin aliento y reímos, completamente confundidos acerca de cuáles manos están en qué lugar y cuál piel pertenece a quién.

No hicimos mucho, ¿o sí? O sea, técnicamente hablando. No hubo tiempo. Llegamos a tu vieja casa de campaña militar y nos acostamos. Nos quitamos la ropa a tirones para que no estorbara y te jalé hasta que quedaste encima de mí, estómago con estómago. No hubo tiempo y tampoco ritmo. Presioné mi espalda contra el colchón intentando besarte y tratando de arquearme al mismo tiempo. Te separaste de mí, te levantaste sin aliento, dijiste mi nombre, dijiste algo sobre que no podías esperar, no podías soportarlo. Te lanzaste sobre mí.

Esos huesos afilados de tus caderas. Ese suave hueco de piel de tu cadera por donde te sostuve y ese ruido que hiciste, ese agudo y breve gemido tuyo. O sea, con eso bastó.

Después de tantas horas acumuladas y tantas veces en las que te dije que no. No. No. No. Desde esa primera vez cuando estaba borracho en mi coche y te toqué, hace semanas. Podía sentir todas esas horas de espera como una especie de tornado que levantaba todo mi cuerpo a la vez. Todos esos noes apilados caían como piezas de dominó y se convertían en sí.

Sí. Eso era. Solo *sí*.

Y justo después empecé a temblar tan fuerte que levantaste tu cabeza de mi hombro y exclamaste: Vaya. Te bajaste de mí deslizándote y nos limpiaste a los dos con la sábana. ¿Tienes frío?, preguntaste. Jalaste las cobijas para taparnos.

Mi cuerpo entero estaba temblando sin control. Por un minuto o dos no pude respirar con suficiente profundidad.

¿Sientes pánico?, preguntaste.

Traté de decir que no, no era pánico. Pero no sé qué pasó. De pronto estaba berreando. Nada al estilo Jo Hopkirk, con un par de silenciosas lágrimas aquí y allá. Eran más bien como sollozos secos que me desgarraban el pecho a la mitad.

Ah, Kurl, murmuraste. Ah, querido. Eres tan hermoso. Pusiste la mano en la base de mi cuello, justo donde el dolor era peor.

Para. No lo hagas, te pedí entre sollozos y suspiros. No podía soportarlo. *Querido*: nunca nadie me había llamado de esa forma. Nadie me ha llamado *hermoso*. O sea, no podía soportarlo.

Entonces quitaste la mano y te sentaste, me miraste entornando los ojos bajo la luz tenue de la casa de campaña. Bueno, ¿sabes, Kurl?, dijiste, es probable que tuvieras bastante acumulado.

Por alguna razón, se me hizo lo más gracioso que jamás hubiera escuchado. Al decirlo, sonaste como un mecánico de autos o algo similar. Acumulado. Así que ahí estoy, acostado sobre mi espalda en tu casa de campaña militar, riendo de pronto. Llorando y riendo al mismo tiempo hasta que siento que mis entrañas iban a implosionar del dolor.

Y lo estás empeorando, porque ahora ya sacaste tu mandolina de algún lugar y estás tocando feliz y cantando la «Balada de Adam Kurlansky» o como sea que la llamaras.

Estás todavía ahí, Jo. En tu casa de campaña. Yo estoy sentado en tu escritorio, redactando esta carta mientras duermes; sé que es algo raro, teniendo en cuenta que en lugar de eso podría hablarte cuando despiertes. Es que me he acostumbrado a hacer esto, escribir las cosas como forma de entenderlas.

Y esto en particular parece importante. O sea, lo que estoy tratando de decirte es que no voy a darme la vuelta y fingir que no pasó nada. Esta vez no. Lo prometo. Lo que pasó hoy entre tú y yo fue importante, Jo.

De todos modos, estabas tocando tu mandolina. Como es obvio, para darme tiempo para recuperar la cordura. Y por

184

fin logré controlar mi respiración, regresar a una especie de estado emocional normal.

No te vayas, me pediste. Me cantaste unas canciones de *bluegrass*. Noté que ahora mantenías tu voz suave y baja a propósito, para tratar de calmarme o de no recordarme tu otra voz, la más salvaje. Después de un rato, eso hizo que me sintiera avergonzado de mí mismo, así que al final estiré la mano y la puse sobre las cuerdas de tu mandolina.

No, dijiste. Por favor, no. No te vayas.

No me voy, respondí. Me senté y te besé.

Así que volvimos a empezar. Más lento esta vez. Ahora estaba demasiado oscuro para ver, así que nos las arreglamos únicamente con nuestras manos y nuestras voces. Susurrando. Riendo. Respirando en la piel del otro.

Jugamos esta especie de juego espontáneo en el que pretendíamos ser investigadores, exploradores que descubrían el cuerpo humano. ¿Cómo le llamas a esto?, me preguntaste dibujando círculos alrededor del hueso de mi muñeca.

Debe haber un nombre para esto, dije, y hundí un dedo detrás de tu rodilla doblada.

¿Cómo funciona esto?, quisiste saber y pasaste tu lengua por el borde de mi oreja.

Riendo, jadeando.

¿Qué es esto?, pregunté, acariciando el pelo suave de tu axila.

Cuando hice eso, soltaste un gruñidito por la impresión y todo tu cuerpo tembló. Tu brazo estaba rugoso porque tenías la piel erizada, que se extendió por tu lado derecho. Eso es… es privado, susurraste. De pronto, estabas serio.

Puse la nariz donde habían estado mis dedos. Aspiré tu aroma: podía oler tu prisa y tu excitación de antes, de cuando llegué, junto con algún tipo de olor ácido y, por debajo de él, un olor más cálido, suave, que era solo tú, solo Jo. Ahí estabas, justo bajo mi nariz. O sea, no podía creer lo afortunado que era. Te dije esto: Soy tan afortunado.

Te besé ahí, bajo el brazo; besé tu aroma, ese punto privado tuyo, por lo que intentaste liberarte y jadeaste, y tu voz se rompió y dejó escapar lo salvaje.

Quédate quieto, acostado, te indiqué. En realidad lo que estaba haciendo era investigar. Estaba determinado a descubrir lo que quería tu cuerpo. Encontrar dónde podía tocarte para hacerte suspirar, dónde temblarías y tomarías aire, dónde tu voz empezaría a hacerse más aguda y romperse y tus palabras se desplomarían. Manos o boca. Lengua o dientes. Hubo un punto después del cual ya no hubo diferencia; te rehusaste a permanecer quieto y acostado, y te abalanzaste sobre mí con tus manos y tu lengua y tus dientes y tu vientre y tus caderas. Un punto después del cual dejé de notar un tacto o sabor particular y todo se revolvió en esa sola palabra, ese solo pensamiento, ese sí.

Pero en algún lugar a la mitad de toda la investigación pensé en estas líneas que escribió Walt. No podía recordar las palabras exactas, pero el libro estaba ahí, en tu librero, así que busqué en ese mismo momento. Después de lo que pasó en tu casa de campaña, creo que ya entiendo lo que quiere decir Walt. Es esta parte:

Nunca hubo más comienzo que ahora,
ni más juventud o vejez que ahora;
y nunca habrá más perfección que ahora,
ni más cielo o infierno que ahora.

Así que pienso que esta es la cosa, Jo. Esta es la razón por la que no puedo estar de acuerdo con tu filosofía de la-vida-empieza-después-de-la-preparatoria-así-que-espera-a-que-pase. Nunca logré ponerlo en palabras antes de esta noche. La razón no es que las cosas se vayan a quedar siempre igual, ni que el tiempo deje de pasar, año con año, hasta que te gradúes. Es que el ahora —justo ahora, este preciso segundo— es el único tiempo real que en el que estamos vivos. O sea, nuestra mente puede vivir en el pasado o preocuparse por el futuro, pero nuestro cuerpo solo está vivo y sintiendo cosas aquí y ahora. Esto siempre es verdad, pero hoy sentí lo verdadero que es. De seguro tú también lo sentiste.

Walt dice cosas sencillas, pero su significado no lo es. Tienes que entenderlas no con tu mente, sino con tu cuerpo.

Está empezando a hacer frío aquí en tu cuarto. Esta resultó una carta de verdad larga, tal vez la más larga que haya escrito a juzgar por lo acalambrada que está mi mano y lo heladas que están mis piernas. Cuando salí a gatas de la casa de campaña estabas dormido sobre mis pantalones y no quería despertarte sacándolos de un jalón. Pero ahora me estoy congelando, así que me regreso a la casa de campaña.

Atentamente,
AK

P. D.: ¿Sabías que hablas dormido? Justo ahora dijiste: Solo es un relámpago. En voz alta y clara. Me hizo sentir raro. En realidad, para ser honesto, me provocó un poco de celos. O sea, estoy un poquito celoso de la persona con la que estás hablando en tu sueño.

Martes, 8 de diciembre, dos de la mañana

Querido Kurl:

El viejo Walt. Todo el tiempo estaba escribiendo de sexo, ¿no? Tienes toda la razón en que hay que entender su poesía con todo el cuerpo, no con la mente. No puedo esperar a releer «Canto a mí mismo» después de esta noche.

No podía creerlo cuando leí los versos de Walt en tu carta justo ahora. Cuando al fin logramos llegar hasta arriba de la escalera y entramos a mi casa de campaña, el único pensamiento claro que lograba formar era el verso de Walt: «Anhelo, anhelo, anhelo, siempre el anhelo procreador del mundo».

La palabra *procreador* no tiene mucho sentido aquí, me doy cuenta. Pero esta noche sí tuve la sensación de que estábamos creando algo juntos, algo atemorizante y preciado y nuevo. ¿Tal vez cocreador es una mejor palabra para describirlo? ¿«El anhelo *cocreador* del mundo»?

En fin. Resulta que este es el verso que sigue a los que mencionaste que recordabas. Es casi como si Walt nos estuviera echando porras todo el tiempo desde la línea de banda, ese viejo latoso y voyerista.

Me senté a escribir esta carta como disculpa por no quedarme más tiempo cuando te metiste de regreso a mi casa de campaña y me despertaste, por apurarte a que salieras a la una de la mañana en lugar de pedirte que te quedaras. Me imaginaba a mi familia regresando a casa en cualquier minuto y a Lyle entrando a asegurarse de que yo estuviera bien (aunque no es que alguna vez haya hecho algo más que gritar «hola» y «buenas noches» desde la puerta) y luego el desayuno en la mañana (tampoco es que Lyle o Shayna desayunen), y de pronto tener que enfrentar un intento de presentarte en este nuevo contexto (no es que hayamos decidido que *hay* un nuevo contexto; a pesar de tu declaración de que lo que pasó entre nosotros era importante, no doy por hecho que sea necesario un contexto de ninguna clase, Kurl. Podemos hablar después sobre el contexto, o incluso no hablar para nada de ello; ¡lo último que quiero es analizarlo de más y empezar a molestarte con exigencias para hablar de eso como antes!).

Resulta que ahora son las dos de la mañana y Shayna acaba de llegar a casa. Por la forma en que se tropieza en su cuarto y por cómo canta, con voz ronca y arrastrando las palabras, sé que está borracha.

«¿Dónde estabas?», grité justo ahora.

Y ella me gritó de regreso: *«Quétimporta»*.

Incluso para Shayna Hopkirk, este beligerante comportamiento es poco común. Tendré que preguntarle a Bron adónde fueron hoy o intentar otra vez con mi hermana mañana, cuando esté sobria, o al día siguiente cuando se le haya pasado la cruda.

Me senté a escribirte una disculpa y descubrí tu carta en mi escritorio. De verdad es cocreación, Kurl, eso es exactamente lo que es esto: lo que hicimos en mi casa de campaña y lo que estamos haciendo después al escribirnos, uno al otro, sobre ello. Estamos haciendo algo completamente nuevo. En este caso estoy agradecido por que te tomaras el tiempo para escribir ese recuento largo y elocuente mientras dormía, ya que, en caso de que no sea obvio por esta carta, nunca estoy muy lúcido al despertar.

En fin. Lamento mucho no haberte pedido que te quedaras. Lamento que no me tomara el tiempo para, por lo menos, explicarte mis ansiedades, en lugar de solo aventarte tus zapatos en tu dirección murmurando: «Ya tienes que irte».

Espero que tuvieras dinero para el autobús. Espero que no te hayas sentido utilizado y desechado. Espero que sepas que fue tan crudo, tan intenso y tan glorioso para mí como lo fue para ti. Espero que sepas que ahora mi casa de campaña está empapada de luz de luna, y que desearía más que nada que estuvieras aquí para verla, porque se ve como si toda la Tierra acabara de renacer en un universo nuevo y completamente lleno de posibilidades.

Cordialmente,
Jo

Querido pequeño Jo:

Justo ahora levanté la vista desde mi pupitre en Literatura y te vi en la ventana y pesqué tu sonrisa. Te fuiste antes de que tuviera tiempo de sonreírte de regreso o de sentir el calor en mi cara.

Cuando sonó la campana, ya te había visto junto al astabandera, poniéndole un candado a Nelly con uno de tus guantes colgando de tus dientes. Después te volví a ver en el pasillo, hurgando en tu mochila y sacando un lápiz que se cayó al piso mientras jalabas el cierre. Te vi en el laboratorio de computación hablando con el señor Carlsen. Te vi a través de la entrada al gimnasio, recargado contra la pared, mirando el espacio. Ah, y pasé por el salón de Khang después del almuerzo y leí tu carta.

Esta es la suma total de todos mis momentos contigo hasta ahora en el día de hoy, y tengo que regresarle el coche a mi mamá justo después de la escuela para que pueda ir a visitar a la tía Ágata, así que puede que eso sea todo. Y creo que solo te diste cuenta de uno de los momentos, la ventana del salón de Literatura, sin contar la carta que me enviaste.

Me traje esta carta a casa en lugar de ponerla en el buzón. Khang me entretuvo después de clases para decirme que tengo que presentar el examen de admisión. No hay una calificación mínima, pero tengo que tomar la prueba y presentar mi resultado para que la gente de Puente a la Educación siquiera considere mi solicitud.

Para mí, son noticias bastante malas. O sea, ni siquiera he estado estudiando como Bron y todos los demás. Creo que no leí los formatos de solicitud con mucho detenimiento cuando Khang me los entregó. Pensé que solo eran los formatos para llenar y su carta de recomendación y esa otra cosa llamada EAC, el Ensayo Autobiográfico Creativo, que se supone que debo escribir. En otras palabras, cosas en las que no podría compararme con los demás.

Ya es la mañana siguiente. No dejo de pensar en las noticias de esta mañana. Una estrategia talibán: viste a quince terroristas suicidas con uniformes militares de Estados Unidos. Introdúcelos a escondidas al perímetro de la base de la OTAN. Haz que dieciocho jets Harrier estallen por los aires.

Así que supongo que la explicación matemática sería esta: quince vidas talibanes equivalen a doscientos millones de dólares y un gigantesco «chinga tu madre» a Estados Unidos. O sea, intentan no decir mucho en las noticias por esta misma razón. Contarle al mundo sobre esto haría que signifique más.

A la mitad de la noche me desperté de un sueño en que caía de un techo. Estoy en la cama escuchando, pero no era el tío Vik. Era el latido de mi propio corazón. Soñé que me decía: Ayuda. Ayuda. Ayuda. Ayuda.

Lo escuché durante un largo tiempo antes de despertarme de verdad.

Y entonces me acordé de ti, Jo. Tu casa de campaña. Me parecía imposible que hubiera pasado hace poco más de veinticuatro horas. Totalmente imposible que pasara. Estoy acostado, intentado recordar tu cuerpo con mi cuerpo. Buscando cualquier signo de ti en mí. O sea, incluso puse mi nariz en mis codos y mis axilas como perro, buscando el aroma que hubieras dejado en ellos.

No les digas nada de la prueba a Bron y a Shayna. He oído a Bron agendando citas para estudiar y hablando de estrategias para obtener una buena calificación, como si se tratara de la posibilidad de un ataque, etcétera. Digo, no creo que pueda manejar bien que se burlen de mí por eso, aunque bromeen. O si no lo consideran un chiste, podría ser incluso peor. Bron tiene una forma de observarme como si estuviera intentando decidir qué arreglar. No creo que pueda soportar que me convierta en su proyecto personal del examen de admisión.

Atentamente,
AK

P. D.: Qué manera tan patética de terminar esta carta. Es patético terminarla hablando de Bron. O sea, no puedo creer que hablé de los talibanes después de lo que pasó en tu casa de campaña. ¡Después de nosotros! No sé cómo hablar de nosotros, Jo, pero te juro que no quiero no hablar de nosotros. Ni siquiera quiero hablar de ninguna de estas otras cosas.

Querido Kurl:

Hoy le debía una carta a Abigail Cuttler, así que no me queda mucho tiempo en clase para esta. Todavía le estoy escribiendo a ella mientras te escribo a ti. Esta mañana, antes de la clase, le pregunté a la señorita Khang si podía volver a escribirte solo a ti, pero respondió que confía en que puedo manejar a dos amigos por correspondencia. Solo necesito llegar al mínimo de una carta para cada uno a la semana, me recordó.

Una vez que la clase comenzó y se suponía que todos teníamos que estar escribiendo nuestras cartas, la señorita Khang vino a mi pupitre y se acuclilló al lado, por lo que tuve que agacharme hacia ella, y susurró: «Pero, por favor, no creas que quiero que escribas menos cartas de las que has estado escribiendo. No quise decir eso. Lo que está pasando entre Adam y tú es maravilloso».

«Lo que está pasando entre Adam y tú». Fue un momento como para paralizar el corazón, estaba por completo seguro de que la señorita Khang había estado leyendo nuestras cartas todo este tiempo. Me puse tan rojo que mi cuero cabelludo comenzó a cosquillearme y la sorpresa me provocó unas lágrimas que me llenaron los ojos, por lo que no pude decir nada, no podía mirarla.

Reaccioné de manera desproporcionada, según me di cuenta unos momentos más tarde. La señorita Khang se refería a la frecuencia de nuestras cartas, no a su contenido. En mi defensa, siempre es inquietante que una maestra se acuclille junto a tu pupitre y te susurre, ¿no? Sin importar lo que diga. Asumes que hiciste algo malo. Después te preocupa que puedas tener mal aliento matutino o algo atorado entre los dientes. Todo el tiempo sientes cómo tus compañeros se estiran para oír la conversación.

Ya sonó la campana, y todavía estoy sentado en el salón de la señorita Khang tratando de terminar esto. Lo que quería decir antes de verte hoy en la noche, antes de que estemos con las chicas y no tenga oportunidad de decirte nada en privado, es que el hecho de que necesites presentar el examen de admisión no son malas noticias en absoluto, Kurl. No te das cuenta de cuánto tiempo he pasado con Bron mientras estudia y cuánto me ha enseñado eso sobre la estrategia para el examen.

Kurl, puedo decirte con absoluta confianza que vas a obtener una calificación en la prueba perfectamente adecuada si la enfocas de manera estratégica, y no tendrás ninguna dificultad para enfocarte estratégicamente si me dejas mostrarte cómo hacerlo. Así que, siempre y cuando puedas soportar la idea de tener un entrenador para el examen de admisión de primero de prepa, las niñas nunca tendrán por qué saberlo.

¡Vaya! Acabas de entrar al salón. Estás hablando con la señorita Khang al frente del salón, y los dos voltean a verme y sonríen.

«Apúrate, tengo que trabajar», me acabas de decir.

Ahora mi rostro está sobrecalentado otra vez, mi corazón late fuerte y escribo como un idiota, tratando de terminar. Bron me dijo que vendrás con nosotros a la tocada de Decent Fellows en el Rosa's Room, así que te veré hoy en la noche.

Tuyo,
Jo

Jueves, 10 de diciembre

Querido pequeño Jo:

Lamento haber llegado tan tarde al Rosa's Room. Terminamos bastante tarde de trabajar en un techo y luego mi tío me pidió que llevara los escombros al vertedero. Para cuando me arreglé y llegué al bar, el show de los Decent Fellows ya estaba a la mitad. Creo que en el contexto musical sería el interludio. La banda compartía tarros de cerveza alrededor de dos mesitas. Al principio no te vi ahí, porque tenías tu bufanda en la cabeza, amarrada con un moño bajo tu barbilla. Bron te estaba deslizando este par de anteojos rosas reflejantes sobre la cara.

Tomé una silla y les dije hola a todos en general.

Te arrancaste la bufanda, por lo que los anteojos cayeron a la mesa con estrépito. Ah, hola, Kurl, me saludaste.

Me presentaron a los músicos que todavía no conocía: Derek, el que toca la mandolina, y Scarlett, la violinista-cantante.

Así que tú eres la estrella de futbol, dijo Scarlett.

Algo así, respondí. Estaba pensando otra vez en cuánto me gusta la forma en la que dices siempre: Ah, hola, Kurl, así, como si no fuera la gran cosa, aunque, mientras, es claro que casi echas el corazón por la boca.

Cody le dijo a Lyle: Amigo, solo un par de canciones, en serio. Por los viejos tiempos.

Lyle sonrió, pero negó con la cabeza.

Ya has oído cantar a Shayna, ¿verdad?, me preguntó Cody. Apóyame en esto. Tenemos que dejar que suba al escenario hoy, ¿verdad?

Eso no va a pasar, aseguró Lyle.

Nunca me dejas hacer *nada*, se quejó Shayna. Nada de lo que hago es lo bastante bueno. Empujó su silla hacia atrás y se fue, airada, al baño.

Así que resulta obvio que hay una especie de discusión familiar en marcha a la que acabo de entrar. Pero, mientras, noto que tu pelo está apuntando en todas direcciones por la bufanda. Cómo estás intentando peinarlo con tus dedos y aplacarlo, pero solo lo empeoras. Cómo todo el tiempo tienes la cara roja y miras hacia otro lado y no a mí.

Jo. Sé que estabas apenado, y lamento haberme quedado mirándote. No haber podido dejar de sonreír. Estaba muy cerca de reírme en voz alta. Debes haber pensado que me reía de ti, pero te juro que no.

Por un segundo, estaba tan feliz. O sea, estaba tan feliz que me sentía como mareado. Estas cositas que haces. Todos los pequeños gestos, tus dedos veloces, nerviosos. Te veo hacer todas estas cosas y pienso: «¿Cómo podría ser infeliz? ¿Cómo podría molestarme algo?».

Lyle se me acercó y se puso en cuclillas junto a mi silla. Oye, Adam, me dijo.

Volteé hacia abajo y lo miré, y entonces se alejó un poco de la mesa para hacerme saber que quería que solo yo oyera. Te debo una disculpa, dijo, por la última vez que te vi. Ya sabes, en lo de Prince.

Quise fingir que no sabía de lo que hablaba, pero, por supuesto, lo sabía con exactitud. Así que no respondí nada.

No tenía nada que ver contigo, continuó Lyle. Era conmigo… con Shayna y conmigo. No debí haberte hablado así. Y lamento lo que dije.

Está bien, contesté.

Te ves bien, Adam, dijo. «Te ves realmente contento». Se levantó, me dio una palmada en el hombro y se regresó a su silla.

Te miré, Jo, y me estabas mirando con una pregunta inmensa en la cara. Por supuesto, supe que debías haber hablado con Lyle sobre lo de Paisley Park. Sabía que esa era la razón por la que estaba ofreciéndome una disculpa después de tanto tiempo. Pero, de todas formas, la disculpa funcionó. O sea, aun así sentí que Lyle era sincero al ofrecerla.

Creo que sentirme tan feliz fue la razón por la que fuiste tú, y no yo, quien se enojó cuando Bron empezó a hacerme todas esas preguntas. Se inclinó hacia nosotros y nos contó que quería escribir sobre mí en su blog. El Adam Kurlansky real o algo así. O sea, ya te dije que Bron me ve como una especie de proyecto.

Y entonces la mesera trae ese trago. Una bebida burbujeante amarilla que tiene sumergida una varilla con bolitas de melón. Del hombre de la camiseta negra de allá, explica.

¿Para mí?, pregunta Bron, mientras se voltea en su silla para ver.

Nop, le responde la mesera, y me señala. Para él.

De repente, todos ustedes giran la cabeza para buscar al hombre de la camiseta negra. Y después todos ustedes giran la cabeza de regreso para verme a mí.

Quiero decir, no es que el tipo esté feo ni nada. Delgado y alto, con pómulos marcados. Pero debe de tener treinta y cinco o cuarenta años. Y es *hombre*. Un hombre me acaba de invitar un trago.

No puede tomarlo, le advierte Lyle, es menor de edad. Están con nosotros, pero no deben tomar.

Entonces se lleva el trago y también los tarros de cerveza que tú, Bron yo tenemos delante.

¡Santas carnadas para gays!, exclama Scarlett.

Ahora es mi cara la que está roja. Me doy cuenta.

Eso te pasa por vestirte elegante, me dice Bron. Por fin apareces en algún lugar en una camisa decente y ¡zas!

La banda regresó al escenario y empezó a tocar. El volumen subió demasiado y ya no se podía platicar, y tengo que decir que en ese momento, para mí, estaba perfecto.

Después de algunos minutos, Shayna se sentó otra vez entre tú y yo. Sus ojos estaban rojos.

¿Estás bien?, le pregunté, pero se encogió de hombros y se dedicó a jugar con su teléfono. Ignoró a la banda el resto de la noche.

Yo veía a Lyle cantar y pensaba en ti cantando. Te recordaba en el sillón, junto a Shayna, con tu mandolina y en la casa de campaña, junto a mí, con tu mandolina. Estaba escuchando la ordinaria voz de Lyle y pensaba en tu voz temblorosa que rasguña el corazón. Veía los dedos de Lyle y pensaba en tus dedos cálidos y veloces.

Todo el tiempo mientras la banda tocaba, yo te miraba a hurtadillas, Jo, y pensaba: ¿Cómo podría ser infeliz? O sea,

¿cómo podría alguien ser infeliz? Y también: ¿Cómo se supone que podría alguien ocultar una felicidad como esta?

Atentamente,
AK

Jueves, 10 de diciembre

Querido Kurl:

Me doy cuenta de que es probable que crucemos cartas hoy, pero me desperté en la mañana todavía irritado con Bronwyn por la despreciable grosería con la que te trató en el Rosa's. Francamente, no me importa qué pretenda escribir, con toda su plática sobre «explotar la línea entre la ficción y la realidad» y «meterse bajo la piel del lector». Ahora a estos nuevos textos de su blog los llama «comunicaciones», como si estuviera enviando noticias emocionantes al mundo desde el lugar especial que ocupa ella en el epicentro.

Bron se cruzó de brazos y apoyó los codos en la mesa.

«Entonces, Kurl. Adam Kurlansky».

Te reclinaste un poco en tu silla.

«Entonces, Bron. Bronwyn Como-te-apellides», dijiste.

Sonrió.

«Otulah-Tierney. Entonces, ¿quién es el *verdadero* Adam Kurlansky?».

«¿Qué quieres decir?».

«Empecemos con la cortada de tu cara, que ya está sanando», dijo Bron. «¿Quiénes dirías que son tus enemigos actuales, Kurl? ¿Por qué sientes la necesidad constante de separarte del resto del mundo? ¿Por qué piensas que el conflicto físico es un componente tan integral de tu identidad?».

Frunciste un poco el ceño, diste un trago a tu cerveza y echaste un vistazo al bar.

«Cuida tus modales, Bronwyn», dije.

Me ignoró.

«Kurl, ¿estás preparado para pelear o huir ahora mismo? ¿Sientes la necesidad de pegarme?».

«¿Qué clase de entrevista es esta, en la que haces diecisiete preguntas una tras otra?», le pregunté.

«No es pelear», respondiste. «Yo, en realidad, no peleo».

Bron se rio.

«Te he visto pelear».

«Me refiero a esto», y señalaste el rasguño en un lado de tu pómulo, algo que yo había notado la otra noche cuando viniste, aunque no tuve tiempo de preguntarte por él.

«No es de una pelea».

«¿Te pegaste contra una caseta de teléfono?».

«Algo así».

Bron se recargó en su respaldo, cruzó los brazos y negó con la cabeza.

«Bueno, eso *nunca* es verdad. He estado investigando sobre este tema. Las autolesiones en la cara son extremadamente raras».

Te inclinaste hacia delante y pusiste los codos sobre la mesa, imitando la postura previa de Bron. La miraste fijamente, sereno. Reconocí esta táctica tuya, esta falta de expresión agresiva.

«Vamos, tienes que admitir que hay un misterio», dijo ella. «Me gustaría disiparlo un poco, si puedo. Iluminar un poco la niebla».

«Estás mezclando tus metáforas», le dije a Bron. «No *disipas* un *misterio*. Y no puedes *iluminar* la *niebla*».

«Todos son críticos, Jojo», dijo ella. Estaba intentando sostenerte la mirada.

«No obstante, si quieres ser escritora», insistí, «deberías practicar la *buena* escritura», y fui premiado, al fin, con que me dirigiera su mirada tras girar la cabeza.

Entonces la mesera trajo ese trago para ti y Bron se vio forzada a abandonar su interrogatorio.

Las niñas se fueron justo antes de que terminara el show. Shayna parecía completamente convencida de que la noche de micrófono abierto en el Ace sería su gran oportunidad. Nos hicieron jurar que guardaríamos el secreto de su destino y se escaparon antes de que Lyle terminara de tocar.

Me dio gusto que el grupo se dividiera, no solo por el irritante comportamiento de Bron, sino porque tenía un objetivo personal para la noche, y era este: que me llevaras a casa y nos fuéramos solos, Kurl. No tenía idea de cómo lograrlo y estuve inquieto por eso casi toda la última hora de la noche. Me preocupaba que no me ofrecieras llevarme, que no consideraras ofrecerlo, porque, como es lógico, supondrías que me iría a casa con Lyle después de que guardaran todo.

Pero lo ofreciste, y las chicas ya se habían ido, así que solo éramos tú y yo en el auto. Me encanta lo normal que se siente, los dos hablando. Toda la incomodidad de cuando estamos juntos en público desaparece. No hablamos del show, ni de las interrupciones de Bron, ni de Lyle, ni de la escuela ni de nada con una relevancia inmediata.

¿De qué hablamos? De comida. Hablamos de nuestra comida favorita, qué vegetales se cocinan demasiado la mayoría de las veces, cuán condimentado es demasiado condimentado. Me contaste de un guiso marroquí que viste en una revista, que se cocina en un traste de barro con forma de embudo invertido.

Nos olvidamos por completo de que teníamos que despedirnos y nos dimos cuenta cuando ya estábamos en mi entrada. Apagaste el motor y nos quedamos sentados en silencio.

«Lyle podría llegar en veinte minutos», dije.

Encendiste el auto otra vez y metiste reversa.

«Solo voy a dar vuelta alrededor de la cuadra», anunciaste.

Y, tras manejar literalmente alrededor de la cuadra, te estacionaste junto a la banqueta a una calle de la mía.

«Esto va a sonar estúpido», dijiste, «pero ¿crees que ahora me veo gay?».

Me reí, pero tú estabas serio.

«¿Qué quieres decir?», pregunté.

«O sea, ¿me veo gay? ¿Doy la impresión de ser gay ahora?».

«¿Por tu camisa?», supuse.

Bajaste la mirada hacia tu camisa azul de botones como si hubieras olvidado que la traías puesta.

«¿Es una camisa gay?».

Me reí de nuevo.

«No, no es una camisa gay. Es una camisa completamente neutra. De neutra a heterosexual, de hecho».

Frunciste el ceño.

Traté de adivinar otra vez.

«¿Por el hombre del bar?».

«Siento que tal vez ahora me veo gay. Te dije que era algo estúpido».

Miraste hacia el cielo a través del parabrisas.

«Cuando dices "ahora" quieres decir...». Me detuve. «¿Qué quieres decir?».

«Me refiero a ahora en comparación con antes de que tú y yo nos enamoráramos».

Me quedé mirando tu perfil.

«¿Es eso lo que hicimos?».

No respondiste, así que concluí que había escuchado mal. Decidí que lo estaba haciendo otra vez: estaba convirtiendo en un problema algo que no lo era. Te estaba acorralando como había hecho en la biblioteca ese día después de que nos besamos. Forzándote a volver a pensar, retractarte y retirar lo que habías dicho. Fui un idiota. Quería morderme la lengua y cortármela con la mordida.

Pero, por alguna razón, aun así continué.

«Enamorarnos. ¿Es eso lo que hicimos, Kurl?».

Me miraste. Te encogiste de hombros.

«Yo sí», respondiste, como si debiera resultar obvio. Como si fuera tan simple como las estrellas allá afuera en el cielo nocturno.

«Yo también», dije.

Cordialmente,
Jo

206

Viernes, 11 de diciembre

Querido pequeño Jo:

Hoy una chica tuvo una repentina hemorragia nasal en la cafetería. Creo que era de primer año. Más o menos entró en pánico, parada, mientras repetía: Dios mío, Dios mío, Dios mío.

Y ahí estabas tú, Jo, junto a ella tan rápido como un disparo. Sacaste un pañuelo gigante de tu bolsillo. Pusiste tu mano en la parte trasera de la cabeza de la niña y el pañuelo en su cara. La sentaste con suavidad y le hablaste en voz baja.

Pensé: Ahí está. La brillante bandera de tu temperamento. Pensé en cómo das cosas a la gente sin que necesites detenerte y pensarlo. Cómo va directo de tu corazón a tus manos.

O sea, me contaste esto sobre ti mismo en una de tus primeras cartas. Citaste a Walt para describir tu personalidad: gastar sumas enormes, entregarte al primero que te tome. No pude recordar las palabras exactas de Walt, pero anoche estaba releyendo tus primeras cartas, recordando. «Sé real y sé auténtico», etcétera. No puedo creer cuánto tiempo me tomó ver lo maravilloso que eres. Y ahora no puedo dejar de verlo todo el día.

Atentamente,
AK

Querido Kurl:

Como sabes, mañana en la mañana nos vamos a ver en la biblioteca pública para tener nuestra primera sesión de asesoría para el examen de admisión, así que adjunto una hoja con una estrategia para la prueba que imprimí anoche. Describe cómo calcular el índice entre tu porcentaje de «ataque» y tu porcentaje de «obtención» para saber el número mínimo de preguntas que necesitas responder en el tiempo asignado para obtener la calificación que necesitas. Ya sé, ya sé, es una lectura apasionante, ¿verdad? Pero de todas formas deberías revisarla antes de que nos veamos, para ahorrar tiempo.

Y, cambiando de tema, perdí mi bufanda la otra noche en el Rosa's. ¿Recuerdas esa bufanda de seda con estampado borgoña que Bron me estaba amarrando con un moño bajo mi barbilla? Me preguntaba si la habrías encontrado en el auto de tu mamá. No es una pieza *vintage*, pero tiene un valor sentimental para mí, ya que era de Lyle en la década de 1980, en su fase de estampados de cachemira.

Cordialmente,
Jo

P. D.: Una cosa más sobre el examen: leí que califican la puntuación de la redacción en la prueba. Creo que tal vez sería prudente que empieces a practicar el uso de las comillas en los diálogos, Kurl. Si quieres, de ahora en adelante puedo ayudarte insertándolas en tus cartas donde las hayas omitido.

Sábado, 12 de diciembre

Querido pequeño Jo:

Hoy en la biblioteca, la mitad del tiempo que se suponía que era para hablar del examen lo pasé pensando en otras cosas. En específico estaba pensando en cómo me había enojado tanto contigo la vez pasada en la biblioteca de la escuela por hablar de nuestro beso en el parque. Y en que ahora soy yo el que quiere sacar el tema a colación. Me refiero a besarnos.

Tú decías todo el tiempo: «¿Me estás escuchando siquiera?».

Y yo respondía: «Sí, claro. Sigue hablando».

Y entonces me explicabas cómo eliminar desde el principio las dos alternativas de opción múltiple menos probables.

Y yo pensaba en que, de todas formas, había solo dos o tres personas más en la biblioteca y ¿sería tan grave si me inclinaba hacia ti y, por un segundo, presionaba con mi boca la tuya? Digo, sentí una aguda emoción solo de pensarlo.

Me preguntabas: «¿Me estás poniendo atención?».

Y yo decía: «Sí», pero estaba pensando en que aquella vez habías tenido que terminar tu carta para mí con una prisa tremenda. Estaba parado en el salón con Khang, esperando a que la entregaras. ¿Te acuerdas? Firmaste tu carta de forma distinta en esa ocasión. En lugar de poner: «Cordialmente», pusiste: «Tuyo, Jo».

Yo sé que fue solo un desliz con la pluma. Pero no podía evitarlo. «Es tuyo», pensé. «Solo hazlo, bésalo ya».

Así que finalmente me levanté, te indiqué: «Sígueme», y te conduje al rincón posterior de la biblioteca, a la sección de Reptiles y Anfibios, donde me consta que nadie va jamás.

«¿Qué?», exclamaste. «No tenemos mucho tiempo antes de que…».

Volteé y caché tus palabras en mi boca. Atrapé tu cintura con mis manos, deslicé mis brazos sobre tus costillas, como serpientes, y te jalé hacia mí y te besé y te besé y te besé.

Atentamente,
AK

P. D.: Como puedes ver por esta carta, sé exactamente cómo usar las comillas en los diálogos. Pero siempre pienso que, al contar una historia, de alguna manera estorban. Para ser honestos, cuando al principio me di cuenta de que las ponías en tus cartas, pensé que era pretencioso en cierto sentido. Son cartas, no libros, pensé. Pero lo entiendo. Es buena idea practicar para el examen, por lo menos. Así que okey, lo haré de ahora en adelante.

Lunes, 14 de diciembre

Querido Kurl:

¿Sabías que tienes una peca debajo de tu oreja izquierda, como dos centímetros por debajo del lóbulo de tu oreja y medio centímetro detrás? Hoy en el almuerzo, cuando te detuviste en el salón de arte para estar conmigo y con las chicas, noté por primera vez esa peca.

Bron nos había llamado a la ventana para ver lo hermosa que se veía la lluvia, que rebotaba en el techo plano que había afuera.

«El tragaluz está mal sellado», señalaste. «Dentro de dos meses tendrá una gotera».

Y Bron te empezó a molestar por enfocarte en los asuntos prácticos en lugar de en los estéticos, a pesar de estar en el salón de arte.

Yo estaba parado junto a ti, contemplando cómo la luz de la ventana proyectaba sombras de gotas en tu pómulo. La peca bajo tu oreja izquierda me sorprendió: ¿cómo podía no haberla notado nunca? Siempre creí que tu piel era pálida de manera uniforme. ¿Había más pecas que no conocía? ¿Había alguna peca correspondiente bajo tu otra oreja?

Ustedes tres hablaban de la foto que había en el pasillo del Rosa's Room, junto a los baños, donde se ve a Raphael y Lyle juntos en el escenario. Nos confesaste que al principio pensaste que era una foto de Shayna y que tuviste que mirarla dos veces.

Shayna dijo: «En serio, si no fuera por esa única foto, creo que no me acordaría de que alguna vez tuve una madre. Creería que Lyle nos encontró en un bosque o algo así».

Mientras, me había colocado a tu otro lado con disimulo, para ver si podía encontrar más pecas. Mi hermana estaba en mi camino, así que me metí a la fuerza y, al empujarla con la cadera, fingiendo que quería apreciar la vista desde su lado de la ventana, perdió el equilibrio.

«Lárgate, gusanito», me ordenó, y enterró sus nudillos en mis costillas, por lo que toda la escena degeneró en un forcejeo entre hermanos que Bron y tú miraban con cierta diversión indiferente.

Cordialmente,
Jo

P. D.: Debo haber tenido como seis meses de edad cuando tomaron esa foto en el Rosa's. Mi madre está ataviada con la vestimenta de gala de una dama de la música *grunge*: vestido floral largo, botas para motocicleta, una gargantilla con algún tipo de piedra pulida o concha, muchos anillos en los dedos. Tengo esa foto guardada en la memoria, Kurl. Lyle toca el banjo, pero se acercó a ella y se inclinó hasta que su sien descansó en el hombro de ella. Sonríe ampliamente, y mi madre echa la cabeza hacia atrás con la mayor y más feliz de las risas...

Siempre quise saber qué canción estaban cantando en la foto, pero Lyle nunca estaba seguro. «Todo estaba envuelto en una neblina verde», respondía. ¡Cómo odiaba eso! No tengo recuerdos de Raphael, así que no puedo evitar sentir que Lyle necesita ser responsable de todos los recuerdos. ¿Cómo podía estar tan feliz en la foto y no recordar ni un simple detalle sobre el momento en que la tomaron?

Querido pequeño Jo:

Regen. Sigo esperando a que por fin caiga la nieve para que no tengamos que ir a trabajar en los techos sino hasta la primavera. Pero, en lugar de eso, cayó una lluvia ligera todo el día y al final, después de la escuela, un aguacero. Estabas de pie en la parada de autobuses cuando pasé en mi coche. Al principio no estaba seguro de que fueras tú. Quiero decir, últimamente me ha ocurrido mucho eso, pensar que eres tú y luego no eres tú. Tu cabello estaba escurrido, pegado a tu cabeza, y encorvabas los hombros tratando de proteger tu mochila envuelta en tus brazos. No estabas bajo el techo, junto a los otros chicos.

Mi pie ya estaba sobre el freno y ya me estaba deteniendo en la banqueta antes de siquiera considerar cómo se veía que yo te recogiera en mi auto. O sea, no hemos hablado de eso, Jo. Solo hemos supuesto que no le vamos a decir a nadie, ni a Bron ni a Shayna, y menos al público general de la escuela.

Era mi cuerpo el que estaba tomando decisiones por mí, más rápido que mi cerebro. Mi pie sobre el freno, mis manos girando el volante. Tu imagen envió algo fuerte y luminoso por mis venas. Te juro que mi boca comenzó a salivar. Debe ser así como se siente un perro cuando su amo regresa a casa. La alegría recorre todo su cuerpo.

Creo que me asustó un poco lo fuerte que era. Y cómo se hizo mucho más fuerte cuando te subiste y cerraste la puerta del pasajero, con el agua encharcándose en el tapete del coche. Te sacudiste las gotas del pelo y dijiste: «Uf, hombre, eres un salvavidas», y todo el coche se llenó del olor de Johathan Hopkirk mojado.

Tu aroma, Jo. Es como lana y pan y algo más. No sé. El aroma de la risa, si la risa tuviera un aroma, o del amanecer. Llenaste todo el coche con una luz amarilla como del amanecer. Te juro que se sentía como si la luz entrara a mis venas.

Estaba absorto en esto, creo, y tú hablabas de cosas normales. Acerca de que toda esta lluvia te recuerda al espectáculo de Prince para el Súper Tazón.

«¿Lo has visto?», preguntaste. «Es espectacular».

Esa fue tu palabra, *espectacular*.

Hablaste de que la señorita Deane, la maestra de arte, quiere que Bron haga su solicitud para entrar a una universidad de arte en lugar de a la escuela de periodismo. Acerca de que hoy en la tarde Shayna se fue de pinta y desapareció.

Cosas normales, de eso hablabas. Cosas de todos los días.

Y de pronto todo me pareció totalmente disparejo. Desequilibrado. Y esa es la razón por la que entré al estacionamiento de una tienda de abarrotes.

«¿Vamos a hacer el mandado?», preguntaste. Temblabas un poco, así que dejé el carro prendido y encendí la calefacción.

Me tomó como cinco minutos poder soltarlo. Y de todas maneras lo dije de una manera totalmente vacilante y rara. «¿Crees que yo te gusto tanto como tú me gustas a mí?», te pregunté.

Silencio total. Te veías un poco conmocionado. «Kurl, yo creo… creo que es básicamente un milagro que yo te guste», respondiste.

Traté de explicar lo que quería decir. «Es que no puedo recordar cómo era antes mi cabeza. Lo que había en mi cabeza».

«¿Antes de qué?».

«Antes de ti», dije. «O sea, pienso en ti todo el tiempo. Desde el segundo en que me despierto, durante todo el día. En la escuela, cuando veo que algo pasa en el corredor, que hay una multitud reunida, pienso: "Ah, Jo diría que ese es el *quid* del dilema". O leo algo en clase y pienso: tengo que recordarlo para contarle a Jo, a Jo le encantaría esta frase o lo que sea».

Estabas sonriendo.

«¿A Jo le encantaría esta frase?», repetiste. «¿De veras?».

«O, si en la cafe tienen esas pastillas de vitamina C para la tos que te gustan, quiero comprártelas».

«Por cierto, ¿me puedes dar una? Mi garganta está un poco…», dijiste.

«No las compré», aclaré. «Solo quise hacerlo». No estabas entendiendo lo que yo quería decir. Dije: «No sé qué había en mi cabeza antes de conocerte. ¿En qué pensaba? Porque, fuera lo que fuera, ya no está ahí. Se fue. Estoy completamente, cien por ciento, lleno de ti todo el tiempo».

Estabas callado.

«No se siente del todo normal», dije.

Frunciste el ceño.

«O sea, no me quejo», puntualicé.

«Aunque es como si te estuvieras quejando», dijiste.

La calefacción estaba haciendo un ruidito irritante, como un chasquido. Apagué el motor. «No es exactamente eso lo que quise decir, creo». Me sonó mal incluso a mí. Era alegría lo que había sentido al verte en la parada del autobús. ¿Cuál era mi problema? ¿Por qué tuve que cambiar la alegría por algo distinto?

«Tal vez lo estás viendo de la manera equivocada», dijiste. «Tal vez es hermoso estar lleno de alguien más».

«Claro. Siempre y cuando sea mutuo. Siempre y cuando no te estés engañando a ti mismo».

Entonces volteaste a verme. Te acercaste a mí. Con tu rodilla, enganchaste mis piernas y envolviste mis costillas con tu brazo mojado hasta que tu boca quedó junto a mi oreja. El aroma de Jonathan mojado. Y ahora la sensación de tocarte.

Me moví hacia atrás rápido y volteé alrededor para asegurarme de que no hubiera otros carros estacionándose junto al nuestro. Llovía tan fuerte que no podía ver gran cosa.

«Si piensas que no es compartido», dijiste, «estás alucinando. ¿Crees que no me gustas? ¿Necesitas que te diga cuánto te deseo?».

Por supuesto que podía sentir que me deseabas. Pero quería que también me lo dijeras. Sentí tus labios fríos en mi oreja, pero tu aliento estaba caliente.

Empezaste a decir cosas obscenas, Jo. Clasificación X. Cosas imposibles de repetir.

«Quiero que te pongas de rodillas, Kurl», dijiste. «Quiero que te acuestes bocabajo».

Me llevaste paso a paso: lo que harías que yo te hiciera, lo que querías hacerme y lo que haríamos juntos.

Solo eran palabras. O sea, te presionabas contra mí y debíamos estar moviéndonos. Nos movíamos un poco y me besaste en algún momento, ahora que lo recuerdo. Hacia el final de tu discurso me estabas besando. Mi cabeza estaba echada hacia atrás contra el cabezal. Respiraba tu aliento y ya ni siquiera escuchaba las palabras que pronunciabas, sino la orden que estaba detrás de las palabras y los besos. La orden era: «Ríndete».

«¿Crees que estás lleno de mí ahora?», me preguntaste. «Vas a estar tan lleno de mí que ni siquiera sabrás dónde terminas tú y dónde empiezo yo. Vas a estar tan lleno de mí que pensarás que podrías morir del placer».

Y claro que me estaba muriendo del placer justo ahí, justo como me ordenabas hacer. «Ríndete», oí en tus palabras. «Ríndete». Y lo hice.

Y entonces, sin decir palabra, te apartaste de mí y te hundiste en tu asiento; yo estaba desgarrado por ti y por mí también, así se sentía. Detenido ahí, tembloroso y pegajoso y avergonzado. Abriste la ventana para dejar que saliera el vapor.

Crucé los brazos sobre el volante y descansé la frente sobre ellos.

«¿Estás bien?», preguntaste.

Esperé a que mi voz regresara a mi garganta. Después esperé a que mi cerebro encontrara las palabras. Pareció tomar mucho tiempo, por lo menos un par de minutos.

«Esas cosas que describes», dije. «¿Lo has hecho todo?».

«No», respondiste. «Te dije lo que he hecho. Solo manosear, básicamente. Cosas torpes».

«Entonces, ¿cómo puedes decirlo? ¿Cómo se te pueden ocurrir siquiera las palabras y sacarlas de tu boca?».

Te reíste. «¿Te impresiona? Solo quería excitarte, Kurl. Las palabras también son sexo», afirmaste. «No hay diferencia entre describirlo y hacerlo».

Giré la cabeza para mirarte, más allá de mi brazo.

Otra risa. «Bueno, está bien, sí *hay* una diferencia, por supuesto, pero tal vez es un rango continuo. Tal vez describirlo es parte de hacerlo».

«Pero ¿de verdad querrías hacerlo?», pregunté.

«¿Qué parte?», dijiste.

«Cualquier parte. Todo».

«¿Contigo? Sí», contestaste.

Eso fue todo, solo «sí». Levanté la cabeza separándola totalmente de los brazos y te miré. Estabas dibujando garabatos en el vapor de tu ventana. Tu oreja tenía un color rojo brillante y notarlo me quitó un poco lo avergonzado.

«Yo también», dije.

¿Por qué repito todo esto? ¿Por qué me senté aquí, en mi cama, con la colcha fea de mi *babcia* envolviéndome los hombros para protegerme del frío, desvelándome, tratando de recordar cuáles eran las palabras, quién dijo qué, cómo nos movíamos uno contra el otro, cómo se sentía?

Bueno, sé por qué. Porque recordarlo me trae de regreso una parte, en cuanto a las sensaciones. Pero también porque tengo esta idea de que es necesario que lo escriba. Quiero que conste, que quede una especie de prueba. Nadie sabe de nosotros, Jo. Hay un universo entero que hemos creado de la nada, solos tú y yo. Y quiero decir que me gustaría vivir en él todo el tiempo. Pero el mundo exterior no concuerda con el interior, así que siento una y otra vez que tú y yo somos un sueño.

No. Es lo contrario. Siento como si caminara todo el día en un sueño y después, cuando te veo, despierto.

«Kurl», escribiste en el vapor que había en la ventana del carro.

Entonces, yo también dibujé en mi ventana. Escribí: «Soy inmenso, contengo multitudes».

Entrecerraste los ojos, tratando de leerlo.

«No sabía que podías escribir al revés».

«Es Walt», dije.

«Pero ¿por qué al revés?», preguntaste.

«Para que tenga sentido desde afuera», respondí.

Atentamente,
AK

Querido Kurl:

Tal vez sea siempre así. Se nos brindan estas minúsculas ventanas de tiempo, estas pequeñas cápsulas de espacio donde no entra nada más. Tal vez sea todo lo que podemos esperar tener juntos. Y tal vez, solo tal vez, será suficiente.

Me refiero a tu cuarto, Kurl. Tu santuario no interior, con las paredes desnudas y la colcha anaranjada y rosa de tu *babcia* en la cama.

Más específicamente, me refiero a mí en tu cuarto, contigo, anoche por primera vez.

¿Puedo escribir sobre esto, Kurl? ¿O es un tema, un recuerdo, que pertenece solo al universo secreto que hemos creado y que, por lo tanto, debería quedar ahí? ¿A qué universo piensas tú que pertenecen nuestras cartas, al nuestro o al que está afuera de nosotros?

Voy a esperar a ver qué escribes, para ver si te parece bien.

Tuyo,
Jo

Viernes, 18 de diciembre

Querido pequeño Jo:

Bueno, creo que ahora ya sabes dónde acabó tu bufanda.
Sí, la dejaste en mi coche esa noche después de la tocada
de Lyle. Perdona que no te dijera cuando preguntaste por
ella. En realidad, ni siquiera la dejaste. Cuando estábamos
estacionados junto a la banqueta, a la vuelta de tu casa, la
bufanda se estaba resbalando por el cuello de tu camisa
por detrás de tu asiento. Me estiré y le di un jaloncito para
que cayera al piso del asiento trasero.

Estoy consciente de que fue extraño de mi parte. No
fue un robo directo. O sea, no quería quedarme la bufanda
vieja y hippie de Lyle ni nada de eso. Solo deseaba tener
una especie de recuerdo tuyo, algo que oliera a ti, Jo. Estoy
consciente de que es un poco extraño.

«Siento como si debiera traer flores», dijiste en la puerta
principal.

Estaba pensando que debí haberme cambiado al menos de ropa, por algo mejor que jeans y una camiseta. Había estado deambulando por la casa toda la tarde mirando
todo con ojos nuevos —tus ojos— y tratando de esconder
todas las cosas cuya fealdad resultaba más obvia. Fotos de

la primaria, las botellas de medicinas de mi mamá, mi bata de baño con todos los hilos colgando del dobladillo. O sea, empecé a arrepentirme de haberte invitado, aun cuando era una oportunidad única en la vida que mi mamá y el tío Viktor estuvieran fuera toda la noche. En todo caso, era una oportunidad de las que ocurren una vez al año.

Así es como comenzaron a estar juntos, en realidad. El año posterior a la muerte de mi padre, mi mamá faltó a su exposición de orquídeas en Chicago y al año siguiente el tío Viktor se ofreció a acompañarla.

No sé si alguna vez te conté que mi mamá trabaja para una empresa de cuidado de plantas que se encarga de la mayoría de los edificios que tienen grandes oficinas en el centro. Pero su afición son las orquídeas. En el sótano tiene focos para hacerlas crecer y tiene un pequeño invernadero de fibra de vidrio en la parte trasera de la casa. Van a las exposiciones de orquídeas cada año, mi mamá y Viktor.

Entraste a la casa y dejaste el estuche de tu mandolina en el piso; por alguna razón, te bajé el cierre de la chamarra y te la quité de los brazos como si tuvieras cuatro años. Te quité primero una manga y luego la otra, por lo que diste una vuelta completa para soltarla. En el último segundo, cerraste el puño dentro de la chamarra y jalaste la chamarra, y a mí, hacia ti. Te paraste de puntas para besarme con tu boca fría.

Te ofrecí un refresco y después resultó que no teníamos ninguno, lo que de alguna manera nos hizo reír. Todo parecía chistoso, incluso no tener refresco. Tomamos agua y bromeamos.

Caminaste por toda la casa mirando todo, pero aun así nada se veía tan horrible como antes de que llegaras.

Me pediste que conectara las luces del árbol de Navidad. Nos sentamos con los pies sobre la mesita de centro y mi brazo sobre tus hombros. Hablamos de cómo solían hacer esos ornamentos a mano con un soplador de vidrio y fuego. Nos reímos de la estúpida discusión sobre los ornamentos navideños que tuvimos aquella vez, sobre quién de nosotros era un objeto brillante de cristal que se rompería si estuviera sometido a presión.

Sugeriste que alguna vez deberíamos tomar un taller juntos, una clase de soplado de vidrio.

«¿Cuándo?», preguntaste. Era difícil imaginar una clase de ese tipo y a nosotros dos participando en ella.

«Algún día», respondiste. «¿Después de la prepa? No sé».

Durante un espacio de tal vez quince segundos, fui completa y perfectamente feliz. O sea, imagina que algún día tú y yo todavía siguiéramos en contacto y que no fuera tan difícil inscribirse a una clase de soplado de vidrio. Imagina incluso que hubiera una clase así.

Atentamente,
AK

P. D.: Acabo de leer tu última carta, la que me diste hoy en la mañana en el corredor, aunque olvidé abrirla hasta ahora. En la parte posterior del sobre escribiste el número telefónico de la casa de tu abuela en Moorhead, ya que ahí es donde te quedarás en Navidad. Mañana iré a tu casa a dejar esta carta y también a ver si tienes otra para mí. Tengo que decir que no espero con ansias las vacaciones este año. Dos semanas parece demasiado tiempo sin cartas.

Sí, puedes escribir sobre eso. En realidad, quiero que escribas sobre eso. Digo, es algo que desearía que no fuera parte de nuestro universo. Pero está ahí. Tal vez si escribes sobre ello dejaría de sentir que desplaza a todo lo demás.

Sábado, 19 de diciembre, seis de la tarde

Querido Kurl:

Me concederé permiso de escribir sobre la noche del jueves
con la esperanza de que me des tu anuencia, pero esperaré
hasta que sepa de ti para darte esta carta. Aquí va. Estábamos parados ahí en tu cuarto, besándonos, y noté que
de pronto no me estabas besando de regreso. De hecho,
ni siquiera estaba respirando. Tus jeans estaban abiertos,
pero todavía puestos y, cuando levanté el dobladillo de tu
camisa, te alejaste.

«¿Qué pasa?», pregunté.

«Nada», me respondiste, pero volteabas a todos lados
menos hacia mí. Te inclinaste para besarme otra vez y pude
sentir el horrible cambio al ver que tratabas de hacerlo,
pero en realidad no querías.

Me alejé. «No tenemos que hacer nada. Solo vine a verte, no a…».

«No, quiero hacerlo», dijiste, pero noté esa mirada de
pánico en tus ojos, la mirada hermética.

«Ay, no», exclamé. Me alejé de ti. «Te juro que no supuse que pasaría nada en particular cuando me invitaste a
venir. No es gran cosa».

En retrospectiva, debo admitir que me dolió un poco. Bueno, fue un poco humillante estar desnudo y no ser deseado, pero en verdad estaba resignado a la idea de vestirme y bajar las escaleras para estar ahí un rato, tocar canciones en la mandolina para ti, platicar más, tal vez pedir una pizza. De una patada, saqué mis bóxers de mi pantalón y los recogí.

«No lo hagas». Los arrancaste de mi mano. «No quiero que te vistas».

«Entonces, ¿qué quieres que haga?».

Caminaste en un pequeño círculo sobre la alfombra, mirando de forma salvaje por todo el cuarto. Después abriste un cajón y sacaste mi bufanda estampada.

«Quiero que te pongas esto», me indicaste.

«Ah, qué bueno, la encontraste». Me la puse alrededor del cuello. «¿Quieres que me la ponga? ¿De verdad?».

«No, quiero decir sobre tus ojos».

«¿Me quieres vendar los ojos?».

«Sí. O sea, no así; no es una cosa fetichista. Es solo que… si la usas, podemos hacer cualquier cosa que digas, lo que quieras».

Es posible que tuviera curiosidad sobre lo que tenías en mente, pero más que nada, creo, quería ayudarte a salir de esa infelicidad. Y tal vez ya para entonces, en algún lugar de mi subconsciente, sabía —sin saber realmente que sabía— lo que te preocupaba tanto que pudiera ver.

Fuera cual fuera el caso, sostuve la bufanda frente a mis ojos y me di la vuelta para que me hicieras el nudo en la parte posterior de la cabeza. Cuando lo hiciste, dije: «¿Ahora podrías quitarte la ropa, por favor?».

Y entonces ejercí mi derecho a hacer todo lo que quisiera, que era, en primer lugar, golpearte torpemente con las rodillas y los codos y ofrecerte disculpas una y otra vez, hasta que los dos estábamos riéndonos y haciendo bromas sobre lo antisexy que es tener los ojos vendados. En segundo lugar, con un ritmo más lento, decirte que te quedaras quieto para poder deducir dónde terminaban mis extremidades y dónde empezaba tu cuerpo. En tercer lugar, palpar en lugar de ver cómo respondías a mi tacto, a mi beso. Permitir que mis dedos y mi lengua le hablaran directamente a tu piel, para hacer que jadearas y te arquearas.

Después nos acostamos lado a lado. Te dejé tomarme en tus manos, Kurl, y la venda de los ojos hizo que todo fuera una sorpresa. Nunca estaba seguro de dónde te iba a sentir a continuación. Te reíste por la manera como yo temblaba: «Como una amiba», dijiste, «solo que más ruidosa».

Pero después, cuando pude pensar con claridad otra vez, decidí que era el momento de enfrentar la realidad. Para entonces ya había recibido algunas pistas: había sentido que te avergonzabas una o dos veces mientras te estaba tocando y había encontrado una línea de piel elevada en la parte baja de tu espalda cuando levantaste la cadera.

Me quité la bufanda deslizándola de mis ojos y parpadeé ante el brillo de la lámpara de la mesita lateral. Tu pecho era ancho y suave, y estaba salpicado de un puñado de pecas que combinaban con la que hay bajo tu oreja. Descansé mi mejilla en él.

«Date vuelta, Kurl», te pedí.

Notaste que me había quitado la bufanda y te pusiste rígido. «¿Para qué?».

«Necesito ver», respondí. Traté de mantener la voz muy suave. «Vendarme los ojos no va a ser una solución a largo plazo».

Durante un minuto pensé que me alejarías con un empujón y luego saldrías de la cama de un brinco. Tus costillas saltaban contra las mías con la fuerza de los latidos de tu corazón, y me veías otra vez con tu mirada hermética.

Estaba a punto de retractarme. Pensaba: «¡Jonathan, idiota, estás arruinándolo, arruinándolo todo!».

Pero entonces, abruptamente, te diste la vuelta hasta quedar sobre tu estómago, con tu cara volteada hacia el otro lado y oculta en tu almohada.

«¿Qué…?». Controlé mi voz tan pronto como pude. Sabía que necesitaba decir algo y sabía que te importaba lo que dijera. «¿Qué… te hizo esto?», logré decir al fin.

«Un cinturón», dijiste. Tu voz sonaba sofocada por la almohada.

Toqué una costra bajo tu omóplato. «¿Y esto?».

«La hebilla del cinturón».

Tenías marcas rojas y azules, algunas horribles, hendiduras con costra, pero también cicatrices. Heridas más viejas.

«Puños, a veces», explicaste. «De vez en cuando, una bota con punta de acero».

Recordé algo y perdí el aliento por un segundo. Y luego dije: «No estuviste en una pelea, ¿verdad?».

Un sonido sordo en la almohada, casi divertido. «No».

«Me refiero a tu cara. Aquella noche en tu auto, la primera vez que me tocaste, cuando estabas borracho».

Una pausa, cuando te diste cuenta de lo que te estaba preguntando. «No», admitiste.

«Nunca», dije. «Nunca te metes en peleas, ¿o sí?».

«No».

«Y esa vez que tu espalda estaba adolorida y faltaste a la escuela. No eran músculos adoloridos a lo que te referías, ¿verdad?».

«No».

«Okey», murmuré.

Medio levantaste la cabeza de la almohada. «¿Okey?».

«No okey, okey. Solo…». Te acaricié el pelo. Extendí mi mano en la parte superior de tu columna, la punta de mi dedo medio apenas tocaba la línea de pelo corto y erizado en tu nuca, donde terminaba tu corte. «Okey, Kurl, veo esto. Te veo».

Toqué algunas cicatrices. Sentí que te ponías cada vez más tenso, tratando de no reaccionar a mi tacto, de resistirlo. Podía darme cuenta de que habías hecho un pacto contigo mismo para no alejarte, para no intentar ocultarte. Besé la cicatriz de tu hombro. Estaba llorando, pero no era por lástima, Kurl, lo juro.

«Detente, ahora», me ordenaste. «Ya no lo soporto».

«Eres hermoso», dije.

«No. Esto no me hace hermoso».

«Sin embargo, es parte de ti». Dibujé con el dedo un moretón más viejo, casi curado, en tus costillas, que llegaba en una curva hasta el hueso de tu cadera.

«No son arrugas de risa, por Dios. Es feo».

«Es feo lo que te hace», estuve de acuerdo. «Es horroroso lo que hace. Pero tú… tú eres hermoso».

«Para», me suplicaste. «Jo, para. Detente».

Entonces me detuve, me subí encima de ti y presioné mi pecho contra tu espalda devastada. Estiré tus muñecas hacia cada lado y presioné mis brazos a lo largo de los tuyos, dejé que mi sien descansara sobre tu mejilla, mis rodillas en la parte posterior de tus muslos. Estuvimos acostados así un rato largo, hasta que se sentí como si no hubiera piel entre nosotros, solo huesos que, como enredaderas, rodeaban los huesos del otro.

Tuyo,
Jo

Lunes, 21 de diciembre, cuatro de la tarde

Querido Kurl:

Tu hermano Mark es casi como me lo había imaginado por tu descripción, excepto por que su pelo chino ahora está corto y él está extremada y escandalosamente delgado. ¿Supiste que Mark pasó por tu casa en la mañana después de me quedé a dormir? Dijo que estaba esperando un cheque de la administración de veteranos y confiaba en que hubiera llegado ahí por error. No te despertaste sino hasta después de que se había ido, Kurl, y creo que no me acordé de decirte de su visita. Por supuesto, a Mark le sorprendió verme tocando la mandolina en la mesa de tu cocina —no temas, estaba completamente vestido salvo por los calcetines—, pero le expliqué que había ido en la noche a ayudar a prepararte para el examen de admisión y que te habías dormido a media sesión. Creo que se sorprendió más por la idea de que planearas presentar el examen que por que yo te ayudara, aunque sí me preguntó cuántos años tengo.

Admitiré que estaba algo nervioso mientras hablaba con tu hermano. Pero, gracias a la mandolina, la conversación viró rápidamente hacia la música. Mark me contó de un intérprete de banjo llamado Davey que estaba en una de las bases de Afganistán y que enseñó a todos a cantar «I'll Fly Away» a cuatro voces. Kurl, ¿sabías que tu hermano aprendió allá a tocar la armónica? «Hice un solo tremendo en esa canción», me aseguró. Algunas veces les ordenaban patrullar con las armas en «código ambar» y todos estaban tan nerviosos que le rogaban a Mark que sacara la armónica para romper la tensión.

«¿Puedes creer que fuéramos tan idiotas? ¿Paseando por una zona de combate mientras tocábamos la armónica?».

Le pregunté qué significaba *código ambar*.

«Armas frías», respondió. «El cargador está lleno, pero el seguro está puesto y en la recámara no hay cartuchos».

Pensé en tus cartas sobre emboscadas, ataques sorpresivos, terroristas suicidas, y me encontré preguntándome si las armas les habrían sido de alguna ayuda a Mark y a sus amigos en un ataque con explosivos.

«¿Y lo hiciste?», pregunté. «¿Tocaste la armónica mientras patrullaban?».

«Sip». No sonrió exactamente, pero pensé que sonaba orgulloso.

Más vale que lleve esto al buzón, ya que en él dice que lo recogen a las cinco de la tarde. Busqué tu código postal en línea, y creo que Lyle tiene timbres en algún lugar de la canasta que está sobre el refri. Me pregunto si recibirás esta carta antes de Navidad, dada la crisis postal por las vacaciones. Ahora sí somos auténticos amigos por correspondencia, ¿no, Kurl?

Tuyo,
Jo

234

Querido pequeño Jo:

Feliz Navidad. ¿Conoces la Navidad polaca? O sea, no nos veo para nada tradicionales ni étnicos en otros aspectos. Pero la Navidad en la casa de los Kurlansky es muy, muy polaca.

Primero está el pescado. En la mañana de la víspera de Navidad voy con mi mamá al deli y me formo en la fila con otras veinte personas para escoger un pescado del acuario. Mamá tiene la tina llena desde la noche anterior para que se evapore el cloro del agua. Ninguno de nosotros se puede bañar en la mañana de la víspera de Navidad. Es una de esas cosas que sería rara e irritante, excepto porque ha sido así desde que nací.

Entonces nuestro pez nada en su nueva casa durante seis o siete horas, y luego el tío Viktor le corta la cabeza y lo rebana en filetes. Con el pescado comemos una sopa de betabel: borscht. Y pierogi, por supuesto, y una bebida melosa con fruta remojada en alcohol llamada *kompot*.

En Nochebuena, a la tía Ágata la trae de su asilo una camioneta especial para sillas de ruedas. En realidad, es la tía del tío Viktor, la tía de mi papá. Mi tía abuela. La tía Ágata está tan encorvada en su silla que tiene que levantar las cejas y abrir mucho los ojos para poder verte. Siempre parece sorprendida y como escéptica. Se queda sentada ahí y tiene que esperar a que alguien la empuje de un lado al otro.

Sylvan y Julia, su novia, y Mark también vienen a la cena de Nochebuena. Sylvan anunció que Julia y él se van a casar en septiembre, así que hubo muchos brindis y todos tomamos un poco más de kompot que de costumbre. El postre son tallarines con una salsa dulce de comino. Suena asqueroso pero es delicioso. Tengo que preparártelos alguna vez, Jo.

Una vez que recogimos la mesa y entregamos los regalos, nos sentamos ahí sin saber qué decir. Los brazos de la tía Ágata se veían más azules que antes de la cena, así que subí por mi colcha y la bajé para taparla.

Sylvan dice: «No deberías dejar que esté en contacto con tu ropa de cama. Esos asilos están plagados de chinches». Y Julia lo calla.

Mientras tanto, en realidad no escucho la conversación porque estoy pensando en esa colcha en mi cama y tú con tu bufanda amarrada sobre los ojos. En esa colcha contigo acostado en ella.

«Te conozco», me dice la tía Ágata de pronto, de la nada.

De repente me mira directo con esos ojos casi desorbitados. Prácticamente se me para el corazón por un segundo, porque creo que lo que quiere decir es que ya sabe de ti… de ti y de mí, Jo. Lo cual es una lección importante acerca de que no debo dejarme llevar y pensar en ti de esa manera.

Pero, por supuesto, no es eso a lo que se refiere la tía Ágata. Dice: «Eres el niño de Zladko».

Y ahora no solo yo me tenso. Por un segundo, hay un silencio de muerte. Todos contenemos la respiración porque nadie ha mencionado el nombre de mi padre en todo lo que va de la cena ni durante la Navidad. Nadie ha dicho su nombre en voz alta así, frente a otras personas, en años. Y en especial no frente al tío Viktor.

«Tú eres el listo, ¿no?», pregunta la tía Ágata y voltea a ver a mi mamá. «¿No es este el listo, Ewa?».

Y ahora como que todos sueltan risitas, «Je, je, viejita loca», etcétera, porque Ewa era la hermana mayor de mi papá y el tío Viktor, que murió incluso antes de que mis padres se conocieran. La tía Ágata me dice: «Qué niñito tan listo eras. ¡Ya tan alto!». Y entonces mira la cobija sobre sus piernas y unos minutos después ya está dormida y ahí se termina.

El tío Vik también se duerme durante un rato hasta que Mark se levanta y apaga la televisión. Nunca apagas la tele así cuando tío Vik está dormido, por si se despierta. Y, por supuesto, él se despierta y sale dando zancadas a la cochera, que es donde guarda su vodka. Mark no sabe nada de esto, por supuesto, ni de ninguno de los hábitos del tío Vik ni de las reglas acerca de cómo tratarlo.

Todos los años vamos a la misa de medianoche, pero esta vez Mark dice que tiene que excusarse porque, lo creas o no, la Nochebuena es una de las noches más atareadas en el Texas Border. Y entonces Sylvan y Julia se secretean y dicen que tampoco pueden venir a la misa. Mi mamá está triste por eso, tiene lágrimas en los ojos mientras ellos recogen sus cosas. Dice: «No, no, estoy tan contenta de que hayan estado aquí para la cena, muchas gracias, feliz Navidad».

Viéndolo en retrospectiva, me doy cuenta de que el hecho de que ella estuviera triste fue lo que probablemente lo puso de mal humor. Al tío Vik. O sea, ella ya estaba triste porque el tío Vik estaba afuera en la cochera en Navidad, y después él regresó y la vio llorando y se enojó, supongo.

La camioneta llegaría pronto para recoger a la tía Ágata, así que me pongo a empujar su silla alrededor de la mesita de centro. Y el tío Viktor se empieza a desquitar conmigo.

«Míralo, ¿no puedes ver su futuro? Algún tipo de enfermero. Un enfermero, ¿verdad? Pero de la clase de enfermero que no tiene que ir a la escuela para serlo». Ríe y ríe. «Un uniformito azul y esas pantuflas de papel. Lo puedo ver con claridad, es perfecto».

Estoy casi en el pasillo con la tía Ágata. «Los cirujanos usan esas pantuflas, en realidad», digo. «En el quirófano. Porque están esterilizados».

El tío Vik se levanta como un disparo y me sigue por el pasillo. «No te hagas el listo», me advierte, y entonces me sorprende con un golpe en la oreja que lanza mi cráneo hacia el espejo del pasillo. El impacto abre una rajada larga en el vidrio.

La tía Ágata intenta ver lo que pasa, pero no se puede voltear tanto en su silla. Solo mira hacia un lado, a la pared junto a ella, y de pronto es la cosa más horrible que jamás haya visto. Ese cuello asustado que se estira. Esos ojos desquiciados. O sea, no puede siquiera girarse para enfrentar lo que puede estar por suceder.

Mi mamá nos sigue, sale de la sala para ver qué fue ese ruido y retrocede enseguida. Retrocede y se desvía hacia la cocina.

Me doy la vuelta y corro. Bueno, me tropiezo, porque mi cabeza está que explota del dolor. Subo por las escaleras directo a mi cuarto.

Hay algo que me pasa en estas situaciones, Jo.

O sea, ya sabes. Escribo esta historia de forma distinta porque ahora tú sabes. Estoy consciente de que solo porque sabes sobre el tío Viktor y yo no significa que quieras oír todos los detalles sangrientos de ahora en adelante. Pero ser capaz de escribir la historia sin editarla, escribirla tal y como pasó, como si estuviera ocurriendo ahora, se siente diferente. Más rápido. No más fácil, pero sí más rápido.

Algo me pasa cuando estoy solo y tengo dolor. No puedo sentarme ni acostarme. Algunas veces me quedo de pie en mi cuarto sin moverme por horas. A veces toda la noche. A veces mejor voy a correr porque, aunque me duele más, por lo menos es movimiento. Eso es lo que hice ese día cuando acabé en tu casa y no estabas, la vez en que Lyle notó que estaba actuando raro y me dio hierba para calmarme. Lo que pasa es que creo que si descanso me voy a morir. Si me duermo, no me voy a despertar. Dicho con estas palabras suena ridículo, pero cuando ocurre no hay palabras. Solo está la creencia.

Sylvan toca la puerta de mi cuarto y abre antes de que yo pueda decir algo.

«¿Qué demonios ocurrió con el espejo del pasillo?», pregunta.

«Fue un accidente», contesto, «cuando subí las sillas».

No habíamos necesitado sillas adicionales del sótano, pero me imaginé que Sylvan no se habría preocupado por contarlas. Dice: «Si la Navidad de mamá no se arruinó antes, ahora sí se echó a perder. Le dije que me lo llevaría para arreglarlo, pero tú lo pagas».

«Okey, gracias», le digo. «Feliz Navidad».

«Feliz Navidad», se despide. «Ahí nos vemos».

Fue entonces cuando te llamé, Jo, a casa de tus familiares en Moorhead. Todavía estaba como suspendido en el espacio, seguro de que me moriría si no me quedaba de pie, vigilando. Todavía no había palabras para eso.

Por eso no podía realmente hablar, y te lo dije, y tú respondiste riendo: «Entonces, ¿me llamaste para no hablar?». En el fondo podía escuchar a Shayna y a Lyle y un montón más de voces. Era Nochebuena.

Murmuré: «Quisiera de verdad que pudiéramos...».

No sé siquiera qué quería decir. O sea, quería decir: «Ojalá pudiéramos estar solos», o algo así. «Ojalá pudiéramos estar juntos». Como esa vez que estabas medio dormido y te diste la vuelta con tu hombro en mi laringe y me preguntaste: «¿Puedes respirar?». En realidad, no podía, pero tampoco necesitaba hacerlo porque el aire parecía innecesario con toda la felicidad que había en mi pecho.

No podía contarte nada de esto. Pero, de alguna manera, lo entendiste de todas formas. «Lo sé», dijiste. «Yo también quisiera que pudiéramos».

Atentamente,
AK

240

Querido Kurl:

Una confesión: estoy completamente aburrido por la Navidad, y solo es la segunda noche de nuestra estancia de
cuatro días en Moorhead. Muchas veces me he preguntado
cómo puedo tener en común tan poco con mis parientes
lejanos. Tal vez es porque no están vinculados con nosotros, excepto por mi abuela materna, Gloria, en cuya casa
nos quedamos todos los años. Todos los años, nosotros, los
tres Hopkirk, y Gloria recibimos a la familia Hanssen. Tony
Hanssen es el hijastro de Gloria, de su segundo matrimo-
nio. Es uno de esos hombres de cara roja, panza redonda,
que usan relojes que supuestamente fueron diseñados por
marinos de la unidad SEAL de Estados Unidos o por inge-
nieros de la NASA, pero que solo los usan hombres como
Tony Hanssen. Su esposa, Andrea, está tan yogatizada, tan
peinada con secadora de pelo y con tanto maquillaje, que
solo se ve de su edad de cerca o bajo las luces de halógeno
de la cocina. Sus hijos, Calder (de doce) y Johan (de diez),
fueron a escuelas Montessori, Waldorf y Junior Julliard, y a
un campamento de títeres y a todos los demás programas
que hacen imposible que uno pueda hablar con esos niños.

Nunca siento que tenga algo con qué contribuir a su interminable plática de cosas sin importancia: Tony Hassen colecciona barcos miniatura, Andrea odia a su jefe, Gloria quiere remodelar la cocina. Así que me siento ahí, callado, incómodo, mientras Shayna y los niños Hanssen miran fijamente sus teléfonos. Este año también me descubro pensando en ti, Kurl, extrañándote: tus palmas anchas y rasposas. El calor que emana de tu piel. Y entonces alguno de los adultos me dirige una pregunta y yo no me doy cuenta, pero pongo atención de golpe, avergonzado. Es agotador.

Hoy en la noche extraño mi casa y me siento desolado, acostado aquí en mi cama inflable frente al sofá cama donde duerme Shayna en el estudio. Mi hermana se acaba de quedar dormida con una foto familiar de los Hanssen entre las manos, que incluye a Lyle y Shayna y a una muy embarazada Raphael.

«Siempre dicen que se parece a mí, pero no es verdad», comentó Shayna cuando la levantó del escritorio.

Gloria también lo había dicho cuando atravesamos la puerta al llegar. Tomó a Shayna de los hombros, la miró fijamente a la cara y se llenó de lágrimas. «Ay, Dios mío, es como ver un fantasma», lloró. «La viva imagen. La *viva* imagen. Querida, eres la *viva* imagen de tu mamá».

Shayna me pasó la foto familiar para que le diera mi opinión, pero no podía decidirme si sí o si no. Mi madre lleva un fleco largo en esa foto, y su cara es redonda y está suavizada por todo el peso adicional que carga al estar embarazada de mí. A mí me parecía como si una extraña de la calle se hubiera metido a nuestro grupo justo antes de que tomaran la foto.

Anoche en el teléfono tú también sonabas desolado, Kurl. No fue nada en particular de lo que dijiste, solo algo muy lejano en tu voz, como si proviniera de un cuerpo más pequeño que el tuyo. Quería llamarte de regreso después de que colgamos, pero no sabía quién contestaría. Ojalá tuviera el dinero para comprarte un teléfono como regalo de Navidad… para comprarnos teléfonos a los dos en los que solo estuviera registrado el teléfono del otro. Pero supongo que ya es suficiente con lo que tienes que esconder.

Tuyo,
Jo

Domingo, 27 de diciembre

Querido pequeño Jo:

Otra carta que no vas a recibir sino hasta que regreses a la ciudad. Casi parece que no tiene sentido escribir, aunque ¿qué otra cosa se supone que debo hacer cuando una pesadilla me quita el sueño? Tengo esta pesadilla recurrente de un incendio que quema un establo y tengo que rescatar a un caballo. El caballo no quiere salir de su casilla. Se queda ahí parado mirándome mientras mis pulmones se llenan de calor y de humo, y la mirada en su ojo es lo que me despierta al final, porque es tan terrible. Esa mirada me dice: «Esto es tu culpa».

Sylvan me dijo que una vez Mark saltó de su auto en mitad del tráfico en la calle Ocho Sur. Le gritó a Sylvan que tomara el volante y se fue cojeando por entre los coches y cruzó toda la calle hasta la banqueta. Entonces todavía usaba su bastón, pero no esperó a agarrarlo del asiento trasero. A Sylvan le tomó varios minutos hacerse a un lado entre todos esos carros, tocando la bocina, y estacionarse en la orilla para pasarle el bastón por la ventana del copiloto. Entonces Mark vomitó en una caja de flores que había frente a una tienda. Sylvan dijo que no se quería subir al coche otra vez. No podía.

¿Por qué sueño con este caballo? Digo, estoy bastante seguro de que en la vida real nunca he visto un caballo tan de cerca. Nunca he estado adentro de un establo.

Dice Sylvan que la mayoría de los veteranos no tienen suficiente dinero para comprar un coche, y que si lo tienen, no lo manejan. En el tráfico es donde mataban a la gente en Afganistán. Un embotellamiento significaba un bloqueo de la carretera, lo que significaba que había terroristas suicidas o que aventaban granadas desde los techos. El sonido de los carros tocando sus bocinas significaba: «Ahí viene».

Atentamente,
AK

Lunes, 28 de diciembre

Querido Kurl:

Por fin estoy en casa, y encontré tus dos cartas esperándome en nuestro buzón. ¡Gracias, Kurl! Es por mucho el mejor regalo de Navidad que he recibido este año. Tus cartas tienen un contenido fuerte, lo sé, pero me da tanta alegría y alivio oír tu «voz» que me sentí más ligero al leerlas. Me gustaría entregarte esta respuesta, y mi carta anterior, en tu casa, pero me preocupa la posibilidad de que sean interceptadas. ¿Recibiste la que te mandé por correo, en la que te hablaba de tu hermano Mark? Espero que haya llegado a salvo hasta tus manos, aunque no creo que contuviera nada demasiado incriminador en caso de que tu tío Viktor la hubiera leído.

Hoy a las tres de la mañana en Moorhead, Shayna me dio una sacudida para despertarme. Había encendido las luces de halógeno del estudio y, una vez que mis ojos se acostumbraron al resplandor, vi que había acomodado fotografías en toda la alfombra entre mi cama inflable y su sofá cama. «Levántate», me ordenó. «Ven a ver».

Hacía tanto frío en el cuarto que mi nariz estaba entumida. A Gloria le gusta economizar en calefacción durante la noche. Mi hermana se había envuelto en todas sus cobijas. En lugar de abrir el cierre de mi bolsa de dormir, avancé como gusano hasta la orilla de la cama inflable y me dejé caer al piso.

«¡Cuidado!», susurró Shayna. «Las estás maltratando».

«¿Dónde las encontraste?», pregunté.

«En esta cosa». Tocó con la punta del pie una carpeta que tenía un estampado de flores. «Debajo de toda esa basura que hay en el sótano de Gloria».

«¿Estabas husmeando en el sótano de Gloria?».

«Mira, ¿quieres?», dijo Shayna. «Todas son de mamá».

Tenía razón. Raphael con ocho velas en su pastel de cumpleaños. Raphael sin sus dientes frontales. Raphael en el coro de la iglesia.

«Se parece a *mí*», exclamé, sorprendido. Siempre había pensado que me parecía a Lyle. «Son como fotos mías de niño».

Raphael agachándose en el pasto con sus brazos alrededor del cuello de un pastor alemán. Raphael en uniforme de futbol, con un pie descansando con orgullo en el balón. Raphael en un vestido turquesa de satín para el baile de graduación.

«Bueno, se parece más a ti», corregí. La Raphael adolescente tenía el cabello castaño claro de Shayna, su nariz puntiaguda, sus cejas arqueadas. Raphael y su amiga vestidas con jeans decolorados iguales, chamarras de mezclilla y unas pequeñas bolsas de vinil de colores brillantes, con correas largas. Raphael y dos amigas posando como modelos en los escalones de un museo o una biblioteca.

Había tantas fotos. Raphel sentada detrás de un tipo en una motocicleta, levantando su casco muy alto en el aire. Raphael en el sillón junto a otro chico, sosteniendo una botella de cerveza. Raphael con delineador negro y su cabello teñido de negro como en la foto del Rosa's Room. Después de un rato, me encontré buscando en la diversidad de fotos imágenes de un pasado menos distante.

«¿Está Lyle en alguna de estas?», pregunté.

«¿Lyle?». Shayna explotó. «¿A quién le importa Lyle? Esta es toda la vida de mamá, la tenemos justo aquí y nunca hemos visto nada de ella».

«Pero se conocieron muy jóvenes, ¿verdad?», dije. Tomé una foto de Raphael con cabello negro tocando la guitarra y la levanté para mostrársela. «Ya podría haber estado cantando con los Decent Fellows para este momento».

Shayna se lanzó para tomar una foto del lado más lejano de la colección, y se movió con tanta violencia que sus cobijas arrastraron media docena de fotos que terminaron bajo el sofá cama.

«¿Recuerdas esto?», me preguntó.

Era Raphael en una cama de hospital con una pierna enyesada, en tracción. Con su brazo envolvía a un niño pequeño que dormía hecho bolita junto a ella.

«¿Eres tú?», adiviné.

«Eres *tú*. ¿Recuerdas? Tendrías tres o cuatro años. Creo que se resbaló en unas rocas o algo así cuando estábamos nadando. ¿Tal vez en un festival?».

Miré con mayor detenimiento. La cara del niño era ancha y pálida, su cabello largo y ligero. No me reconocí.

«¿No te acuerdas?».

Negué con la cabeza y cuando volteé hacia arriba Shayna estaba llorando. «Lo siento», murmuré.

«No es eso», dijo. «Es como si él la *hubiera* borrado».

«¿Lyle?».

«Sí. Tal vez te acordarías de algo de esto si no hubiera destruido toda la evidencia de su existencia». Se limpió la cara con su cobija y guardó silencio un minuto mientras yo miraba más fotos. Después dijo: «¿Conoces ese lugar llamado Ace? Resulta que ese tipo, Axel, el dueño, es bastante buena onda. De verdad le gusté esa vez que Bron y yo fuimos a la noche de micrófono abierto. Dice que podría darme espacio para una tocada».

«Como Raphael en esa postal», observé.

Shayna asintió con la cabeza. «Al parecer, mamá tocaba ahí bastante. Sola con su guitarra. Axel dice que solía llenar el lugar».

«Genial», dije para hacerla sentir mejor.

Pero sabía que Lyle no pensaría que sea genial que mi hermana frecuente el Ace. De hecho, tenía la firme sospecha de que Lyle tampoco había pensado nunca que fuera genial que Raphael tocara ahí, aunque no sabía por qué. Tal vez se había peleado con los Decent Fellows, empezó a cantar como solista y estaban resentidos.

Pero no le conté sobre mi especulación. Las cosas ya estaban bastante tensas entre Shayna y Lyle estos días; no quería echar gasolina al fuego.

Tuyo,
Jo

lunes, 4 de enero de 2016

Querido pequeño Jo:

¿Quién habría imaginado en un millón de años que yo estaría tan feliz de regresar a la escuela? Ahí estabas a la hora del almuerzo, con un suéter grueso como de cabrero, con cuello de tortuga, bajo tu saco de *tweed* de Loaghtan. Y esos guantes tejidos que solo llegan a tus nudillos.

«Ah, hola, Kurl», me saludaste.

No tomes sus dedos rojos y congelados entre tus manos ni les soples, me dije. No pongas los dedos de Jo en tu boca. O sea, Bron estaba parada justo ahí.

En realidad es difícil pensar en cosas que escribir cuando me acabas de invitar a ir a tu casa contigo después de la escuela. ¿Qué vamos a escribirnos, Jo, ahora que podemos decirnos todo uno al otro en persona?

Atentamente,
AK

Querido Kurl:

Debemos haber escogido la tarde más fría del año para visitar tu santuario exterior. Podía ver el potencial del lugar bajo los árboles esqueléticos y la nieve que nos llegaba a las rodillas, pero este viaje en particular era solo de negocios. Bron y Shayna necesitaban ver un tren de cerca como investigación para su presentación de Civismo sobre las políticas de seguridad en el transporte de petróleo crudo.

Mientras manejaba, Bron nos sermoneó durante todo el camino: los planes de contingencia para limpiar los derrames eran risibles, afirmó. Incluso los llamados vagones de seguridad son vulnerables a la explosión en el caso de un descarrilamiento. Estas bombas en potencia circulan justo por el centro de Mineápolis, ciento setenta vagones cisterna cada vez.

En el asiento trasero, yo me la pasé volteando a verte a hurtadillas. Al principio estaba buscando la manera de tomarte la mano, tal vez extendiendo mis guantes y mi suéter extra en el asiento entre nosotros, pero nos separaba más de un metro en ese monstruoso vehículo, y de cualquier manera estabas mirando por la ventana hacia la oscuridad, perdido en tus pensamientos.

Me preguntaba si era la plática de Bron sobre las explosiones lo que te silenciaba —tienes cierto dominio en ese tema, lo sé—, y después empecé a pensar cuán seguido ocurre que veo que no te metes en una conversación aunque sepas algo sobre el tema, con qué frecuencia te quedas callado, dejas de hablar, cuando el resto de nosotros discutimos algún tema del que sabes todo. Pensé que no tendría la menor idea de lo que sabes, de cuánto sabes, si no lo leyera en tus cartas.

Todo este asunto me dejó sin palabras por un momento. Qué afortunado soy de que me escribas. Pensé que, aunque tú y yo pudiéramos hablar juntos abiertamente sobre cualquier tema que quisiéramos, en cualquier lugar y enfrente de cualquiera, de todas maneras también querría que me escribieras, para poder estar seguro de estar entendiendo toda la historia.

En fin. Estacionamos el auto (Bron: «Este es el tipo de lugar en el que mis padres siempre me dicen que no estacione la Escalade»), y nos abriste paso, balanceando la linterna por entre los arbustos para encontrar el camino. La nieve se metió por la caña de mis botas, así que trataba de pisar solo donde tus huellas ya habían roto la dura capa de nieve. Vi que te diste media vuelta, notaste mis esfuerzos y diste pasos más cortos por mí. Y empezaste a arrastrar los pies en lugar de dar pasos levantando las piernas, por lo que abriste una especie de camino para esquís para que nosotros lo siguiéramos.

Bron y Shayna empezaron a discutir atrás de nosotros. Bron dijo: «No leíste ninguno de los artículos que te mandé, ¿verdad?».

Y Shayna dijo: «¿Nos trajiste un poco de verde, Bron? ¿Un par de cervezas?».

«Necesito que te tomes en serio este proyecto. Estoy empezando a hartarme de encargarme de ti en la escuela».

Estábamos en las vías. Las chicas salieron disparadas hacia la franja blanca de nieve y tú me retuviste bajo los árboles. Te quitaste el guante, llevaste un dedo caliente a mi mejilla, lo metiste entre mis labios.

«Estás callado», dijiste.

Mantuve mi mirada en las chicas y te mordí hasta que quitaste el dedo de un jalón.

«Tú estás callado», dije.

«Ándale. Están peleando. Están distraídas». Trataste de besarme.

Pero yo también estaba distraído por el pleito.

«Perdóname por querer una calificación decente en esto», decía Bron, y Shayna le respondía: «Pero no es solo la calificación, ¿verdad? Es tu otro plan. Quieres escribir una historia sobre esto para el periódico, para tu currículum».

Cu-RRÍ-cu-lum: ¿habías oído alguna vez a alguien pronunciar con tanto desprecio una palabra?

Debo decir que estoy completamente de acuerdo con Bron sobre la actitud que tiene mi hermana estos días. Shayna se está deslizando por una pendiente muy empinada desde que la escuela volvió a empezar: se regresa a la cama después de que Lyle se va a trabajar, cuando vuelvo de la escuela está tirada en el sillón viendo las repeticiones en la tele, falta a todas las prácticas para los exámenes, sale a escondidas por las noches.

De alguna manera, Bron había consultado los horarios del tren y organizó nuestra caminata de acuerdo con estos. Ahora veo por qué esa vía larga y recta es una característica tan importante de tu santuario exterior: pudimos oír que venía el tren y ver su luz durante cuatro o cinco largos minutos antes de que estuviera ahí junto a nosotros.

¡Expectativa! Algo que mi hermana decidió amplificar para el resto de nosotros subiendo la pendiente y parándose sobre las vías.

«¿En serio?», gritó Bron. «¿Vas a hacer eso? No jodas, Shay».

De inmediato, tú estabas arriba sobre las vías junto a Shayna. Te oí murmurar algo, mientras levantabas una mano para evitar que fuéramos contigo.

«Felicidades. Estás en el maldito *Club de los cinco*, ¿de acuerdo? Oficialmente, ya eres una adolescente cliché». Bron caminaba en pequeños círculos con grandes zancadas, aferrando su propio cuerpo con sus brazos, girando su cabeza hacia el tren que se aproximaba y a su amiga, y de regreso.

Le dije «Shh», y traté de tomar su brazo, pero me empujó y casi me caigo.

Cada uno reacciona a su manera al peligro, ¿no es así? Bron hace un cortocircuito y pasa directo del miedo al enojo. Yo me enfoco en quien esté más cerca de mí y trato de distraerlo, atraer su fuego, pacificar. Y tú. Tú te paras justo en el camino del tren que se avecina, murmurando palabras de consuelo.

Ya es de mañana, hora de ir a la escuela. Supongo que tendrás que contarme el resto de la historia de anoche. O tal vez ya la escribiste, y en ese caso me pregunto qué parte elegiste. Tal vez puedo adivinarlo: la última parte, la mejor.

Tuyo,
Jo

Querido pequeño Jo:

Me describes como un héroe en esa situación del tren, pero no sentí que fuera exactamente peligrosa. Quiero decir, puede que Shayna esté bastante triste en estos días, pero no es suicida. Además, la manera en que logré que bajara de las vías fue usándote a ti. Básicamente, le conté mentiras sobre ti. Le dije que tenías miedo de ir con nosotros porque tu peor pesadilla es que te atropelle un tren. Estuviste de acuerdo en venir con nosotros porque no querías parecer cobarde. Le conté que probablemente estabas allá abajo cagándote en los pantalones. Así que ¿le importaría a Shayna, por favor, mostrar un poco de piedad por ti?

Al final sonrió, hizo una mueca con los labios y rodeó mi cuello con sus brazos. Bajé la pendiente cargándola como una princesa rescatada. Hasta que me tropecé y los dos caímos de bruces sobre un banco de nieve. Eso aligeró un poco las cosas, ¿no? No hay nada que agradecer por esa parte, porque eso *fue* heroico. Hasta Bron se rio.

Y todavía tuvimos suficiente tiempo para que Bron recordara las luces de imán que traía en su bolsa y nos las diera. Se supone que, si se te descompone el coche en la carretera, tienes que pegar esas luces LED con imán en la defensa para que la grúa pueda encontrarte. O creo que es para que no te atropelle nadie. Bron había leído que la gente las avienta a los trenes que pasan de noche. Me gusta Bron por eso. Yo leo algo y lo pienso, pero Bron lee algo y va y lo hace.

Así que pasó el tren, que era más corto de lo que pensábamos: solo tenía como diez o quince vagones. Todos aventamos nuestras luces, pero solo la mía se quedó pegada. Se iluminó de inmediato, cerca de la parte superior del último vagón.

Bron dijo que se veía como un resplandor que se eleva, pero fue mejor que cualquier resplandor. Fue un lanzamiento a ciegas y luego una repentina espada roja que dibujaba su camino a través de la noche. Fueron los músculos de mi brazo, mis costillas, mis intestinos, mis ingles: todos se lanzaron desde mi cuerpo a la vez, por lo que adentro solo quedó espacio vacío. Era como ver a Prince en el escenario aquella vez. Como un vacío que me llenaba hasta hacerme estallar. Que llenaba el momento con *ahora, ahora mismo*.

Di una especie de grito de entusiasmo. Una carcajada y después no podía parar. Reía y gritaba y corría por las vías detrás del tren, que se perdía con su faro rojo. Ustedes también vinieron, corriendo y gritando por la pendiente, y ninguno de nosotros se detuvo sino hasta que el tren desapareció por completo y todo quedó en silencio. Después regresamos a buscar, sin gran esperanza, las tres luces que no habían logrado dar en el blanco, hasta que Shayna dijo: «Carajo, hace frío, vámonos ya».

Cuando ya llegamos cerca del carro, dije que tenía que orinar. Te jalé la manga hasta que agarraste la onda y dijiste: «Yo también».

Te llevé detrás de unos arbustos. Volteé alrededor para estar seguro, incluso miré al piso y hacia arriba. No había nada más que sombras y nieve cacariza y un cielo negro y liso.

Aullaste cuando mis manos frías entraron por tus pantalones, pero luego hiciste lo mismo conmigo. Nos balanceamos y nos mecimos, maldecimos y nos reímos. Tocarte fue como encontrarme en la oscuridad, Jo. Ese único momento estirándose otra vez como *ahora ahora ahora*, como ruedas metálicas sobre las vías. O sea, el tren ya se había ido hacía mucho, pero te juro que todavía podía oírlo cuando me vine. Yo primero y luego tú, justo después de mí, temblando, inclinándonos uno hacia el otro, tu nariz presionando con fuerza mi cuello, y los dos riéndonos y jadeando en la oscuridad congelada. Podíamos oír a Bron gritándonos que nos apuráramos. Nos limpiamos las manos con nieve, encontramos nuestros guantes tirados y corrimos.

En el coche Bron nos preguntó qué nos tomó tanto tiempo, y si no estábamos conscientes de lo terrible que era tener encendida la Escalade, debido a las emisiones.

Emisiones. Ni siquiera te miré, Jo, por temor a reírme. De todas maneras nos reímos, ambos indefensos ante la risa. Ese veloz secreto. Esa alegría.

Atentamente,
AK

Querido pequeño Jo:

Una nota rápida que te voy a dar directamente, puesto que ya no es probable que revises el buzón de Khang. Tengo que decir que siempre tengo un dejo de desilusión al entrar a su salón y ver el buzón. Me toma un segundo recordar que el proyecto de escribir cartas ya terminó oficialmente y no habrá nada tuyo esperándome. La mitad del tiempo todavía reviso. O sea, no es que no nos veamos mucho todos los días. Es solo un reflejo.

Bueno, pues a la hora del almuerzo estaba estudiando matemáticas en el salón de arte con Bron. La maestra de arte, Rhoda, dijo que si alguna vez queríamos usar el salón cuando ella no estuviera, podíamos pedirle la llave antes. ¿Sabías que también hay una pequeña bodeguita de materiales de arte bajo llave? Vi que Rhoda guardó la llave en el cajón de su escritorio.

Atentamente,
AK

Querido Kurl:

Lyle me preguntó anoche sobre los Carniceros. Notó que la punta del cuello de mi camisa de lino había recibido un tijeretazo y adivinó, con tino, que no había sido un descuido de mis tijeras.

Dijo que Bron había mencionado que tal vez este año era peor para mí que el pasado.

«¿Estás sufriendo?», preguntó.

Le dije que sí, era peor en realidad, pero no sentía que estuviera sufriendo exactamente. No podía decirle de ti, por supuesto, de cómo tu presencia en la escuela compensa la presencia de los Carniceros. Ya han pasado meses desde la última vez que me fui a la escuela con pavor, cargándolo como si llevara piedras en todos mis bolsillos.

«¿Y tu hermana?», me preguntó. «¿Tienes alguna idea de cómo está últimamente?».

Me encogí de hombros. «A mí me parece que está bien».

«¿Bien? Se ha estado yendo de pinta casi todos los días. Me dejan mensajes automáticos en mi teléfono, ¿sabes?».

Sí, sabía. También sé que Shayna y Lyle discuten con mucha frecuencia estos días. Cuando se pintó el pelo de negro para Año Nuevo se gritaron durante casi una hora. Lyle siempre tiene mucho que decir sobre la ropa de Shayna, su cabello y su maquillaje, su actitud, sus hábitos; como contestación, Shayna no tiene nada más que decir que: «Deja de molestarme» y «Déjame en paz, Lyle».

Dije: «Yo pensaba que me preguntabas si está feliz».

«¿Y te parece que está feliz?».

«Bastante feliz», respondí. O sea, feliz por ser la nueva estrella en ascenso de Axel en el Ace. Pero me guardé ese detalle para mis adentros.

Como sabes, Kurl, se supone que la prepa Lincoln es un lugar de aprendizaje. Lo que aprendí hoy a la hora del almuerzo, en el clóset del material de arte: hay una sección de ocho centímetros de piel sobre tu columna, justo arriba de tus omóplatos, donde el pelo fino forma un surco casi invisible. Pasar mis labios por él genera la sensación más suave y delicada que ninguna parte de mi cuerpo haya experimentado jamás.

Tuyo,
Jo

P. D.: Voy a depositar esta carta en el buzón de la señorita Khang independientemente del hecho de que (¡ojalá!) te vea hoy después de la escuela. Ahora que el proyecto terminó, la señorita Khang nos dará la combinación para que podamos tener acceso al buzón cuando queramos. ¡No quiero que te sientas decepcionado cuando revises el correo, Kurl! No quiero que sufras ninguna decepción, en ningún contexto, ni por un segundo. Y, de todas maneras, todavía intercambio cartas con Abigail Cuttler de vez en cuando. Tanto ella como yo disfrutamos algunos debates filosóficos interesantes, así que acordamos seguir escribiéndonos.

Jueves, 21 de enero, diez de la noche

Querido Kurl:

Una buena razón para escribir una carta: contar una historia.

Había una vez un chico llamado Christopher Dowell que era mi amigo. Sé que ya he mencionado esto antes, pero nunca te conté nuestra historia. Por varios meses durante la primavera de quinto año, regresamos juntos a casa después de la escuela, y una o dos veces por semana jugábamos videojuegos o brincábamos en su trampolín. En esa época también pesaba casi el doble que yo, pero el único resultado práctico de la diferencia de tamaño era que a Dowell le gustaba llevarme de caballito. Era malísimo para leer y escribir, así que con frecuencia yo le leía en voz alta: circulares de la escuela, cómics, incluso los mensajes que aparecían en *Pokémon* cuando jugábamos. Todos le llamaban «Christopher» en aquella época. Nunca «Chris», solo «Christopher».

Por alguna razón, Dowell siempre tenía como veinte o treinta bolas de golf tiradas en su patio trasero, y una vez hicimos un juego divertidísimo en el que metimos todas las bolas de golf en nuestros shorts y brincamos desde el techo de su cobertizo, por encima del borde de la red de seguridad, hasta caer en el trampolín. Filmamos los brincos de cada uno con el celular de su hermana, Laurie. En el momento del impacto, las bolas salían volando por las piernas de nuestros shorts y rebotaban con violencia directo hacia nuestra cara y llovían sobre nuestras cabezas. Algunas veces, rebotaban otra vez a nuestras ingles o dejaban moretones en la parte interna de nuestros brazos.

Al contarte esto, estoy descubriendo que la naturaleza seudosexual del juego era notoria. Pero al mismo tiempo era solo divertido. Normal.

Dowell fue a una secundaria diferente que yo, así que no volvimos a cruzarnos en nuestros caminos sino hasta el año pasado, cuando yo ya usaba mi atuendo de Walt Whitman y él era un Carnicero. Supongo que los buenos recuerdos no fueron suficientes para superar el abismo social que nos separa. O tal vez está relacionado más directamente con eso: tal vez recordar las caminatas cargándome de caballito y el juego con las pelotas de golf llena a Dowell de odio retrospectivo e intensifica su voluntad de ejercer violencia.

Tuyo,
Jo

lunes, 25 de enero

Querido pequeño Jo:

Khang llamó mi atención cuando iba de salida del salón de Literatura y señaló con la cabeza en la dirección al buzón para que supiera que me habías dejado una carta. Se nota que le encanta el hecho de que seamos irremediablemente adictos al correo.

Sé que te veré hoy en el salón de Rhoda —por lo menos, espero que así sea—, pero esta nota es para agradecerte formalmente por toda tu ayuda con la preparación del examen de admisión. Creo que me fue bien. O sea, había muchas preguntas que me tuve que saltar, pero logré apegarme a la estrategia y todo.

Gracias, gracias, gracias, Jonathan Hopkirk. Hace un par de cartas mencionaste que hago que la escuela sea más fácil para ti. Bueno, tú también haces que a mí me resulte más fácil. Me refiero a todo, absolutamente todo. Haces que todo sea más fácil. Me haces sentir como que puedo hacer prácticamente cualquier cosa.

Atentamente,
AK

Martes, 26 de enero, nueve de la noche

Querido Kurl:

Quise decirte hoy que cuando Shayna llegó a casa el sábado después de presentar el examen de admisión, horas antes de que yo esperara saber de ti, entró dando grandes zancadas a su cuarto y azotó la puerta. Al principio, ni siquiera respondió cuando toqué a la puerta. Después dijo: «Ahora sabemos por qué estabas tan interesado en esa maldita prueba. Estabas preparando a Kurl, ¿o no?».

«¿Puedo entrar?», pregunté.

«No».

«¿Qué pasó? ¿Por qué llegaste a casa tan temprano?».

«Nunca debí haberme registrado», dijo. «No había forma de que tuviera una calificación suficiente para que valiera la pena molestarme».

Descansé la frente contra la puerta. Era justo lo que Bron temía: que Shayna se diera por vencida y ni siquiera tomara la prueba.

«Parecía que a Kurl le estaba yendo muy bien», dijo. «Estaba escribiendo cosas como un demonio. No levantó la vista de la página ni una sola vez».

«¿Estás enojada porque lo mantuvimos en secreto?».

«No, Jojo, no estoy enojada. Dios. ¿Por qué me importaría?».

«¿Tenemos que sostener toda esta conversación a través de la puerta?», pregunté.

«No hay conversación», dijo. «Vete».

«Vete». «Déjame en paz». Últimamente recibo mucho de eso de parte de mi hermana, en las raras ocasiones en que está en la casa. El otro día Lyle encontró un paquete de cerillos del Ace en su bolsa y explotó. Ella le confesó que había ido con Bron a esa noche de micrófono abierto, la noche previa a la Navidad, algo que técnicamente es verdad, pero no le dijo que desde entonces pasa la mayor parte de su tiempo ahí.

Lyle trató de explicarle que no debe volver ahí nunca o se las va a ver con él. Ella le preguntaba que por qué no: ¿cuál es su problema con ese lugar en particular, por qué se enfurece tanto por eso, por qué no le puede dar una simple razón lógica por la que no debería ir allá? «Porque eres menor de edad» claramente no es suficiente para ella.

Tuyo,
Jo

Querido pequeño Jo:

Bueno, no fue exactamente como lo planeamos. Espero que no estés enojado. O sea, yo no lo planeé, para nada. Sylvan y Julia iban a venir a cenar, así que le prometí a mamá que le ayudaría a cocinar. Solo me quedaba media hora después de que bajamos de tu cuarto.

Por cierto, no fue mi intención que sonara como si pensara que deberías dejarme entrar a tu casa de campaña contigo. No cuando todos estaban abajo y cuando las chicas podían entrar en cualquier momento. Por lo menos, parados detrás de la puerta de tu cuarto podíamos hacer lo que quisiéramos, o una parte de lo que quisiéramos, y asegurarnos de que no nos atraparan si oíamos a alguien afuera en el pasillo.

Bueno, que no nos atraparan era la teoría, de todas formas. Creo que no contábamos con mi gran bocota. Todos estaban sentados en tu sala: Bron, Shayna, Lyle, Rich y yo. Habías salido de la sala hacía dos o tres minutos, Jo. De alguna manera, la conversación había llegado al tema de los olores corporales. Rich dijo que el sombrero de su padre todavía olía a su cabello, aunque llevaba veinte años de muerto. Bron juraba que podía diferenciar si se trataba de Isaiah o Ezra con solo olerles el cuello.

Lyle y Rich ya estaban poniéndose sus abrigos. Estaban a punto de irse al ensayo. O sea, la conversación prácticamente había terminado.

Y entonces Shayna dijo: «Los pies de Jojo huelen a crema de cacahuate».

Y sin pensarlo, dije: «Avellanas».

«¿Qué?», preguntó, y yo lo repetí: «Huelen a avellanas».

Hubo un silencio total, pero no era demasiado tarde. O sea, había tantas cosas que pude haber dicho. «Me lo dijo él mismo en una carta», o «Una vez me puso los pies en la cara» o incluso «Son sus zapatos *vintage*». Había tantas cosas simples que podían haberlo explicado, o por lo menos hacer que pareciera lógico que un adolescente dijera algo así sobre el aroma de los pies de otro adolescente.

Pero ninguna de estas cosas me vino a la mente. O al menos no con la velocidad necesaria para eludir a Bronwyn Otulah-Tierney.

Y por supuesto, fue Bron. Supo al instante. Dijo: «¿Cómo es que te has convertido en una autoridad sobre el olor de los pies de Jonathan, Kurl?». Su voz sonaba toda alegre. Inclinó su cabeza hacia un lado, con sus pestañas batiendo como alas de mariposa. Me estaba dejando saber que lo había deducido.

Me senté ahí, en absoluto silencio. Sin habla. El calor subía por mi cuello hasta mi cara. O sea, incluso podía sentir el calor ardiendo detrás de los párpados.

Bron miró a Shayna, y las cejas de Shayna desaparecieron detrás de su fleco.

«Para nada», dijo. «Jonathan y tú? De ninguna manera. ¿Desde cuándo?».

«¿Estamos hablando de lo que creo que estamos hablando?», intervino Lyle.

«Se supone que yo no…», tartamudeé. «O sea, él no quería…».

Y entonces entraste a la sala. Miraste a las caras boquiabiertas y preguntaste: «¿Qué hay?». Y luego a mí, con mi cara caliente. «¿Qué pasó?».

Todos empezaron a reír. Sonríes de cierta manera, Jo, cuando los demás ríen y no sabes por qué. Tus ojos se pliegan en las esquinas y tu boca dibuja un arco, con las orillas hacia arriba, pero solo por un segundo. Después se convierte en un medio fruncido de cejas, y luego otra vez en una sonrisa. Como si probaras cuál podría ser la respuesta correcta. Es una de las cosas de ti que me bombea adrenalina directo al estómago. Me hace querer golpear a cualquiera que no comparta el chiste contigo.

«Les dije», confesé antes de que nadie pudiera decirlo, «sobre nosotros. Fue un accidente».

Bron se levantó de un salto y te abrazó. Fue bondad, creo. Te sostuvo por si acaso te desmayabas o algo así.

«Bueno, con razón eres tan buen cocinero», dijo Rich. Shayna lo golpeó. «¡Rich!».

Te hundiste en la silla de Bron, y Shayna se sentó junto a mí en el sillón. «Entonces, ¿hace cuánto? ¿Semanas? ¿Meses?».

«Un par de meses», respondiste. Con algunas lágrimas por el impacto.

Lyle y Rich nos dieron una ronda de felicitaciones de camino a la puerta.

«No estás enojada, ¿o sí?», le preguntaste a Shayna. «¿Por haber mentido por omisión?».

«No. O sea, hubiera querido que me dijeras antes. Pero no». Rio. «¡Avellanas! Dios mío, Kurl».

Así que tuve que explicártelo a ti, lo de que tus pies huelen a avellanas. Fue la primera vez que hablaba en voz alta de nuestro universo, nuestro universo secreto de ensueño. Todavía era un sueño, pero de pronto también era la vida real. Este realismo hizo que todo fuera más nítido. Afiló los bordes de todo.

Te reíste por mi estupidez y jalaste mi mano hacia tu pierna y la levantaste y me mordiste los dedos, duro. Quité mi mano y hundí los nudillos bajo tus costillas hasta que gritaste y te retorciste. Era la primera vez que nos tocábamos en público. La primera vez que la gente nos miraba. Nos veía. Se sentía como algo que sacaba chispas en mi pecho. ¡La nitidez de todo eso! Sonrisas. Ambos sonriendo como idiotas, y Bron dijo: «Por Dios, basta. Paren, no puedo soportarlo; mi cerebro está explotando».

Tenía que irme. Me acompañaste a la puerta y nos besamos tan rápido y tan en silencio como pudimos. Susurraste: «No me dejes con esta manada de chacales».

Rocé con un lado de mi cara la tuya: la mía rugosa, la tuya suave. «No voy a dormir», prometí sin motivo alguno.

Pero entendiste lo que fuera que estaba tratando de decir. «Yo tampoco», prometiste.

Atentamente,
AK

Miércoles, 24 de febrero

Querido Kurl:

Estoy escribiendo para pedir formalmente una repetición de algo que ayer hice muy mal en el clóset de arte. En el calor del momento, dijiste: «Pídeme lo que sea, Jo; la respuesta es sí».

Yo estaba como aturdido, riéndome, pero tenía comezón por el sudor, así que te pedí que me rascaras la parte posterior del muslo. Fui como la vieja mujer del cuento que malgasta sus tres deseos poniendo una salchicha en la nariz de su esposo y luego deseando que desaparezca de ahí.

Tuyo,
Jo

Jueves, 25 de febrero

Querido pequeño Jo:

No fue solo el calor del momento. Pídeme cualquier cosa. La respuesta es sí.

Atentamente,
AK

Martes, 8 de marzo

Querido Kurl:

Es un fenómeno asombroso: Cada vez que releo tu carta que dice: «Pídeme cualquier cosa», descubro que no hay nada más que necesite o quiera.

Tuyo,
Jo

Querido pequeño Jo:

Hoy después de la escuela vine por el camino que hay junto la vía del tren. Mi santuario exterior. En el asfalto, justo antes del agujero de la cerca, había un grafiti que decía: RESPIRA. Tal vez sea una coincidencia, pero debo decir que lo sentí como una especie de señal. Encontré una silla de jardín que alguien aventó junto a la vía y estoy sentado en ella escribiendo esta carta.

Así que hoy en el clóset de arte busqué en mis jeans, saqué tu última carta del bolsillo y la agité frente a tu cara. «Vamos», dije. «Debe haber algo que quieras de mí».

Hundiste la barbilla en mi estómago. «¿Qué querrías *tú*?», preguntaste.

Yo estaba listo: «Una casa con leones al frente. Un par de leones de tamaño real. Hechos con mármol».

«He visto tu jardín frontal». Te reíste. «No creo que haya espacio».

«No, quiero una casa también. Mi propia casa».

«Okey. Esos leones van a estar horribles. Pero okey».

«Pídeme ahora», dije, agachándome, envolviendo tus

hombros con mis brazos y arrastrándote hacia arriba para que tu mejilla estuviera en mi clavícula.

«Quiero que los Stanley Brothers me canten "White Dove"», respondiste.

«¿Qué no uno de ellos está muerto?».

«Sí, y el otro tiene una enfermedad terminal. Pero si puedo conseguirte una casa, puedes traer de regreso de entre los muertos a un par de cantantes para que me canten».

«Entonces, ¿por qué no mejor resucitar a Walt, para que te lea *Hojas de hierba?*», pregunté.

Tu palma acarició mis costillas.

«¿Leía en público siquiera?».

«Puedo concederte *cualquier cosa*, Jo. Puedo llevarte a la casa de Walt, si quieres. Puedes pasar un rato con él».

«No, gracias», dijiste.

Tuve que pensar en eso.

«¿Será que Walt es mejor en papel? ¿Que no daría el ancho en la vida real?».

«Yo no daría el ancho», dijiste.

Presioné con mi mano tu oreja caliente.

«Walt te amaría. Walt te va a amar».

Hubo silencio. Después un sollozo.

«¿Estás llorando?», pregunté.

«No», dijiste, pero sentí una lágrima rodar hasta mi esternón, lo que me hizo reír.

Te limpié la mejilla.

«Walt Whitman te va a adorar». Seguías callado. «Yo te adoro», dije.

Te incorporaste, te sentaste y sonreíste, lloroso y con la cara roja.

«Es cierto, ¿verdad?».

«Sí, es verdad», respondiste.

Atentamente,
AK

Viernes, 8 de abril

Querido pequeño Jo:

Sé que ya no nos escribimos, y sé que ya te dije varias veces en persona que lo lamentaba. Pero, de alguna manera, todavía no siento que sea suficiente, así que voy a escribirlo. Espero resolverlo de una vez por todas. Tal vez esto es a lo que se refieren con una disculpa formal: no parece surtir efecto sino hasta que queda escrita en papel.

Estábamos en tu cuarto, sentados en el piso justo junto a la puerta. No en tu casa de campaña, aunque ahí es adonde nos dirigíamos. Tú me besabas y te detuviste para preguntarme: «¿Estás bien, Kurl?».

«¿Por qué?», pregunté yo también.

«A veces tengo la sensación de que te vas durante unos segundos. Como si de pronto abandonaras el barco y yo fuera el único que se queda aquí con nuestros dos cuerpos».

Dije que no sabía de qué hablabas. Pero por supuesto que lo sabía, Jo. Lo había sentido: exactamente como lo describiste, como si me hubiera ido a otro lado.

«Tal vez tiene algo que ver con tu tío», dijiste.

No moví ni un músculo y no dije nada. Pero, digo, debes haber sentido que me alejaba más porque te apuraste a agregar: «Pero lo que quiero decir es que no me importa con qué se relaciona. Es solo que no quiero que te preocupes por marcar un límite o decirme que no. Nunca. No quiero lastimarte».

«No me lastimas», dije. Traté de agregar una risa, pero ambos sabríamos que no era una risa real.

«¿Podemos cambiar de tema, por favor?», te pedí.

«Okey», respondiste.

Entonces nos quedamos sentados ahí durante un minuto, en total silencio, mientras yo trataba de pensar en otro tema. Pero mi cerebro estaba vacío. Era solo ruido blanco. Estática.

«¿Ya empezaste a escribir ese ensayo autobiográfico para la solicitud de ingreso a la universidad? ¿El EAC?», me preguntaste al final.

«Está bajo control». Charla trivial, pensé. Estábamos haciendo una plática banal, como primos lejanos o algo.

«Te puedo ayudar con eso, si quieres».

«Nah, estoy bien. Pero gracias», contesté.

«Es que algunas veces me preocupo un poco cuando estamos juntos», dijiste, apurando las palabras, «me preocupa que tal vez permitirías que te empuje más allá del lugar donde te sientes cómodo o donde te sientes bien. Ya sabes, porque estás acostumbrado a que Viktor lo haga».

Me balanceé hacia delante y giré para verte de frente. «No estoy roto, ¿está bien?», dije. «No soy una cosa rota que tengas que sostener en su lugar».

«Ya lo sé, Kurl. Solo quería dejarlo dicho».

«Deja de actuar como puto un segundo, ¿sí?».

Tu cabeza hizo un movimiento brusco hacia atrás, con tal fuerza que el golpe sonó en la puerta hueca de tu cuarto.

«En serio», continué, «puedes ser tan estúpidamente delicado algunas veces». Mi voz era terrible. Terrible.

Te levantaste del piso, retrocediste hacia la silla de tu escritorio y te sentaste. Lo peor de todo era cómo tratabas, al mismo tiempo, de impedir que te viera llorar y de no quitarme los ojos de encima.

Fue como si un contaminante se hubiera derramado desde mi boca. Un derrame químico. Debe haber habido un tufo. O sea, he inhalado este mismo veneno de mi tío desde hace ya cinco años. No es de sorprender que al final se acumulara y se derramara.

Y fue entonces cuando comencé a decirte que lo lamentaba.

«Está bien», respondiste de inmediato.

«No, en serio, Jo. De verdad lo lamento. No quise decir eso».

«Yo sé que no. Ignora el llanto».

Seguí disculpándome, y tú seguiste diciendo que lo olvidara todo. Al final me preguntaste si podíamos, por favor, fingir que nunca había pasado. Bajamos las escaleras y nos preparamos de cenar con lo que encontramos en el refri: huevos y papas al horno y berenjena y pimientos.

Pero sé que la noche se arruinó por mi causa. Y ahora no va a desaparecer. Cuando hay un derrame químico, no es absorbido por la tierra y desaparece sin más. No sé qué será necesario para limpiarlo, pero tal vez una disculpa formal puede ser un lugar por donde empezar.

Jo, lamento mucho lo que dije. ¿Me perdonas?

Atentamente,
AK

Querido Kurl:

Ayer fue un día maravilloso, ¿no crees? Fue, sin lugar a dudas, el mejor cumpleaños que he tenido jamás. ¡Gracias por mi linterna! El LITTLE WIZARD de Detritus, al que le pusiste un mecanismo de focos LED y batería para que la casa no se queme debido a un incendio provocado por el queroseno.

Confesaste que la tenías desde antes de la Navidad, pero que te dio mucha pena dármela entonces.

«Es para la casa de campaña», murmuraste cuando abrí el empaque, y te reíste de mí cuando sentí que mi cara se calentaba al pensar en mi casa de campaña con esta luz roja brillando sobre nuestra piel.

Fue mi primera protesta cívica, pero confío en que no será la última. Sentí todo el día como si fuera el futuro. El sol caliente en nuestra espalda prometiendo verano. Toda la familia Otulah-Tierney echando la mano: la mamá de Bron, su hermana y los gemelos, entregando volantes; su papá, pasando un termo de chocolate caliente a todo el grupo. Me encantó la consigna: «¡Sin derramar, sin mentir, no queremos vagones cisterna aquí!».

Como de costumbre, el crédito por el exitoso aconte-cimiento debe ser desplegado a los pies de Bron. Su madre lo dijo: ninguno de ellos sabría siquiera sobre el tema de los vagones cisterna que transportan petróleo si Bron no hubiera estado dando sus clases semanales en la mesa mientras desayunaban. De alguna manera, todo el día fue un festival de la familia Otulah-Tierney en honor a Bron, puesto que acababa de recibir su admisión al programa de periodismo de Stanford, su primera opción.

Pero, para mí, el aspecto del día que hizo que lo sintiera más como el futuro fue el momento más breve, Kurl: treinta segundos, cuarenta y cinco cuando mucho. ¿Sabes a qué me refiero? Me tomaste de la mano. Estábamos marchando con la multitud, en público, a plena luz del día, y estiraste tu brazo, tomaste mi mano y la mantuviste así. La mejor parte fue que no lo sentí como algo extraño o antinatural, para nada. Sentí que estaba bien.

Bron lo arruinó, bendito sea su pequeño corazón sobre-politizado. Desde detrás, metió la cabeza entre nosotros y dijo: «Okey, ¿ven? Cuando los dos puedan hacer eso en la escuela, en el pasillo, sin ninguna recriminación, *entonces* sabremos que hemos logrado igualdad, y no será sino hasta ese momento».

Tuyo,
Jo

P. D.: En referencia a tu última carta: te perdono de manera formal. Te perdoné la primera vez que me ofreciste una disculpa. El enojo es una cosa relativamente pequeña, Kurl. Somos inmensos, ¿recuerdas? Contenemos multitudes.

Jueves, 21 de abril, cinco de la tarde

Querido Kurl:

Oí las noticias porque, a la mitad de la clase de Mate, la señorita Basu empezó a llorar. Debe haber estado viendo su celular a escondidas bajo su escritorio mientras estábamos divididos en grupos calificando mutuamente nuestra tarea. La vi cubrir de pronto su boca y ahogar un sollozo.

Fui hasta su lugar, me agaché junto a su escritorio y le pregunté qué había pasado. Por lo general, la señorita Basu no es muy amistosa con los alumnos, pero quizás estaba tan desconsolada que no pudo evitar decirme. Quitó la mano de su boca y susurró: «Murió Prince». Y luego: «Discúlpame». Y se levantó y salió corriendo del salón.

En realidad, al principio no lo creí. Caminé de regreso a mi pupitre en calma. Pero dos segundos después esa niña que se llama Dia lo dijo en voz alta, para que todos lo oyéramos: «Prince está muerto».

Con la maestra ausente, teníamos libertad para buscar en nuestros teléfonos e investigar más, y todos comentaron los detalles: el aterrizaje de emergencia, el concierto cancelado. El supuesto caso de influenza. Especularon: ¿influenza aviar? ¿O sobredosis? Habíamos oído rumores de drogas durante los últimos dos años.

En el salón, nadie más que la señorita Basu se entristeció tanto por la noticia, a pesar de que Prince es supuestamente el orgullo y la alegría de Mineápolis. Pensé en Lyle y en los demás Decent Fellows, y me imaginé su impresión y su preocupación. Pensé en Bron y en Shayna, por supuesto, y en ti... pero, bueno, pienso en ti cada tres o cuatro minutos, Kurl, independientemente de las circunstancias, y sabía que no tenías mucho tiempo de conocer a Prince y no sentirías mucho más que sorpresa ante su muerte.

Sin embargo, me sentí solo. De pronto, me sentí dolorosamente solo y extrañé a mi madre. Quien pudo haber sido, o no, fanática de Prince.

En fin. Como la señorita Basu no regresó, guardé mis cosas, salí sin prisa al corredor y al final encontré a Bron y Shayna en el descanso de las escaleras. Ambas estaban llorando. Nos abrazamos y hablamos de lo contentos que estábamos por haber visitado Paisley Park el año pasado, de lo increíble que era, en retrospectiva, que hubiéramos ido a tiempo, que hubiera sido nuestra última oportunidad.

Entonces Bron vio por casualidad el teléfono de Shayna. «¿Por qué te escribe Axel?».

Shayna le ocultó a Bron su pantalla, pero era claro que había recibido buenas noticias: sus lágrimas habían desaparecido y estaba intentando ocultar, sin gran éxito, una sonrisa.

«¿Qué?», preguntó Bron.

Shayna dudó. «Quiere que participe en la noche de tributo a Prince que va a celebrar».

«¿Ya está pensando en un tributo? Eso es justo... ser oportunista», dijo Bron. «Es francamente vil».

«Lo que pasa es que estás celosa», y levantó una mano para evitar que Bron dijera nada más. «¿Sabes qué? No tengo tiempo para esto», dijo, y empezó a bajar las escaleras.

«¿Adónde vas? ¿Primero no llegas a mi protesta contra los tanques cisterna y ahora me abandonas otra vez? ¿Hoy? Te necesito, Shay».

«No fue tu protesta», puntualizó Shayna por arriba de su hombro, y pude darme cuenta por su tono de que eso era parte de una discusión más larga que estaba en curso. «Y este tampoco es tu día. Prince se murió; nos afecta a todos de igual forma, ¿de acuerdo?».

La seguimos por un tramo de escaleras, pero de pronto Bron se dejó caer y se sentó con las piernas cruzadas en el descanso frente a la ventana.

«¿Estás bien?». Me senté a su lado, pero estaba pensando en ti, extrañándote. Tal vez estabas en clase, en cualquier clase, y no te habías enterado.

«Axel es un depravado. Habla como si tuviera muchas conexiones con la industria de la música, como si fuera una especie de cazatalentos superimportante o algo así. Básicamente, ya convenció a Shayna de salirse de la escuela. Y en realidad es un *don nadie*. Es un fracasado acabado por la cocaína. Y no lo soporto. Le dije a Shayna que ya no voy a ir al Ace con ella».

«Pero ¿no le está dando un espacio para cantar?», pregunté.

«Sí, claro, pero solo le paga con alcohol y hierba. La última vez le dije: "Amigo, ella puede obtener toda la hierba que quiera de su propio padre", así que me dijo: "Y, entonces, ¿qué tal un poco de éxtasis? Deberíamos ir a bailar alguna vez, ustedes dos se verían tan sexys girando en ta-chas"».

«Puaj». Eché un vistazo a la multitud que bajaba por la escalera, esperando verte.

«Es algo más que "puaj", Jonathan».

La miré. «Lo sé, perdóname».

«No le digas nada a Lyle, pero me estoy empezando a preocupar mucho por ella».

¿Mi hermana está en riesgo mortal? Bron se toma todo tan a pecho que a veces es difícil saber a cuál de sus cau-sas sumarse. Por otro lado, he estado preocupado por ti de tal forma en las últimas semanas, Kurl, que es posible que haya pasado por alto el grado en que Shayna está metida en algo peligroso.

De cualquier manera, Bron dice que quiere hacer algo por Prince hoy en la noche. Un velorio de algún tipo. Nos invitó a todos a dormir a su casa.

Espero que puedas venir, Kurl. Quiero verte.

Tuyo,
Jo

Querido pequeño Jo:

Creo que ahora sabes por qué estaba tan distraído mientras me dabas el gran tour en la casa de Bron. Me enseñaste esa tina independiente en el cuarto de baño principal —no creo haber estado antes en un baño principal, o incluso saber que existía algo así— y dijiste: «Es como si un pájaro gigante hubiera entrado por el tragaluz, hubiera puesto un huevo en el centro del piso de mármol, y simplemente lo hubieran ahuecado y le hubieran puesto un grifo dorado en una orilla».

O sea, oí lo que decías. Pero no podía poner atención en realidad, porque todo en lo que podía pensar era en el jacuzzi.

Tú, Bron y Shayna ya estaban adentro para cuando me armé de valor. Izzy y Ezra estaban acostados en la sala y, para hacer todavía más tiempo, les pregunté si estaban tristes por Prince.

Izzy dijo: «¿Ese tipo morado?».

Y Ezra dijo: «Ah, repugnante».

No es ninguna sorpresa que, si los papás de Bron adoran a Prince tanto como ella dice y todos los muchachos

Otulah-Tierney crecieron escuchando su música, al menos un par de sus hermanos se rebelen contra los gustos familiares.

Cuando ya no puedo aplazarlo más, salgo al patio solo con mis bóxers y una toalla alrededor de los hombros. Me siento en la orilla del jacuzzi y meto los pies.

«Adonis aproximándose», dice Bron, y Shayna dice: «Ah, esto va a estar bueno».

Hacen eso mucho últimamente, esas dos. Es como si el hecho de descubrir sobre tú y yo les permitiera dar rienda suelta a tratarme como un objeto sexual.

Estoy tan nervioso que difícilmente puedo pronunciar las palabras. Digo: «Les quiero enseñar algo a todos ustedes».

Y me quito la toalla de los hombros, me deslizo hasta la mitad del jacuzzi y, sumergido de la cintura para abajo, me paro de cara a ti, por lo que Shayna y Bron pueden ver bien mi espalda.

Entonces, ¿qué pasa cuando Adonis se quita la ropa y revela que es deforme, feo y está marcado?

Lo que pasa es que se quedan calladas. Esperaba suspiros o arcadas o, no sé, *alguna* reacción. Algo. Bron por lo menos preguntaría qué me pasó, o algo, ¿no? Estoy ahí parado frente a ellas, expectante por oír algo, y hay tal silencio detrás de mí que de pronto me pregunto si salieron del jacuzzi, se fueron corriendo y no me di cuenta.

Y, mientras, ahí estás frente a mí, Jo, con los ojos abiertos y una mano en la garganta y las lágrimas llenándote los ojos. O sea, eso sí lo esperaba.

Silencio total. Al final, me muevo un poco torpemente hasta el asiento junto a ti. Engancho mis piernas sobre tu regazo. Estoy sentado de lado, así que mi espalda todavía es visible en gran medida para Bron y Shayna. O sea, tal vez debería haberles ahorrado el espectáculo en ese momento. Podría haberme sumergido más en el agua o algo así. Pero su silencio me hizo sospechar con paranoia que les estaba mostrando algo y que, de alguna manera, no lo estaban viendo. Que tendría que seguir mostrándoles una y otra vez, para siempre, y todos estaríamos atorados en un ciclo eterno de horror y lástima y conmoción.

Abrazas mis rodillas y paso mi brazo por debajo para poder abrazar tus costillas y sentir tu latido y tratar de adaptar el ritmo del mío al tuyo para calmarme.

Entonces empiezo a hablar, y les cuento toda la historia: fue por eso que me salí del equipo de futbol en septiembre. Me habían dado un pisotón en la espalda y me habían sacado el aire. El entrenador Samuels estaba preocupado por que me hubieran roto una costilla.

Yo le decía: «No, no, estoy bien», pero en el siguiente *down* notó una mueca de dolor o algo y me sacó otra vez. Y, cuando me rehusé a desvestirme para que me viera el médico, empezaron a sospechar.

Samuels me dio la orden de mostrarle al tipo mis heridas, y yo me alejé, básicamente jugando a escaparme por todo el vestidor, con él persiguiéndome como un absoluto lunático. Finalmente me advirtió que tenía que mostrarle mi espalda o que no podría jugar.

Y entonces empecé como a rogarle: «Me puedo quedar sentado en este, entrenador; iré al doctor mañana. No regresaré hasta que esté totalmente curado», pero sospechó que estaba diciendo mentiras, porque dijo: «Ahora. Déjanos atenderte bien justo en este segundo o te vas para siempre».

Al final le dije: «Óigame, usted no sabe en realidad lo que me está pidiendo. Esto va más allá de este juego y de este golpe, ¿de acuerdo? Usted tiene todas esas obligaciones legales de reportar cosas».

«Es correcto, hijo. Ahora muéstranos tu maldita espalda».

Y eso fue todo.

«Así que te saliste». Por fin. Por fin alguien más en este jacuzzi dice algo, además de mí. Es Shayna. Su voz es normal.

Deshago nuestro nudo y me giro para dejar que el agua cubra mis hombros. «Así que renuncié al equipo, sí».

«No eran solo cicatrices, ¿o sí?», dice Bron. «O podrías haber mentido. Podías haber dicho que alguien lo hizo cuando eras chiquito. Una mala cuidadora. O incluso tu padre, hace años, antes de que muriera».

«No, muchas eran frescas, de ese mismo día. El tío Vik perdió una apuesta sobre un techo».

El cerebro de Bron a veces es aterrador, ¿no? O sea, deduce cosas más rápido que nadie que yo conozca.

«¿Por qué no le ha dado seguimiento el entrenador Samuels?», pregunta.

«No le di nada a lo que darle seguimiento», respondo. «Me ha detenido algunas veces en los pasillos, me ha preguntado cómo van las cosas. Pero ¿qué le voy a decir?».

«¡La verdad!», exclama Bron. «Tienes que reportarlo, Kurl. Necesitas ayuda».

«Ahí vas otra vez», le dice Shayna, «haciendo tuyo un asunto que no te incumbe».

«Mi amigo está en problemas», protesta Bron. «Cuando un amigo está en problemas, considero que es mi asunto».

«Bueno, ¡esa es una excelente forma de perder a tu amigo!». Shayna se lanza fuera del jacuzzi, me salpica en los ojos y provoca una estela que prácticamente nos levanta del asiento. Sin preocuparse por su toalla, camina ofendida por la cubierta hacia la sala y empuja la puerta del patio tras ella tan fuerte que rebota de regreso sobre su riel.

«Lo lamento. Es… Kurl, no estamos hablando de Shayna; estamos hablando de ti». Bron está llorando ahora. «Lo lamento. Es que, con todo lo que ha pasado, no sé qué hacer».

Me estiro y la abrazo durante un minuto hasta que se sorbe la nariz y me empuja. «Bueno, esto es clásico», dice. «Kurl, por fin te abres y terminas tratando de consolar a la persona con la que te abriste. Eso no es tan genial. Lo siento».

«He tenido un poco más de tiempo para acostumbrarme», digo.

«Pero Bron tiene razón. Deberíamos reportarlo», intervienes.

Bron niega con la cabeza. «En realidad es su decisión, Jojo, no la nuestra. Tiene que ser su decisión». Y se sale del jacuzzi diciendo que va a buscar a Shayna.

En realidad me maravilla que todos actúen con tanta normalidad. O sea, es obvio que todos estamos tristes por Prince de una u otra manera. La razón por la que estamos aquí en casa de Bron es porque hoy se murió Prince, y se supone que es una especie de velorio. Y es obvio que las chicas también están en una pelea por algo más. Pero, de todas formas, me maravilló poder revelarles este secreto y que el mundo entero no se haya caído de su eje.

Atentamente,
AK

Viernes, 22 de abril

Querido Kurl:

«Entonces, ¿cuál fue *tu* problema hoy en la noche?», me preguntaste después de que todos habían dado las buenas noches. Habíamos quitado la colcha de la cama de Zorah Otulah-Tierney y habíamos apilado en una esquina del cuarto los cojines adicionales que había para que se sintiera menos perverso estar ahí.

«¿Qué quieres decir?», pregunté.

«Estabas callado».

Así que te *habías* dado cuenta. Pensé que estabas demasiado ocupado divirtiéndote con el clan Otulah-Tierney. Te habías defendido sorprendentemente bien contra los gemelos en varias rondas de Overwatch en el Play Station3.

«Al principio pensé que te daba vergüenza que mostrara mis cicatrices de esa manera. Después pensé que tal vez estabas enojado porque nunca te dije por qué me salí del equipo. Que no te había gustado enterarte de todo eso al mismo tiempo que los demás».

No dije nada.

«Quiero decirte que lamento no haberte contado nunca».

«No fue por eso», dije.

«Entonces, ¿por qué?».

No podía decirlo. Decirlo, me parecía, lo haría más posible.

«Tu corazón está latiendo rapidísimo», señalaste, y pusiste tu oído contra mi pecho.

Pasé la palma de mi mano por tu cuero cabelludo rapado. Tu cráneo amplio y fuerte.

«Vamos, Hopkirk. Suéltalo».

«Si no tienes secretos», comencé, y mi voz se quebró. Respiré profundo y me tragué todas las lágrimas. «Si revelas todo y te liberas de la vergüenza, ¿luego qué? ¿Qué puedo darte yo que no puedas obtener de cualquier otra persona?».

Levantaste la cabeza para mirarme de frente. Frunciste las cejas.

Las lágrimas se resbalaron por mis orejas y cayeron en la almohada de Zorah.

«¿Ese abrazo de grupo en el jacuzzi? Tú *atraes* a la gente, Kurl. Todos aquellos a los que dejes entrar entrarán y te adorarán. Habrá docenas. Cientos. Todos los que quieras».

Hiciste un sonido gutural de burla y empezaste a lamer las lágrimas de mis mejillas. Toquecitos rápidos, como un gato sorbiendo leche. Después de un minuto, te detuviste y comenzaste a darme a besos; besaste mi quijada y mis orejas y luego mi boca, con ligereza. Después, sin previo aviso, metiste tu pulgar entre mis dientes, abriste mi boca e introdujiste tu lengua lo más hondo que llegaba. Gemiste, y el sonido subió desde tu pecho, bajó por mi garganta y fue directo a mi ingle.

Retrocediste. «Sentiste eso, ¿verdad?».

Yo estaba sin aliento, lleno de calor. ¡Fue tan rápido! Apenas pude asentir con la cabeza.

«Eres solo tu, Jo. Todo eso eres tú. Solo tú me haces eso».

«Tú lo hiciste».

«No».

Reí. Ambos estábamos equivocados, por supuesto: fuimos los dos al mismo tiempo quienes tocamos juntos ese acorde resonante, hambriento.

Tuyo,
Jo

Domingo, 8 de mayo

Querido Kurl:

Nuestra plática. Los hermosos sentimientos que nos hemos expresado el uno al otro sobre nuestros miembros entretejiéndose entre sí como una enredadera y nuestras mentes compartiendo el mismo alimento y nuestros corazones bebiendo de la misma copa.

Toda nuestra charla es vacía, ¿verdad? O superficial, al menos; describe algo que sentimos en ciertos momentos centelleantes, algo que sentimos en toda nuestra superficie, pero no en el fondo, sin que lo atraviese todo en realidad.

Ahora sé que hay profundidades en ti por las que no puedo viajar. Hay áreas que nunca he visto y que no tengo permiso de visitar. Las has acordonado, has puesto alambre de púas alrededor de su perímetro, has puesto minas. Me acerco demasiado y al instante estás en la cima de la torre con un megáfono gritando advertencias. Camina con cuidado. Peligro. Aléjate.

Era solo nuestra tercera vez en mi casa de campaña. Me regresa la ira y la frustración al darme cuenta de que solo han sido tres veces en total en todos estos meses.

Lyle había salido de la ciudad, y Shayna estaba cantando en el Ace, y tú y yo estábamos en mi casa de campaña. Era tarde, Kurl; habías llegado mucho más tarde de lo que habías dicho que ibas a llegar. Esperé mil años. Pero no me importó porque, ahora que ya estabas aquí, la casa de campaña había perdido su frío olor a lona. Estaba tibia y olía a ti. A nosotros. Yo ya estaba desnudo y sentía todo caliente, suave, y acabábamos de empezar. Teníamos el resto de la noche, o eso pensaba.

Y entonces vi por un instante una línea de carne viva que cruzaba tu cadera, con gotas de sangre secándose. ¿Pensaste que dejarte puesta la camiseta sería suficiente para ocultarla? ¿Pensaste que estaba demasiado oscuro en la casa de campaña para que la viera? ¿Pensaste que no sentiría que hiciste una mueca de dolor cuando te tomé del hueso de la cadera?

Me senté. Trataste de jalarme hacia abajo otra vez, pero te quité.

«¿Se te hizo tarde por tu tío?», pregunté.

Tú también te sentaste y doblaste la sábana sobre tu regazo. No respondiste.

«¿Tuviste que esperar a que terminara? ¿A que quedara inconsciente o algo?».

«Sí», respondiste. Tu boca vino a la mía y tu mano buscó mi muslo en un intento por terminar la conversación.

«¿Por qué?», pregunté. «¿Por qué no tomas las llaves, te subes al auto y te vas?».

Silencio.

De pronto cobró sentido por qué habías llegado aquí corriendo en lugar de hacerlo en el auto, por qué habías llegado sudoroso, diciendo que necesitabas bañarte, y habías pedido que te prestara una camiseta de Lyle aunque la más grande que tiene te queda demasiado apretada. Estabas en ese estado, ¿verdad? El estado en que necesitas moverte para no sentir que te mueres. Incapaz de descansar o de quedarte quieto.

Tomé el borde de tu camiseta y la levanté. Había más rayas alrededor de tus costillas. Más carne viva.

Quitaste mi mano de un golpe.

«Déjalo».

Tomé el borde otra vez y le di un estirón hasta que la camiseta se desgarró en el hombro.

«¿Qué te pasa?», exclamaste.

«¿A mí? ¿Qué me pasa a *mí?*». Entonces me llené de ira. Mi cuerpo entero se hinchó de furia. Dije: «Estás *lastimado*, Kurl; ¿por qué finges que todo está bien?».

«No finjo», dijiste. «Pero no quiero hablar de eso, ¿está bien?».

«No está bien». Busqué a tientas mis pantalones cortos y me los puse. Estaba tan enojado que mis manos temblaban. «Nunca quieres hablar de nada, Kurl. Eres como un avestruz con su cabeza metida en la arena».

Te reíste.

«¿De verdad? ¿Soy como un avestruz?».

«No es gracioso». Me salí de la casa de campaña y encendí la luz del buró. Todo en mi cuarto se veía patético ante mis ojos, ingenuo y juvenil. La repisa con sus libros de poesía, la fila de libros de historietas en la repisa inferior. La maleta de piel de la que se salían mis corbatas *vintage* y mis pañuelos. *Hojas de hierba* sobre mi escritorio, abierto en un pasaje que planeaba leerte. Cosas tontas, románticas y superficiales.

Y, mientras, te estaban lastimando, Kurl. Te seguían lastimando, y lastimando y lastimando, y no había nada que

296

yo pudiera hacer para ayudarte o para detenerlo. Nada estaba ayudando.

Saliste de la casa de campaña y parpadeaste ante la luz.

«¿No quieres hablar de eso? Hablemos de otra cosa, entonces», dije. «Como de tu ensayo».

«¿Cuál ensayo?».

«Tu ensayo autobiográfico. Para la universidad».

«¿Qué tiene eso que ver con...?».

Te interrumpí. «¿Por qué no lo has escrito todavía? ¿Por qué sigues posponiéndolo y te rehúsas siempre a hablar de eso y me dices que lo tienes bajo control?».

«Porque *lo tengo* bajo control».

Capté la dureza en tu voz y sentí un impulso de satisfacción por haberte provocado al fin una reacción. Quería verte tan furioso y desesperado como yo me sentía. Así que ejercí más presión. «Estás mintiendo, Kurl; puedo darme cuenta. Adelante, ve y mete la cabeza en la arena, pero yo no lo voy a hacer».

«¿De qué hablas?».

«No planeas escribir ese ensayo».

Poco a poco, tu cara se puso roja de ira. Podía ver la tensión en tu quijada, la mirada hermética saliendo por tus ojos, pero la ignoré.

«Dime la verdad. Ni siquiera planeas intentarlo, ¿verdad?».

Silencio.

«Lo sabía». Tomé *Hojas de hierba* de mi escritorio de golpe y lo agité frente a ti. «La señorita Khang te eligió por esto. Quiere que tengas un futuro. ¿Por qué lo estás tirando a la basura?».

«Ese estúpido libro y tú». Me lo arrancaste de la mano. «No tengo que tragarme esta mierda de tu parte».

Aventaste el libro al otro lado del cuarto con tanta fuerza que, cuando golpeó la pared, cayó al suelo con un ruido seco en dos pedazos, con el lomo dividido.

«Qué bien», murmuré.

Te moviste rápido, tomaste tus pants y tu camiseta manchada del piso, preparándote para irte, pero te gané a llegar a la puerta, levanté las dos manos y te empujé de regreso.

«Solo estás asustado», dije.

«Quítate de mi puto camino», gritaste.

«Eres un *cobarde*, Kurl».

Tu puño se estrelló contra la puerta, junto a mi cabeza. El golpe lanzó astillas contra mi cráneo como un disparo.

«Cabroncito». De un tirón, jalaste tu puño de regreso y lo volviste a lanzar. Pasó zumbando frente a mi cara durante el tiempo suficiente para que yo pudiera ver cómo temblaba tu brazo y te salía sangre de los nudillos.

Luego dejaste caer el brazo y te lanzaste hacia atrás tan rápido que te tropezaste y caíste de sentón, con un golpe duro. Tu hombro se estrelló contra un poste de la casa de campaña y te fuiste como pudiste, casi como cangrejo, por la orilla de la lona caída hasta que te apoyaste en el librero.

«Puta madre, lo lamento». Respiraste. «Puta madre».

Me dejé caer al piso y abracé mis rodillas con los brazos. Estaba mareado y tenía frío. Mi corazón palpitaba con fuerza, pero no parecía circular nada de sangre por mi cuerpo.

Hubo un largo silencio. Todavía te aferrabas a tus pants y usaste tu pantalón para limpiarte la sangre del dorso de tu mano. Te habías lastimado bastante los nudillos, y mirabas absorto la herida, sosteniendo tu mano, con los dedos temblando ligeramente frente a tu cara.

«Deberías irte», dije.

Asentiste, pero no te moviste de inmediato.

«No tiene sentido hacer el ensayo», susurraste. «No puedo ir a Duluth».

«¿Qué?».

«La universidad. No voy a ir».

«¿Por qué no?», quise saber.

«No voy a dejar a mi madre en esa casa con él». Todavía tenías la mirada fija en la sangre de tu mano.

«Eso es absurdo».

«No es absurdo. Es un hecho. Él se desahoga conmigo hasta que se agota».

«No puedes… eso no es…». Pero no podía pensar en nada para terminar la frase.

Otro largo silencio. Levantaste la mirada y te quedaste viendo por encima de mi cabeza, con desánimo, al agujero que habías hecho en la puerta.

«Kurl», dije. «Es de tu *vida* de lo que estamos hablando».

A tu cara llegó una sonrisa desesperanzada. Con las manos, hiciste un gesto en el aire señalando la puerta astillada, la casa de campaña derribada, el libro roto y tu propio dorso herido.

«*Esta* es mi vida».

Entonces te fuiste. Te impulsaste con esfuerzo hasta quedar de pie, rodeaste la casa de campaña por el otro lado para evitar acercarte a mí de frente. Me hice a un lado para dejarte salir. Escuché tus pasos en la escalera, los sonidos al ponerte los pants y los zapatos. Después oí el chasquido sordo de la puerta de la entrada, como la tapa de un ataúd cerrándose.

Esta mañana encontré tus calcetines todavía doblados juntos sobre mi escritorio. Me senté en mi escritorio mirando tus calcetines y recordando cómo, cuando llegaste anoche y te fuiste directo a la regadera, yo los recogí del piso, húmedos de sudor, y me los llevé a la nariz antes de dejarlos ahí.

Recordé que una vez me habías cachado haciendo lo mismo con otro par de calcetines tuyos, y cómo te habías reído y me habías llamado depravadito.

«Es culpa de los calcetines, no mía», dije yo. «Es que insisten en flotar hasta mi cara y me obligan a olerlos».

Tonterías. Una conversación tonta, solo por el gusto de hacerla. Centelleante, superficial, como todo lo que nos hemos dicho el uno al otro.

Sentado aquí hoy en la mañana, escribiendo todo esto, sé que no dije ninguna de las cosas que en realidad creo que son verdaderas. Debería haberte dicho que eras heroico al tratar de mantener a tu mamá a salvo ante el abuso de tu tío. Debería haber dicho que tú también mereces estar a salvo, Kurl, y que me rompe el corazón en un millón de pedazos verte atrapado así. Pero, en cambio, con mi furia y mi impotencia, logré darte a entender que de alguna manera es tu culpa no escribir el ensayo, no tomar el salvavidas que te ofrece la universidad. No es tu culpa, Kurl. Lo sé. Lamento haberte llamado cobarde.

Lo peor de todo es que no fue solo anoche, ¿o sí? Este pleito entre nosotros está cocinándose desde hace siglos. Ya han pasado semanas y tal vez hasta meses, Kurl, en los que he estado aprendiendo a estar atento a los signos codificados de tu temperamento. He estado aprendiendo a reconocer dónde se han talado los árboles, dónde la tierra está hecha trizas, dónde están cavadas las trincheras. Sin darme cuenta de ello, ya me estaba alejando antes de acercarme a tu zona de peligro. Tu tierra de nadie.

Tuyo,
Jo

Querido pequeño Jo:

He escrito mil cartas esta semana y todas las he roto. Pero ¿qué sentido tiene? Tienes razón. Estás totalmente en lo correcto al decir que soy peligroso, que soy un campo minado, que hay una tierra de nadie a mi alrededor. Un lugar al que es mejor que no vayas. O sea, mira lo que hice con tu cuarto.

Dijiste que estoy tirando mi futuro a la basura. Este futuro que Khang eligió por mí y que tú insistes en imaginar que sería genial para mí. Pero difícilmente lo veo como tirarlo a la basura, porque no hay futuro posible para mí. Nunca lo hubo, Jo. Todas esas veces en que hablaste del futuro después de la preparatoria, todos esos maravillosos planes y oportunidades. Sabía que ese no sería mi caso. Para mí solo existe el tío Viktor.

Cuando oigo que está borracho y empieza a gritarle a mi mamá y a tropezarse con todo por la casa, no me quito de su camino ni me salgo de la casa. Bajo y me planto delante de él y le digo cosas que sé que lo van a prender. Algunas veces incluso tomo atajos. Le doy un empujoncito en el hombro, o le revuelvo el pelo o me río en su cara. O sea, no es difícil lograrlo.

Me quito la camisa y me pongo de rodillas en el piso, donde me dice. O, si se me acerca con los puños en lugar de con su cinturón, retrocedo hasta una pared para que tenga una mejor oportunidad incluso si su puntería es mala.

Puedo sentir cómo se derrama la ira de su cuerpo cuando lo hace. Cada golpe que da deja salir un poco, y en pocos minutos ya está lloriqueando y meciéndose y rogándome que lo perdone, que mi mamá lo perdone, aferrándose a ella mientras lo guía como a un niño chiquito hasta el sillón y le acaricia las manos y le dice que le va a preparar otro trago en un minuto: «solo descansa un poco, solo recupera el aliento, Viktor». Hasta que unos segundos después ya está inconsciente.

La ira se vacía del tío Viktor sobre mi piel, dentro de mi piel. Se filtra por mis raspones y moretones, y se acumula en el centro de mi cuerpo, en lo más profundo, y se queda guardada en una especie de bóveda, como desecho tóxico. Y, como con cualquier desecho tóxico, creo que al final se produce un derrame.

Tienes razón, Jo: no puedes estar en ningún lugar cerca de mí cuando ocurre este derrame. O sea, ve lo que hice.

Lamento haber dejado que las cosas llegaran tan lejos contigo. No me refiero solo a nuestro pleito, aunque, por supuesto, también lamento eso; me refiero a destruir tu propiedad y amenazarte de esa manera.

Pero además me refiero a todo. A ti y a mí. Nunca debí haberte expuesto tanto. Creo que pensé que tal vez yo estaba mejorando, que tú tal vez me estabas mejorando, o que yo estaba mejorando bajo tu influencia o algo así. Pero nunca debí dejar que avanzara tanto.

Lo lamento tanto, Jo. En especial porque eres la clase de persona que no debería estar expuesta a esta clase de fealdad nunca. O sea, eres tan generoso y bondadoso. Y no sé. Tierno. Sé que odias que diga cosas así de ti, pero es la verdad. No sé de qué otra manera describir esta forma pura que tienes de estar en el mundo, de estar con otras personas.

De cualquier manera, es obvio que terminamos. Lamento haber esperado hasta que tuvieras que ver la parte más fea de mí, el centro tóxico y arruinado. Por lo menos, el separarnos significa que puedo prometerte que nunca te volverá a explotar a ti.

Atentamente,
AK

Viernes, 13 de mayo

Querido Kurl:

Esta mañana los Carniceros lograron llegar hasta donde estaba, frente a mi casillero. Honestamente, no sé cómo dejé que pasara. Después de todo, he estado llevando todos mis libros a la escuela y de regreso para evitar el casillero por completo. He aprendido que es mejor no llegar nunca a ningún lugar específico a ninguna hora específica del día; durante mucho tiempo he cultivado el azar en el movimiento y en los hábitos. Pero esta mañana lo único que le faltaba a mi mochila de cuatrocientos kilos era la hoja de trabajo de la selección de cursos que debíamos llenar hoy en la clase de Orientación Vocacional.

En cuanto sentí la presencia de Maya detrás de mí —era algo en el aire, como el avance de una formación atmosférica hostil que me lanzaba una advertencia medio segundo antes—, cerré la puerta del casillero, porque uno de los experimentos que están desarrollando los Carniceros este año ha sido: ¿cuánto de Jonathan Hopkirk cabrá dentro de un casillero? Sin embargo, esta vez tenían otro objetivo. Dowell realizó un bloqueo simultáneo de cadera y hombro que aplastó mi nariz, mi cadera y mis pelotas contra la puerta metálica.

Risas. Los secuaces eran muchos y estaban posicionados en el corredor, y cuando alguien más pasaba por allí, caminaba más despacio y se quedaba para ver hasta dónde llegarían las cosas. Pero sé que no debo mirar a la multitud. Odio poner a alguien en esa posición. Imagina el horror: alguien con quien trabajaste en un proyecto de grupo en clase justo el día anterior, alguien con quien has aventado al aire una moneda para ver quién gana el último hot dog vegetariano en la cafetería, y ahora está ahí física, psicológica y socialmente, recibiendo abusos ante tus ojos. ¿Qué debe hacer un testigo? No es justo. Oí la voz de una chica diciendo que más les valía parar o que lo reportaría. Pero ya he oído a testigos decir eso antes, mientras ven a los Carniceros en su labor. Nadie le da seguimiento.

Kurl, no me soporto cuando hablo así. Debería romper esta carta en pedacitos. Odio su tono: tan sabiondo, tan petulante en mi habilidad para hablar con ironía, para sobrevolar por encima de toda esa humillante y miserable escena y narrarla de manera entretenida.

Y, de todas formas, ¿por qué debería entretenerte a ti? Es probable que tú ni siquiera leas esta carta, ahora que has dejado claro que no quieres tener nada que ver conmigo. Y que conste que acepto tu disculpa, pero de ninguna manera y en ningún grado acepto tu decisión de romper. No puedo pensar en que termines conmigo, no ahora, cuando estoy escondido en un urinario del baño tratando de recuperar tanta compostura como pueda para sobrevivir el resto del día de escuela; y lo que es más: no lo

aceptaré en ningún lugar, nunca. Rechazo tu rompimiento, Kurl. Lo rechazo.

Tuyo,
Jo

Viernes, 13 de mayo, 7 p. m.

Querido pequeño Jo:

Hoy regresé de la escuela y todo lo que poseo estaba amontonado en el jardín frontal. Supe de inmediato que mi tío lo había descubierto. O sea, no es que fuera obvio, pero lo supe. Creo que fue por la manera en que estaba puesta la colcha de mi *babcia* sobre algunas de las cosas. Me acerqué y levanté una punta. Libros, cajas de viejas tareas de la escuela, el viejo escritorio de mi cuarto. Quizá mi mamá había puesto la colcha para proteger mis cosas en caso de que lloviera. Pero era como si la colcha me estuviera mandando una señal, como si fuera un mensaje de Viktor para mí: «Sé todo sobre ti».

Al ver mi patética pila de cosas como una triste venta de garage de los suburbios, y al saber exactamente lo que eso significaba, el primer pensamiento que llegó a mi cabeza fue: «Por fin». O sea, creo que he esperado esto durante un largo tiempo.

Eso es todo lo que tuve tiempo de pensar —«Por fin»—, porque un segundo después el tío Vik y mi mamá están parados en la puerta juntos, como si hubieran estado mirando desde la sala esperando a verme llegar caminando por la banqueta. El tío Vik sale a la entrada y, ¡sorpresa!, está sobrio para variar. Completamente tranquilo y relajado. Me advierte que no quiere volver a ver mi cara nunca más. Que, de hoy en adelante, esta ya no es mi casa. Usa estas palabras exactas: «De hoy en adelante, esta ya no es tu casa». Como si tratara de hacerlo oficial o algo así. Como si ahora ya fuera obligatorio.

Noto que, sin duda, mi mamá ha estado llorando, pero en este momento ya no lo hace. Solo está parada en silencio junto a Viktor, mirándose los brazos, que los tiene cruzados sobre sí misma como si estuviera preocupada por que yo pudiera hacerle algo. El tío Vik me entrega una hoja de papel. Dada la formalidad de su discurso, casi espero que sea una orden de alejamiento o algo así. Pero es solo una carta. Una de mis cartas para ti, una que no había terminado de escribir y que había dejado en el cajón de mi escritorio.

Me da vergüenza decirte esto, pero era un poema en el que estaba trabajando. Un poema de amor para ti, de hecho. Creo que en cierta forma es gracioso, ahora que pienso en todo eso. Es gracioso porque había puesto tu nombre completo al reverso de la hoja, como nos enseñó a hacerlo Khang para el buzón de la escuela. «Jonathan Hopkirk». Digo, si no hubiera escrito tu nombre así, podrían haber supuesto que «Jo» era una niña. Pero se trataba de una especie de poema erótico, y tal vez mencioné algunas partes del cuerpo específicas que delataban tu género.

No puedo regresar y verificarlo, porque el tío Vik me quitó el poema de las manos. Me dio el tiempo justo para reconocer que era mío y después lo arrancó enseguida de mis manos, como si fuera una evidencia que debía proteger. Y esto también es bastante divertido, digo, de una forma torcida que casi provoca el vómito: imaginar a Viktor

Kurlansky leyendo algo así. Es muy divertido pensar que, probablemente, de todo esto, el hecho de que yo estuviera escribiendo un poema es lo que lo habrá horrorizado más.

Llamé a Bron. O sea, por lo menos ella sabe la verdad sobre nosotros y sobre el tío Viktor y yo, así que no tenía que explicarle todo desde cero. Trajo la Escalade y me ayudó a poner todas mis cosas en la cajuela. Viktor se quedó ahí parado sin ayudar y Bron no intentó hablarle, de milagro.

Mi mamá se metió a la casa, pero salió cuando llevábamos la mitad de las cosas y dejó una caja en el asiento trasero. Contenía algunos libros de texto, pero también todas tus cartas, Jo. Yo las había guardado en una caja de zapatos hasta el fondo de esta otra caja y la escondí al fondo de mi clóset. Al llevarme esa caja por separado, mi mamá me estaba diciendo que había descubierto tus cartas y había leído las suficientes para saber con exactitud lo que significaban. Y, además, que no se las había mostrado a mi tío, pero que sabía lo mismo que Viktor y un poco más. Y, encima de todo, que estaba de acuerdo con su decisión de desheredarme de la familia.

Por cierto, lamento mucho lo de tus cartas. Por haber permitido que las descubrieran. O sea, pensé que estaban escondidas y a salvo. Para ser honestos, no pensaba que a mi mamá le importara tanto husmear en mis cajas, y aún menos leer nada. Pero quizá había pasado todo el día empacando mis cosas para asegurarse de que no se rompiera nada cuando él las aventara al jardín. Tal vez sintió cierta curiosidad de último momento o algo así.

Me dolió un poco cuando el tío Vik me miró como si yo fuera algo que estaba pegado a la llanta de su camioneta. Estoy consciente de que esto me convierte en alguien patético en extremo, pero es la verdad. Estoy acostumbrado a recibir su odio. A verlo con la cara roja y fuera de sus casillas de puro enojo. Puede que no sea bondad, pero es algo, alguna emoción. Como que por lo menos le importo lo suficiente para que se enoje así conmigo. Pero hoy podía ver en sus ojos que en primer lugar se había dado cuenta de que nunca valió la pena perder su tiempo conmigo. Me consideraba un fracaso.

Me dolió un poco, pero debo decir que me dolió más con mi mamá. No me miró a los ojos ni una sola vez, ni cuando puso esa caja en el asiento trasero. Todo lo que dijo fue: «Es mejor así».

Yo murmuré: «Mamá».

Pero ella solo repitió esa afirmación: «Es mejor así».

El segundo en que salimos de la entrada del garage, Bron empezó a llorar tan fuerte que apenas pudo quitar la reversa en la Escalade. Tuve que hacer que se detuviera al final de la calle para que recuperara la compostura. Revisé adentro de la caja de zapatos y adivina cuál era la carta que estaba encima de todas. Era la que me enviaste a mi casa aquella vez, justo antes de Navidad. Nunca la recibí, Jo, así que asumí que se había perdido en el correo, pero el sobre estaba abierto, así que es obvio que mi mamá la leyó. Por lo que sé, pudo haber encontrado mi escondite entonces y haber estado leyendo todas las cartas que has escrito.

Así que estoy en casa de Bron. Por ahora. Sus padres no están, regresan el miércoles de la próxima semana. Sus hermanos están organizando una gran fiesta de viernes 13 hoy en la noche, y va a venir también mucha gente de la Lincoln.

Ya me tomé un par de cervezas con Bron. Ahora decidió que el hecho de que me hayan echado de la casa es lo mejor que me pudo pasar en la vida.

«Esta será tu fiesta de libertad», dice. «La fiesta del primer-día-del-resto-de-tu-vida. Estás fuera, Kurl, en todos los sentidos de la palabra. Llama a Jo, ¡dile que venga! Eres libre. ¡Ambos pueden ser libres!».

Pero no te voy a llamar, Jo, es evidente. No porque hayamos terminado. Es que no lo puedo ver como Bron lo ve. No siento nada parecido a la libertad. Cuando dijo: «Estás fuera, Kurl», me dieron náuseas. De hecho, salí de la sala y fui al baño porque pensé que iba a vomitar. Al decir «fuera» quiso decir abiertamente gay, sin secretos, vive tu mejor vida, etcétera. Pero yo entendí «fuera» como afuera en el frío. Indigente.

Es irónico, ¿no? Por fin estoy fuera de ese agujero infernal y ahora ya lo extraño.

Atentamente,
AK

Querido Kurl:

Como te dije, ya no puedo escribir sobre este tipo de cosas. Ya no puedo narrar mi propia humillación como si yo fuera un adorable antihéroe de alguna serie de televisión. Entonces ¿por qué estoy apoyado en mi codo, haciendo un intento patético tras otro, tachando todo, haciendo bolita las páginas y aventándolas bajo el sofá? ¿Por qué siento una necesidad tan apremiante de registrar lo que me pasó después de la escuela?

Estaba yendo hacia la casa en Nelly y el auto de Liam VanSyke llegó y trató de darme un golpe de lado. Para que quede claro, lo hizo, utilizó su auto como instrumento de destrucción (no tiene caso culpar al auto en sí). La ventana trasera estaba abierta, Dowell se asomaba con los brazos extendidos y podía oír a Maya que decía desde el asiento delantero: «Más cerca».

Dowell alcanzó a agarrarme del pelo y me escupió en la mejilla.

«Jálalo hacia el coche», ordenó Maya.

Pero Liam giró bruscamente y Dowel no me soltó. Casi me caigo contra la orilla de la banqueta, pero logré ponerme de pie, frente a China King.

«¡Rata!», gritó Maya. «¡Estás muerto! ¡Estás muerto!».

Liam estacionó el auto en la calle junto al restaurante y los tres salieron de un brinco. Recordé que la malla ciclónica estaba levantada al final del estacionamiento, así que me dirigí a la abertura. Pero debí recordar que, si alguien se sabía todos los caminos secretos a Cherry Valley, serían ellos tres. Es probable que fueran ellos quienes cortaron la malla en primer lugar.

Estaban justo detrás de mí, corriendo por el borde del barranco detrás de mi bici. Y estaban *furiosos*. Deduje por el apelativo *rata* que uno de los testigos del incidente del casillero, tal vez la niña cuya voz oí pidiéndoles que pararan, había cumplido su promesa y le había contado al maestro sobre lo que había visto. Maya les seguía el paso a Dowell y a Liam —es *rápida* para ser tan chaparra— y me gritaba una colorida variedad de apelativos. Aquí en la naturaleza, no tendría que preocuparse de si llegaba demasiado lejos con terminología homofóbica. Tampoco tendría que preocuparse de si llegaba demasiado lejos con el castigo físico. Al estar atrapado de esa manera, el único pensamiento convincente que lograba traspasar mi niebla de pánico era: «Tú tienes ruedas; ellos, no». Así que giré mi bici y bajé derecho por la pared del barranco.

En la parte superior había un poco de tierra suelta y hojas, por lo que mis ruedas se resbalaron algo más de un metro antes de comenzar a rodar. Y entonces solo seguí rodando disparado, pendiente abajo. Debo haber zigzagueado por entre los árboles. Debo haber buscado alguna ruta abierta delante de mí. Debo haber ido parado sobre los pedales, recibiendo las sacudidas con mis rodillas. Debo haber hecho estas cosas, o me habría caído mucho antes de cuando por fin me caí. No soy ciclista de montaña y, como sabes, Nelly no es una bicicleta de alto rendimiento. Pero durante algunas docenas de segundos debo haber hecho todas las cosas que hacen los ciclistas de montaña.

Como era inevitable, un árbol estaba en mi camino. Creo que era uno pequeño, un retoño que habría sido derribado por alguna tormenta, que estaba cruzado en diagonal en mi camino. Pero mi manubrio derecho se atoró en él, lo cual me hizo girar hasta quedar en perpendicular a la pendiente; me di la vuelta y me deslicé con Nelly por lo que sentí que era la misma distancia en que había rodado. Todavía podía escucharlos por arriba de mí, gritando hurras uno al otro. Pensé que debían estar bajando. Tal vez había un camino que no había visto, o incluso unas escaleras en algún lugar cercano. Había aterrizado sobre Nelly de pecho y casi no podía respirar, pero levanté la bici, brinqué al asiento y conduje otra vez pendiente abajo.

Por fortuna, ya estaba casi al fondo. Salí de pronto al riachuelo y anduve por la ladera, donde el muro de contención es plano. ¿Sabes de cuál te hablo? Ese lado donde hay unas secciones de malla de gallinero llenas de grava. No sé cómo te las arreglaste para pescar a Nelly y sacarla, Kurl. El muro de ese lado es alto y es liso, y del otro lado es puro lodo. Ahora que volví a ver el riachuelo, recordar que hiciste eso por mí hace que me empiece a doler el pecho con mucha más violencia.

Para mí es un completo misterio cómo fui capaz de pedalear tan rápido por ese muro sin caer al riachuelo. ¿Adrenalina pura, tal vez? Se sentía tan bien, Kurl. Sentí que no había espacio para errores. En retrospectiva, por supuesto, todo fue un error. Debí haber abandonado a Nelly en el estacionamiento y dirigirme al China King. De hecho, podía haber entrado al restaurante con Nelly junto a mí. No me habrían echado si les hubiera explicado la verdad. Un día me pondré de pie hasta arriba del barranco, miraré el precipicio desde lo alto y sentiré náuseas al pensar en la arriesgada artimaña que logré esta tarde. Pero, en ese momento en particular, yendo a toda velocidad a lo largo del riachuelo, se sentía bien. Podría seguir, pensaba. Este riachuelo me llevaría justo afuera de la ciudad.

De algún modo, por fin llegué a casa. Un lado entero de mis costillas se había puesto increíblemente morado. Tomé algunos puñados de hielo del congelador, los puse en una bolsa de plástico que envolví con una toalla de la cocina y me acosté en el sillón con la bolsa en el pecho.

Es una posición muy extraña para escribir, pero quería anotarlo. Por alguna razón, tener todo en papel me parece más importante que nunca. Tal vez se debe al hecho de que trataste de terminar conmigo en esa última carta. Te dije que rechazaba el rompimiento, pero, mientras —hasta que tengamos una oportunidad para solucionar las cosas frente a frente—, siento una necesidad vital de documentarlo todo para mantener el registro en orden.

Tuyo,
Jo

Querido Kurl:

Debo haberme quedado dormido en el sillón anoche, justo
después de guardar esa última carta en mi bolsillo. Cuando
me desperté, mi pecho palpitaba mucho más fuerte. Lyle
entró a la sala sosteniendo un vaso de whisky y, cuando
encendió la luz y me vio ahí acostado, derramó un poco.
«¡Jesucristo, Jonathan!», exclamó.

«Perdón. Me quedé dormido», dije. Me levanté sobre
un codo. «¿Qué te pasó en la cara?».

Lyle tenía un moretón en la mejilla, justo al lado de su
nariz, con un rasguño con sangre en el centro. Cuando se
sentó en la silla frente a mí, vi que los nudillos de la mano
con la que sostenía el vaso estaban rojos y también rasgu-
ñados. Me senté. «¿Te metiste en una pelea?».

«Una breve, sí», respondió Lyle. «¿Qué? ¿Es gracioso o
algo así?».

Borré la sonrisa de mi boca. «No. Es solo… algo más o
menos impactante. ¿Con quién te peleaste?».

«El dueño del Ace», contestó.

«¿Axel?».

Lyle hizo un ruido con su garganta. «No me digas que

tú también has estado yendo ahí».

«No, solo sé quién es», respondí, y mi corazón empezó a latir con fuerza ante la posibilidad de traicionar a Shayna por accidente. Que Lyle se hubiera enterado de que mi hermana había estado ahí no significaba que supiera todo.

Pero, al parecer, sí sabía todo. «¿Sabías que el imbécil ha estado dejando que tu hermana dé presentaciones?», preguntó Lyle. «¡La ha estado poniendo en el escenario! ¡Le ha estado dando alcohol y Dios sabe qué más!».

«¿Cómo supiste?».

«Bronwyn me llamó», contestó. «Me dijo que pensaba que yo tal vez debía ir y "checarla alguna vez". Como si no fuera gran cosa. Como si algún día yo pudiera decir: "¿Sabes qué? Creo que voy a caerle al Ace hoy para tomar una cerveza o dos, casualmente"».

«Entonces, ¿trajiste a Shayna a casa?», quise saber.

«Debería llamar a la policía, eso es lo que debería hacer». Lyle tomó un trago enorme de su vaso. Su mano temblaba. «Ese idiota».

«Lyle», murmuré. Creo que no había visto a mi padre tan molesto.

«¡Ese asqueroso comemierda idiota!».

«¡Lyle!».

Me miró. «¿Qué? Lo siento».

«¿Está aquí Shayna? ¿La trajiste a casa?».

«Quería ir a la casa de Bronwyn, hay una especie de fiesta hoy». Suspiró. «Estaba muy molesta conmigo».

«Me puedo imaginar», dije.

Lyle vació su whisky y luego se quedó ahí, con la vista fija en la alfombra y haciendo sonar su hielo una y otra vez en su vaso.

Fui a la cocina y tomé un poco de agua. Mis costillas eran un volcán de dolor. Pero no me parecía el momento adecuado para contarle a mi padre sobre mi aventura de la tarde.

Levanté mi camisa y me maravillé por la manera en que el moretón había madurado a un morado berenjena italiana. Después busqué en el cajón de las vitaminas hasta que encontré la botella de oxicodona de cuando Lyle se lastimó la espalda el invierno pasado. «Tome 1-2 tabletas cada 4-6 horas según sea necesario», decía. Tomé dos pastillas y guardé la botella en mi bolsillo.

«Creo que tal vez debería regresar y traérmela», dijo Lyle cuando regresé a la sala.

«¿Quieres decir llegar de improviso a la fiesta de Bron? Eso no me suena como el mejor plan», afirmé. «Ten». Le di la bolsa que había llenado con hielo fresco. «Póntela en la cara».

«Gracias», dijo. «Es que… le dije algunas cosas a Shayna en el auto. Le dije algunas cosas de tu madre».

«¿Qué cosas?».

«Bueno, escuchó algunas cuando estaba discutiendo con Axel, así que tuve que explicarle. Tuve que decirle la verdad». Lyle se llevó la bolsa de hielo a la mejilla lastimada únicamente por el más breve de los momentos; ahora estaba olvidada en el descansabrazos de su silla.

Me di cuenta de que ya había decidido decirme lo que fuera que le hubiera contado a mi hermana, y tuve el impulso repentino de gritarle: «¡No, espérate!». Cuando me pregunté a mí mismo qué quería que esperara, la respuesta fue a que me dejaran de doler las costillas. «Por favor, Lyle, ¿no te importaría esperar un poco para hacer tu gran confesión hasta que estas pastillas surtan efecto?».

Naturalmente, no dije nada, pero sentí que todos los músculos de mi cuerpo adquirían una ligera tensión, todos al mismo tiempo, como si estuviera preparándome para un impacto.

«Jonathan». Lyle me miró de frente por un momento, pero después desvió la mirada hacia un lado, al cojín que estaba junto a mí. «La verdad es que Raphael tenía un problema de drogas. Uno muy serio». Me lanzó una rápida ojeada y apartó los ojos otra vez. «Y Axel Duncan era su *dealer*. Tomó mucho de su dinero… de nuestro dinero. Tomó… Bueno, tomó todo. Le quitó todo».

Lyle se puso de pie de repente y caminó al pasillo. «Tengo que traer a Shayna».

«¡Papá!», exclamó la misma parte de mí que había querido gritar: «¡No, espérate!», hacía un momento.

Eso lo detuvo. Se dio la vuelta.

Quería preguntarle más sobre Raphael, pero, en lugar de eso, le propuse: «¿Y qué tal si mejor voy yo a la fiesta? Tú me llevas y me aseguro de que Shayna esté bien».

Lyle se talló la cara con una mano e hizo una mueca de dolor cuando su palma tocó la parte moreteada.

«¿De acuerdo?», preguntó.

«Okey», accedió, y suspiró. «Okey, esa es una buena idea. ¿Estás seguro?».

«Seguro», respondí.

Tuyo,
Jo

Sábado, 14 de mayo

Querido pequeño Jo:

Pensarías que habría aprendido del tío Viktor que beber no logra que nada mejore. Pensarías que a estas alturas esta lección en particular habría penetrado ya en lo profundo de mis huesos o, por lo menos, estaría grabada como cicatriz en mi piel. Que emborracharte tanto como puedas para olvidar lo que está mal no te tranquiliza.

Ya estábamos un poco borrachos, Bron y yo, para cuando Shayna llegó. O sea, habíamos estado tomando desde mucho antes de que empezara la fiesta, y eran... ¿qué? ¿Las diez de la noche, las once? Cuando ella llegó intempestivamente a la casa gritando en busca de Bron.

«Qué perra. Qué perra», repetía. Gritaba por encima de la música. «¡No puedo creer que le dijeras a Lyle, perra, estúpida!».

Shayna arrastraba las palabras —estaba bastante borracha, probablemente—. Llevaba puesto un top de encaje que dejaba su estómago a la vista y un par de esos shorts cortados y supercortos, esos cuyos bolsillos delanteros se asoman por abajo del corte. Delineador grueso y negro. Enormes arracadas de plata en sus orejas.

Y Bron trataba de actuar de una manera totalmente razonable y calmada. Ya sabes cómo representa ese papel de yo-soy-la-persona-mayor-aquí.

«Lo hice por ti, Shay. Fue una intervención. Me lo agradecerás, te lo prometo». Etcétera. Esto solo enervó aún más a Shayna.

«El bajo airado de las amistades contrariadas», así es como Walt lo llama en algún lugar. No tenía idea de qué discutían. A decir verdad, no me importaba mucho. Me quedé sentado en el sofá. Levanté mi botella de cerveza medio vacía y las miré a través del vidrio. Era una de esas cervezas caras que beben los Otulah-Tierney, una botella verde con el nombre de la marca grabado en el vidrio en lugar de una etiqueta. Observé su pleito a través del vidrio. Bron y Shayna estaban alargadas y borrosas, más pequeñas que en la vida real.

Creo que debía estar bastante borracho, porque pensé que sus voces sonaban más calladas a través del vidrio. Probaba una y otra vez: sostenía la botella contra mi cara, hacia un lado y hacia el otro, para ver si el volumen cambiaba junto con la imagen.

Así que más o menos me perdí la discusión, pero Shayna empezaba a sentirse cada vez más triste. Fuera cual fuera el enojo con el que empezó, este se dio la vuelta hasta convertirse en tristeza. Empezó a llorar y enseguida las lágrimas le impidieron decir nada más. Bron trató de abrazarla, pero Shayna la empujó.

«No eres mi amiga. No eres mi amiga», repetía una y otra vez, jadeando y tartamudeando mientras lloraba.

Otras personas en la fiesta empezaron a notarlo y se acercaron a preguntar si todo estaba bien. Al final Bron me dio un golpe y me pidió que, por favor, me levantara y llevara a Shayna arriba, para ver si la podía calmar.

Prácticamente, tuve que cargarla hasta el piso de arriba. No era tanto que se resistiera a que la llevara, sino que lloraba tan fuerte que no se podía mover. Unos chicos de primero estaban fajando en la cama de Bron. Se pusieron su ropa como pudieron cuando entré balanceándome con Shayna, mientras decían: «Perdona, amigo, perdona, este cuarto es todo tuyo».

Por lo general, eso le habría hecho gracia a Shayna, pero no creo que los notara siquiera.

Aunque sí se calmó. Estaba acostada en la cama de Bron tomando bocanadas grandes y temblorosas de aire. Tenía hipo. Yo estaba acostado junto a ella y le quitaba el pelo de la cara, que estaba empapado con lágrimas grasosas y negras y posiblemente mocos. Le acariciaba el pelo como si ella fuera un gato.

Me dormía y me despertaba. Una vez la miré y mi mano estaba descansando pesada sobre su oído. Tenía los ojos abiertos, rojos y miserables en sus círculos negros de mapache, y me miraba fijamente. La siguiente vez que me desperté, mis dos manos estaban apachurradas bajo mi mejilla y los ojos de Shayna estaban cerrados.

Y la vez siguiente que me desperté, ella estaba encima de mí. Besándome. Se había quitado la mitad de la ropa y luego se la quitó toda. Luego mi camisa.

¿Por qué no la detuve? ¿Por qué no me detuve? No sé. Ojalá pudiera decir que estaba demasiado borracho. Que no sabía lo que pasaba. Pero la verdad es que lo sabía. Lo sabía. Y, entonces, ¿por qué no me detuve?

Me bajó el cierre de los jeans o lo hice yo. Me los bajé. Había un condón y me lo puse.

No sé. Tal vez pensé que sería más fácil de esa manera. Que todo sería más fácil.

Se sentó encima de mí y se deslizó hacia abajo y luego otra vez hacia arriba. Se meció hacia delante y hacia atrás. No sé por qué no la detuve. Pero debo decir que fue fácil. Fue fácil y rápido.

Justo así, pensaba todo el tiempo. Fácil. Todo será mucho más fácil de esta forma.

Atentamente,
AK

Querido Kurl:

Tú eres el experto en dolor. En realidad, nunca hemos hablado de eso, pero debes conocer de manera íntima y personal todos los detalles de la forma en que opera el dolor dentro del cuerpo humano.

¿Cuántas veces debes haber ido tambaleándote al baño para abrir la llave del agua fría y poner tus manos como tazón contra tu cara durante largos minutos, o habrás puesto tu espalda bajo el agua fría de la regadera, inclinando tu cabeza mientras esperas la insensibilidad? Esperas, esperas sentir menos, algo diferente.

Y no hay pensamiento posible durante la espera, ¿o sí? Solo hay espacio para el dolor y la espera de algo distinto al dolor. Nada más.

No necesito hablarte del dolor, ¿o sí, Kurl?

Abrí la puerta del cuarto de Bron y te vi. A ti y a Shayna. Los dos. La espalda desnuda de mi hermana arqueándose. Sus piernas montándote a horcajadas.

Ni siquiera vi tu cara. No necesité ver tu cara para reconocer tus muslos desnudos, la planta de tu pie descalzo con sus yemas rojizas y la extensión ancha y pálida de tu empeine.

Cerré la puerta antes de exhalar. O puede que no exhalara en absoluto. Perdí el aliento.

El dolor todavía estaba centrado en mis costillas, me atravesaba el pecho. Pero ahora se irradiaba hacia todos lados, el dolor. Exprimía mis costillas por ambos lados, desde la columna al esternón. Me oprimía la cadera y las rodillas, por lo que me salté cuatro o cinco escalones al bajar las escaleras hasta el piso principal.

Se me cayeron las pastillas de Lyle por todo el vestíbulo. Algunas personas empezaron a recogerlas del tapete, pero les grité hasta que retrocedieron y me dejaron buscarlas a tientas y regresarlas a la botella.

Un amigo de los hermanos de Bron me sirvió varios tragos en la cocina, y de esa manera pasó algún tiempo. Después de un rato, fui al baño, vomité y vi unas de las pastillas de Lyle flotando en el vómito del escusado.

Así que esta vez, cuando regresé a la cocina, molí varias pastillas más con el mango de un cuchillo, me agaché y las lamí en la cubierta. Quería aspirarlas —en ese momento, con toda seriedad quería ser el chico de la fiesta que se metía oxi en la cubierta de la cocina—, pero me daba mucho miedo el espectro de una hemorragia nasal o una sobredosis, o un coma o la muerte.

Lo extraño era que, cuando molí las pastillas, no estaba pensando para nada en Raphael. No estaba pensando en la revelación de Lyle. De hecho, la había olvidado por completo. No estaba pensando en nada más que en el dolor, en acabar con el dolor.

Los amigos de Izzy y Ezra tomaron algunas pastillas y me dieron unos tragos más.

Empecé a hacer chistes. Doblé servilletas de papel y formé varios pájaros. Alguien señaló que mi bufanda estaba embarrada de vómito, así que me la quité y la arrojé al triturador, que se atascó e hizo un sonido fuerte, como un lloriqueo. Uno de los gemelos se molestó por eso y me dijo que costaba mil setecientos dólares reparar esa máquina. Por alguna razón, eso era lo más gracioso que había escuchado: que el hermano menor de Bron supiera el costo preciso de reparar una unidad para triturar basura.

Alguien puso a Barry White, así que me subí a la isla de la cocina, junto al fregadero, para hacer un striptease. Primero me quité el cinturón e hice algunos movimientos con él, luego empecé a trabajar con los botones de mi camisa, que resultaron bastante difíciles porque empezaba a sentir mis dedos como si fueran de goma.

Había muchas risas y abucheos por mi actuación, pero cuando lancé mi cinturón al triturador, además de la bufanda, los gemelos —Izzy y Ezra al mismo tiempo, esta vez— decidieron que ya era suficiente. Cada uno me tomó de un brazo y me bajaron al piso. Me aventaron mi camisa y mi cinturón, y me pidieron que me largara de su cocina.

Afuera junto a la alberca estaba Dowell. Él y los otros Carniceros no estaban en el jacuzzi, sino tumbados en las sillas reclinables, mirando a las chicas que salpicaban agua en el jacuzzi. Maya tenía puesto un bikini rojo.

¿Por qué estaban los Carniceros en la fiesta de Bron? No tenía sentido, pero de pronto me pareció que todo cobraba un sentido perfecto. Era perfecto que estuvieran ahí, justo a la mitad de todo este dolor.

Tiré mi camisa y mi cinturón al extremo de la tumbona de Dowell y me senté directo en su regazo. Rodeé su cuello con mis brazos. No sé exactamente qué le dije («Te extraño» o algo así), pero se levantó tan rápido que su botella de cerveza se hizo añicos en el concreto.

Los Carniceros empezaron a aventarme de un lado a otro, pero de alguna manera una y otra vez lograba contonearme pegado a Dowell. Creo que él estaba tan acostumbrado a que yo siempre intentara poner distancia entre nosotros, que no supo cómo defenderse cuando, en lugar de eso, yo estaba determinado a anular esa distancia.

Maya brincaba alrededor, toda emocionada, y retomaba su tema de la tarde, en Cherry Valley: los había delatado y me iban a golpear hasta el cansancio.

«¡Ya pégale!», gritó. Levantó mi cinturón y lo aventó a las manos de Dowell. «¡Aquí está! Pégale, estúpido».

Obediente, Dowell me pegó con el cinturón una, dos veces.

Yo no paraba de hablar, no sé qué decía («¿Qué te pasa, Christopher? Éramos tan buenos amigos», algo así), y uno de los Carniceros, Liam, creo, me sostuvo de los brazos mientras Dowell empezó a pegarme más fuerte con el cinturón.

Cada vez que el cinturón hacía contacto con mi espalda, mis hombros, mi cuello, me maravillaba lo poco que me dolía. Las pastillas de Lyle eran maravillosas. La adrenalina y el miedo viajaban a través de mí; se sentían más frescos y menos venenosos que el dolor que había sentido antes, arriba.

Entonces el cinturón golpeó los dedos de Liam. Gritó algunas groserías y me soltó; entonces mi pecho rebotó en la orilla de la silla reclinable, justo donde más me dolían las costillas y me escuché soltar un grito.

Para este momento, se había juntado un círculo entero de gente y Dowell seguía meciendo el cinturón, pero fallaba tantas veces como atinaba, y decía: «Qué enfermo y pervertido eres, cochino putito», cosas así, ahora ya jadeando, sin aliento por el esfuerzo y por su furia.

Me giré para verlo y el cinturón me dio en el pómulo y el ojo. Oí otra vez el grito: el mío, mi grito. No podía ver, y me puse una mano en la mejilla porque pensé que me había sacado el ojo.

Pero sentía menos dolor, Kurl. Eso era todo lo que había esperado, todo para lo que me había esforzado desde que te vi arriba con mi hermana.

Tuyo,
Jo

Querido pequeño Jo:

Shayna y yo bajamos las escaleras y encontramos la sala vacía. No hablamos mucho. Le había preguntado un par de veces, mientras nos poníamos la ropa otra vez, si estaba bien.

Por fin dijo: «No seas idiota. Nada está *bien*».

No había mucho que decir después de eso. En la sala, un hilo de humo ascendía en diagonal desde un hoyo que había en el cojín del sillón y hacia la puerta abierta del patio. Una colilla de cigarro. La saqué del agujero y la dejé caer en una cerveza abandonada. Me preguntaba cuánto tiempo habría pasado, porque la multitud había disminuido de manera considerable.

Entonces te oí gritar, Jo.

O sea, es posible que la voz de cualquier adolescente se rompa en un grito como ese, pero supe que eras tú, y Shayna también lo supo. Salió por la puerta antes que yo, abriéndose paso a empujones entre la gente que se arremolinaba junto a la alberca.

No vi a los Carniceros. Creo que ni siquiera te vi a ti, no sino hasta después.

Solo vi una cosa: el cinturón. El cinturón golpeando unos hombros desnudos, el cinturón bajando y mordiendo la carne al rojo vivo. Ese cinturón era lo único que había en el universo.

El reporte que me pidieron que firmara indicaba que fue una «breve pelea a puños». Creo que Shayna debe haberles dicho eso a los policías, o tal vez Bron. Recuerdo esas palabras específicas del reporte porque parecían una mentira. *Pelea* era la palabra equivocada. *Breve* también estaba mal. Duró años. Fue como jalar el gatillo una y otra vez, esperando a que la recámara se vacíe, y la recámara nunca se termina de vaciar.

Me balanceé y pegué y me aferré y pegué más hasta que mis puños quedaron hechos puré. Hasta que sentí palpitar mis palmas y mis nudillos insensibles. Entonces tomé el cinturón, lo hice oscilar y golpeé con él hasta que sentí que los músculos de mi codo y mi hombro me quemaban. Pero tampoco entonces me vacié. No me había aligerado y nada resultaba más fácil, ni siquiera un poco.

Entonces, ¿qué fue lo que al fin me detuvo? Nada. Podría haber seguido para siempre. Podría haberlo matado. Y no digo que al final noté que me estaba pasando de la raya y elegí detenerme. Estoy diciendo que hubiera podido matar a Christopher Dowell con facilidad, sin notar ninguna diferencia.

La cosa es que escribir depende de los hechos. Depende de saber ciertas cosas: el significado de las palabras, para empezar. Como *carácter*. Como en «Adam Kurlansky tiene carácter». Como *estribos*. Como en «Adam Kurlansky perdió los estribos».

Entonces, ¿cuál es? ¿Tengo carácter o perdí los estribos? ¿Cuál es mejor? ¿Es el carácter una fiebre, como tener una temperatura alta? ¿O es una suerte de locura, como en un perro con rabia que ataca a un bebé y hay que sedarlo?

En mi caso, creo que es rabia. Esta rabia. Es como un perro viejo y enfermo que alguien dejó en mi puerta, una horrorosa criatura que nunca quise tener a mi cargo. Apesta, este perro. Es feo y feroz. Lo dejo encerrado en el vestíbulo y mantengo a las visitas en la otra parte de la casa para que no escuchen sus lamentos ni huelan su orina.

Pero siempre está ahí, esta rabia. No se muere aunque la mate de hambre. Siempre está ahí, esperando a que alguien le abra la puerta. Tampoco le importa quién abra la puerta. Está esperando a que alguien llegue a la casa por equivocación, estire el brazo y gire la perilla. Está esperando su oportunidad de arremeter y morder y no dejar ir, pase lo que pase.

Atentamente,
AK

Querido Kurl:

Todo lo que podía pensar era controlar el dolor lo más posible, y el jacuzzi parecía una buena forma de lograrlo. Ya nadie estaba ahí: todos se habían reunido alrededor tuyo y de Dowell, o lo que quedaba de Dowell. Al parecer, fui yo quien insistió en que Bron llamara a la policía; Shayna dice que empecé a gritarle a ella que llamara a la policía en cuanto vi que levantaste el cinturón. Pero, para ser honestos, no tengo ningún recuerdo de eso.

Solo recuerdo haberme dado cuenta, mientras me metía al jacuzzi, de que todavía tenía puestos mis pantalones de lana y que seguramente el agua caliente y el cloro arruinarían la tela. Y entonces mi calcetín se resbaló en el vinil mojado y me sumergí hasta el cuello; sentí el agua caliente en mi espalda como cuchillos que cortaban al mismo tiempo cada uno de los golpes del cinturón.

Para cuando ustedes dedujeron adónde me había escabullido, los policías ya estaban en camino y todos se habían fugado de la fiesta. Te acercaste y trataste de levantarme de las axilas para salir del agua, pero me escapé de ti. Sumergí la cabeza bajo el agua y resurgí con la respiración entrecortada por el dolor en mi ojo.

Y fue así como nos encontró la policía: yo, estirado en el jacuzzi con mis pantalones de lana convirtiéndose en fieltro alrededor de mis piernas; tú, agachado en la orilla del jacuzzi con tus manos sumergidas en la espuma; Bron y Shayna, discutiendo en susurros furiosos a unos cuantos metros de distancia; y Dowell, desplomado y solo por ahí cerca, con las manos en la cara.

Los paramédicos atendieron a Dowell primero, girándolo como a un pedazo de carne y luego levantándolo de forma experta hasta colocarlo en una camilla. Profesionales.

Después uno de los paramédicos me ordenó que me saliera del jacuzzi. Intenté complacerlo lo mejor que pude, pero estaba tan mareado que dos de ellos tuvieron que ayudarme. Me colocaron en el piso con una cobija que envolvía mis hombros y me ayudaron a tomar un vaso de agua.

«Lo han perseguido durante todo el año», les explicó Shayna a los policías. «Pueden preguntarle a cualquiera».

«Esta mañana, en la escuela, también hubo un incidente grave», dijo Bron. «Vean los moretones de su pecho. Es un blanco, pura y simplemente».

«Vean su espalda. ¡Véanla!». Shayna empezó a llorar. Los policías estaban tratando de hablarte, Kurl, pero Shayna no dejaba que nadie dijera nada.

«Adam de verdad se preocupa por mi hermano. Ya fue suficiente. Había que hacer algo».

«¿Adam es tu novio?», le preguntó uno de los oficiales, y Shayna no contestó.

Vi que giraste la cabeza para ver a mi hermana.

«Adam», dijo la otra policía, mujer. «¿Eres su novio? ¿Es por eso que te involucraste?».

«¿Es un escenario de acoso escolar?», preguntó el policía. «¿El hermanito de tu novia es homosexual y lo están molestando?».

Estaba escribiendo todo en su bloc de notas.

No dijiste nada, y Shayna tampoco. Pero Bron asentía ahora. «¿Pueden culpar a Adam? Es muy difícil presenciar algo así. Jonathan es en verdad un chico muy dulce, no merece este abuso. Acoso escolar por gay. Toda esta homofobia».

El policía anotó todo. Buscaron más testigos por toda la casa, pero todos se habían ido, incluyendo, por supuesto, a los Carniceros.

Consultaron con el personal de la ambulancia sobre Dowell y yo, y decidieron que no deberían forzarme a viajar en la misma ambulancia que mi agresor, así que llamaron a otra para que viniera por mí. Necesitaban tomar una radiografía de mi pecho, me explicaron.

Mientras esperábamos a que llegara la segunda ambulancia, ofrecí de manera voluntaria información sobre los analgésicos y el alcohol que había en mi sistema. Me tomó varios intentos lograr que las palabras que decía fueran lo bastante claras para que me entendieran. Estaba mareado y, en la cobija, me estaba dando sueño; de pronto me preocupó que pudiera morir. Sentí que podía estar muriendo.

Mientras, podía oír que la policía amenazaba con llevarte a la estación, Kurl, para obtener una declaración adecuada si no les contabas, en tus propias palabras, lo que había pasado.

Pero no decías nada más que tu nombre. Solo repetías que lo lamentabas, y tus ojos eran unos agujeros vacíos y negros en tu cara. Tus nudillos estaban magullados y raspados, al rojo vivo, por lo que era obvio que habías dado muchos golpes.

Bron, y al final también Shayna se le unió, les decía que tú me habías defendido, que habías tenido que intervenir para defenderme de los hostigadores. Yo, o sea, el hermanito de tu novia. El hermanito de tu novia, Shayna.

Tuyo,
Jo

Sábado, 14 de mayo (continuación)

Querido pequeño Jo:

Lo más importante no es siquiera que lo lamente. O sea, sí lo lamento. Nunca he lamentado nada más en mi vida. Sé que debes haberlo sentido como una traición. Es una traición. No lo hice con cualquier otra persona, sino con tu hermana. El peor tipo de traición, probablemente. Lo lamento tanto.

Pero eso no es lo más importante. Lo más importante es que terminaste conmigo, Jo. Es absolutamente crucial. No es solo que sea más fácil para ambos. También es más seguro. Será más seguro para ti. Porque puedes estar seguro de un hecho en todo esto. Un hecho que ahora ya comprobé ante mí mismo y ante todos, sin duda alguna: estoy completamente fuera de control. Pudo ser cualquiera a quien le pegara en esa alberca. Podrías haber sido tú, Jo. O sea, ni siquiera podría distinguir la diferencia.

Atentamente,
AK

Querido Kurl:

La sala de emergencias estaba llena de emergencias. Había un niño pequeño que silbaba al respirar y que estaba azul alrededor de los labios. Había un hombre borracho con un clavo que atravesaba la palma de su mano. Había una mujer anciana, acostada en tres asientos, que lloraba, gemía y se apretaba un costado con la mano mientras una mujer más joven le hablaba enojada.

Shayna y yo nos sentamos uno junto al otro en unas sillas de plástico anaranjado con forma de huevo. De alguna manera, ella había encontrado mi camisa en los alrededores de la alberca, así que yo la tenía puesta; sin embargo, como me habían arrancado los pantalones mojados en el camino, solo tenía la cobija de la ambulancia envolviéndome de la cintura para abajo. Habían hablado de dejarme en la camilla, pero después la necesitaron para un hombre a quien le había explotado el apéndice.

Las sillas estaban atornilladas al suelo, pero giraban, lo que pensé que era un diseño curioso para una sala de emergencias. ¿Por qué pensaron que los parientes querrían girar de un lado al otro en su silla? ¿Se suponía que era para fomentar que cada quien se consolara a sí mismo? ¿Se suponía que yo debía mecerme de un lado al otro con suavidad e imaginar que me estaba balanceando en los brazos de mi mamá? La curvatura de plástico duro de mi huevo chocaba con la de Shayna cada vez que giraba en su dirección.

«¿Cuál es el propósito de una ambulancia si luego nos abandonan aquí?», preguntó Shayna. «También podían habernos dejado en una parada de autobús».

«¿Por qué crees que estas sillas giran?», le pregunté.

«Tus costillas se van a curar si esperan mucho más», continuó.

«Tal vez están diseñadas para calibrar tu oído interior», dije sin dejar de girar. «O para calmar tus receptores del dolor».

Shayna se levantó y fue a la caseta de registro, hecha de plexiglás. Se agachó para hablar en el micrófono de la enfermera de admisión. ¡ALTO!, decía la cinta pegada en la ventana que estaba junto a su cabeza. ¿TIENE USTED TOS Y FIEBRE?

Estaba disfrutando la nebulosa sensación de estar co-mo flotando que me provocaban las drogas en mi torrente sanguíneo. Era como estar acostado en un colchón de aire adentro de mi propia piel. El tiempo transcurría de manera desigual, en pequeños borbotones separados por lapsos largos. Los paramédicos habían encontrado el frasco de medicamento en el bolsillo de mi pantalón, y al parecer la dosis no era lo bastante fuerte para matarme, aun cuando había ingerido más de tres o cuatro pastillas que había logrado lamer en la cubierta de la cocina de Bron.

Shayna regresó y se hundió en su silla de huevo.

«¿Sabes lo que es probable que estén haciendo todos los doctores?», pregunté. «Seguramente se están ocupando de Dowell».

«Que se joda Dowell», espetó Shayna. «Debería ir y desconectarlo».

«¿Crees que esté conectado en soporte vital?».

«Ni puta idea», respondió. Y después de un minuto: «No está en soporte vital. Estoy segura de que está bien, Jojo. Moretones. Cuando mucho, una conmoción». Después de otro minuto, añadió: «Resulta que mamá era prostituta».

Paré de girar por un instante y golpeé su silla con la mía.

«No digas eso».

«Sí, lo era. Fue a Los Ángeles para ser prostituta».

«¿Axel te dijo eso?», pregunté. «Porque, si lo hizo, dice puras estupideces. Ni siquiera tiene sentido».

«No me lo dijo a mí, se lo dijo a Lyle».

«Pero ¿qué dijo exactamente? ¿Cuáles fueron sus palabras exactas?».

«Dijo: "Ella hizo lo que quería, hombre. No puedes culparme a mí por eso". Y eso tiene sentido», agregó Shayna. «Era adicta a la heroína. Necesitaba dinero».

Continué girando en mi silla.

«Jojo», murmuró, «lamento mucho lo que les dije a los policías».

«Está bien».

«Lo lamento mucho. Pensé que Kurl iba a…».

La interrumpí: «Está bien». No podía soportar la forma en que sonaba tu nombre en boca de Shayna. Saltó de entre el resto de sus palabras y me golpeó como un puñetazo en la cara.

«Pensé que se metería en menos problemas, ¿sabes?, si decíamos…».

«Entiendo», dije.

«Pero lamento haber mentido», concluyó.

Me encogí de hombros. «O fue la verdad».

Sentí su mirada sobre mí. «No».

«Tal vez así fue».

«No. ¿Te dijo algo a ti? Kurl y yo no somos… no».

Las vueltas en la silla hicieron lo opuesto al efecto calmante previsto. Tenía que vomitar. Apreté la cobija de la ambulancia alrededor de mi cintura y, aunque eché una carrera al baño, solo llegué a los basureros.

«Bien salvado», dijo un hombre. Llevaba puesta ropa quirúrgica y tenía fundas en sus zapatos. Me dio un pañuelo desechable para limpiarme la cara.

Me enjuagué la boca en el lavabo del baño y luego me encerré en uno de los urinarios y me senté sobre la tapa cerrada del escusado, con la frente descansando en la pared metálica. Pensé en Shayna, que se acababa de disculpar conmigo por mentir mientras que a la vez me mentía otro poco más. Que no sabía que yo sabía que me estaba mintiendo. Que no sabía que yo había entrado al cuarto mientras tenía sexo contigo, Kurl.

Pensé en ti agachado junto al jacuzzi de Bron con tus manos en la espuma. Tus ojos como agujeros negros. Las náuseas levantaron olas dentro de mí otra vez, la bilis subió por mi boca.

Oí un golpe en la puerta del urinario y la voz de Lyle diciendo mi nombre. Cuando salí me rodeó con sus brazos, y luego los bajó y se disculpó al ver que solté un chillido en cuanto me tocó los hombros.

Lyle estaba pálido y preocupado, con los ojos llorosos.

«¿Estás bien? ¿Estás bien?», repetía una y otra vez, y, por supuesto, verlo triste también me hizo querer empezar a llorar.

Me había traído pijama, calcetines y zapatos y me ayudó a vestirme en el baño, mientras yo lloraba.

Estaba agotado. Creo que, de ese momento en adelante, lloré y lloré sin cesar, más que nada por el cansancio y tal vez también por cierto alivio, como si ahora que mi padre estaba en la escena yo pudiera desmoronarme de forma segura. Así que lloré un poco, a intervalos, durante el proceso de las radiografías y después, al esperar que un doctor viniera a examinar la radiografía y nos comunicara que me había roto dos costillas.

Ya nos habíamos enterado de las fracturas por la técnica radióloga, que era una mujer bajita con un uniforme médico rosa muy ajustado y trencitas africanas. Señaló la rotura que era más difícil de detectar, una fractura muy fina en el hueso bajo mi pezón derecho, y nos explicó que podían poner una cinta en las costillas, pero eso no evitaría una mella. *Mella* es la palabra que usó.

Pero la doctora no me vendó las costillas. Palpó alrededor hasta que el dolor fue más fuerte que los calmantes y grité.

«Una vez que nos aseguremos de que están alineadas, ellas solas harán lo demás», dijo. «Los huesos saben lo que hacen».

Por alguna razón Shayna rio con esto, y la doctora pareció complacida. Parecía querer animarla.

«Pones dos huesos en un cuarto juntos», explicó, «y en un par de semanas serán uno solo».

Shayna rio tan fuerte que sospeché que estaba al borde de la histeria.

De camino a casa, me subí al asiento trasero, medio dormido y con náuseas. Shayna había encendido la pipa de mota de Lyle, pero se rehusaba a pasársela a él.

Trató de bromear con ella: «No me tacañees», dijo.

Tacañear es el verbo que viene de *tacaño* y que inventaron los Decent Fellows para describir el acto de no forjar un toque lo bastante grueso, o llenar muy poco la pipa de uno o un vape, en un esfuerzo egoísta por evitar compartir la propia hierba.

Shayna no le contestó, solo bajó la ventana para exhalar y que no le llegara a él ni un poco de su humo de segunda mano.

«Es mi hierba», le recordó Lyle, pero ella permaneció impasible.

Me habían dado nuevos analgésicos, los apropiados, pero no tenía permiso de tomar el primero sino hasta la mañana. Tuve que sentarme en el asiento trasero, inclinarme hacia delante y sostenerme en perfecta inmovilidad para que ninguna parte de mi cuerpo hiciera contacto innecesario con ninguna parte del auto. Era agotador, y después de un minuto cerré los ojos y descansé mi sien contra la ventana del auto. Pensé en tu espalda, Kurl, en cuántas veces debes haberte inclinado hacia delante en una silla, y luché contra las náuseas que surgieron de nuevo.

Shayna había puesto la música a un volumen muy alto, y cuando Lyle trató de bajarle un poco, giró la perilla y la puso todavía más fuerte.

«¿Cómo se murió?», pregunté.

«¿Qué?», preguntó Lyle por encima de su hombro.

Me incliné un poco más hacia delante y hablé más fuerte: «¿Cómo se murió?».

«¿Quién?», quiso saber Lyle.

«Raphael», respondí.

«Mamá», me corrigió Shayna. Apagó la música. «Sí, ¿cómo *murió* mamá, Lyle?».

«No fue un accidente de bicicleta, ¿verdad?», supuse.

«No sé», admitió Lyle.

«¿Qué?», dijo Shayna.

«No sé cómo murió».

«¡Deja de mentirnos!», gritó Shayna.

Lyle se estacionó. Desabrochó su cinturón de seguridad y giró en su asiento para poder vernos a los dos. «La encontraron en su cuarto, en el motel en Los Ángeles donde se había estado quedando. El tipo… El hombre con el que estaba había dejado la habitación una semana antes. De todas formas, usó un nombre falso».

«¿Mataron a mamá?». La cara de Shayna estaba pálida.

«*No*, Shay. No, el hombre se había ido mucho antes de que ella muriera. Estaba…». Lyle se contuvo, respiró.

«*¿Qué*, Lyle?», dijo Shayna. «Ya dilo, con un carajo, ¿sí?».

«Lo está intentando», señalé.

«Le hicieron una autopsia, incluyendo una prueba toxicológica. Estaba viajando con todo: alcohol, heroína, metanfetamina».

«¿Una sobredosis?», preguntó Shayna.

«También tenía neumonía», dijo Lyle, «así que pudo ser eso».

«Así que estaba enferma», concluyó Shayna.

«Estaba muy enferma, sí», confirmó Lyle.

«Y tú la dejaste morir».

«No lo hice, *no*, Shayna. No podía…».

Shayna lo interrumpió. «Maneja».

«Mira, lamento no haberles dicho...».

«¡Maneja el auto o me bajo aquí mismo!», gritó Shayna.

Cuando Lyle regresó al camino, ella pulsó la perilla para encender la música de nuevo.

Al llegar, me fui directo a mi casa de campaña.

«¿Necesitas ayuda?», me gritó Lyle desde la escalera, pero le respondí que estaba bien.

«Toma un poco de agua», me aconsejó. «Me doy una vuelta a la hora de mi comida para comprobar que estés bien».

Mi reloj decía que eran las 8:40 de la mañana del sábado. Lyle tenía un día completo de alumnos de guitarra haciendo fila en la escuela de música.

Ya estaba dormido casi antes de poder cerrar la puerta de la casa de campaña.

Dormí todo el día. Esta debe ser una de las formas en que la gente se esconde del dolor.

Tuyo,
Jo

Querido Kurl:

Finalmente desperté a las siete de la noche. Merle Haggard estaba en la tornamesa y podía oler la salsa de los espaguetis de Lyle en la estufa. Estuve de pie bajo el agua de la regadera durante un largo rato, dejando que el agua me lastimara los hombros y la espalda. Tuve la escalofriante sensación de que la música y los olores de la comida eran engaños terribles, diseñados para disfrazar el hecho de que nuestra casa estaba rota en sus cimientos y que en cualquier momento colapsaría sobre nuestras cabezas. Tan pronto como bajara las escaleras, vería las aguas de una inundación sepultando el recibidor. La nube de un tornado estaba en el horizonte, y ya giraba hacia nosotros para desprender nuestro techo y lanzar nuestros muebles al aire como recortes de pasto.

Cuando salí del baño cubierto por una toalla, Shayna pasó rápido junto a mí. Estaba vestida para salir: falda corta, top recortado, delineador.

«¿Cómo está la cruda?», le pregunté.

Azotó la puerta del baño tras ella.

Me quedé ahí parado frente a la puerta cerrada y de pronto quise hacerla trizas. Quería destrozar la puerta, y luego continuar y destrozar también a mi hermana. Quería descuartizar a Shayna en pedazos por todas las veces que me había cerrado la puerta, me había dejado afuera, me había callado. Por hacer lo que quería, sin preguntarme jamás lo que pensaba. Por tomar lo que fuera que quisiera, sin preguntar. Por tomarte a ti.

«¿Qué tal fue tener sexo con Kurl?», le pregunté.

No hubo respuesta.

«Solo tengo curiosidad», dije. Levanté la voz en caso de que no estuviera oyendo. «¿Fue increíble el sexo con Kurl?».

Silencio. Se sentía bien ofenderla. Shayna no supo sino hasta ese preciso momento que la había visto contigo. Me sentí poderoso al hacer uso de ese conocimiento contra ella, como si fuera un mazo.

«¿Lo planeaste durante un tiempo? ¿O fue un descubrimiento repentino? "Oh, lo que siempre he querido durante todo este tiempo es estar con Kurl. ¡Es mi oportunidad!"». Usé una voz soprano despreciable para imitar la voz de Shayna.

«¿De qué hablas?». La voz de Lyle detrás de mí me hizo saltar. Había supuesto que estaba abajo en la cocina, supervisando la salsa de sus espaguetis, no en su cuarto. Tenía ojeras bajo los ojos. «¿Shay?», gritó. «¿De qué habla tu hermano?».

«Lárgate, Lyle», oí que decía la voz de Shayna. «No es asunto tuyo».

«¿Qué pasó entre Shayna y Kurl?», me preguntó Lyle.

Y en un instante mi sensación de tener un mazo poderoso se evaporó. Me sentí débil y con náuseas.

«¿Qué puedo decir?». Shayna abrió la puerta del baño de golpe y salió. Se paró frente a Lyle y a mí.

«Creo que soy una puta egoísta, inútil y jodida, justo como ella».

«¿Como quién?», quiso saber Lyle.

«Como *mamá*».

Lyle la tomó del brazo. «¡Cuida tu boca!».

«¿Qué vas a hacer?», preguntó. «¿Echarme de la casa como a ella para que caiga de nalgas?».

Él la tomó del otro brazo y la sacudió fuerte, hasta que su cabeza latigueó hacia atrás y luego hacia delante. «Cállate la boca», rugió.

Ella se zafó de un tirón. «No te preocupes; voy a estar bien. ¡Tal vez me vaya a vivir a Los Ángeles!». Entonces bajó la escalera y salió por la puerta.

Le di la espalda a Lyle, caminé a mi cuarto y azoté la puerta.

«¿Jonathan?», dijo.

«Déjame en paz, Lyle», solté.

Y me senté en mi escritorio y empecé a escribirlo todo: todas las cosas terribles que pasaron desde el momento en que llegué a la fiesta de Bron hasta exactamente este minuto. He estado escribiendo durante horas, Kurl. La cabeza me duele, mis heridas punzan y honestamente no puedo soportar escribir una palabra más. Pero también tengo miedo de dejar de escribir, porque no tengo idea de qué otra cosa hacer. ¿Qué hago después? ¿Qué hago ahora?

Tuyo,
Jo

Domingo, 15 de mayo

Querido pequeño Jo:

Bueno, acabo de hablar por teléfono con mi hermano Mark.
Estoy un poco conmocionado por eso. O sea, ahí estaba yo,
hablando con mi hermano durante casi media hora. Escuchando a su voz diciendo cosas que nunca, en un millón
de años, pensé que escucharía. No de Mark. Y yo diciendo
cosas que jamás pensé que diría, no a Mark.

Y entonces, en el último segundo antes de colgar, me
cuenta que has estado dormido en su sofá todo el tiempo
que estuvo hablando conmigo. Es como un sueño.

Mark dice: «De hecho, todavía está aquí».

Es tan surrealista que no puedo imaginarlo. Me resulta
difícil imaginar el departamento de Mark, para empezar:
solo he ido allá una vez, y fue una visita de más o menos
cinco minutos, cuando Sylvan tuvo que dejarle algo. O sea,
nunca me ha invitado.

Imaginarte allá con él, dormido en su sillón… creo que
tendría que verlo con mis propios ojos para creerlo de verdad.

Pero Mark no cree que sea buena idea que vaya, todavía no. Dijo que cree que es probable que no estés listo.

Dijo: «Es probable que no esté listo» y dejé de respirar por un momento al imaginar que diría: «Es probable que nunca vengas».

No me engaño, Jo. O sea, sé que es mejor así. Sé que lo destruí por completo. Nos destruí a nosotros.

Es que estoy... no sé. Estoy como aturdido y pasmado por la conversación. No es algo que hayamos dicho en específico. Es más el hecho de que la conversación ocurriera, punto.

Mark empieza la llamada más o menos así: «Un amigo tuyo vino al Texas Border anoche. ¿Jonathan Hopkirk?».

Esta ya es información suficiente para dejarme mudo del otro lado. Aquí estoy, poco más de veinticuatro horas después de la fiesta de Bron. No me han arrestado. No he tenido tiempo de ir a la estación para rendir mi declaración. Bron dice que cree que todo va a estar bien, a menos que los padres de Dowell decidan levantar cargos contra mí o algo así. Pero todavía estoy completamente seguro de que alguien en algún lugar llamará a mamá y al tío Viktor. O sea, puede que tenga dieciocho, pero la suya todavía es mi dirección de casa. He estado esperando que Sylvan aparezca en la camioneta que usamos para trabajar en los techos, o el tío Viktor mismo, tal vez golpeando a la puerta.

Quizá tengo esperanzas de que ocurra. Es posible que esté esperándolo y en realidad tenga esperanzas de que ocurra. Porque alguien tiene que controlarme. No puedo controlarme yo solo, así que alguien —el tío Viktor es la opción más probable, la de siempre— tiene que hacerlo.

Así que la llamada de Mark entra a la línea telefónica de los Otuah-Tierney y yo pienso: okey, creo que Mark es esa persona. Creo que por alguna razón la policía llamó a mi hermano Mark.

Esto va a ser más difícil, pienso: toda esa repulsión y esa decepción van a venir de Mark. Será más difícil que si vinieran de Sylvan o de mamá o del tío Vik. Será lo más difícil posible. Y después de que Mark me recoja y me lleve a la estación y vea cómo levantan cargos contra mí o lo que sea, me llevará otra vez con el tío Viktor, de todas formas. Pero estoy listo. O sea, estoy preparado para ello.

Y entonces, en lugar de todo eso, lo que dice Mark en el teléfono es tu nombre. «Jonathan Hopkirk». Dice: «Un amigo tuyo vino al Texas Border anoche».

Y quedo mudo por el impacto. No puedo decir nada.

¿Cómo pudiste ir al Texas Border, Jo? Te habían llevado al hospital en una ambulancia menos de veinticuatro horas antes. No tenía sentido.

«Debo decir que estaba bastante hecho mierda», me explica Mark.

Jo, también podría intentar contar la historia de Mark como él la contó. O sea, no fue un diálogo. Durante todo el tiempo que él estuvo hablando, yo no dije ni una palabra.

Entonces Mark dice, más o menos en estas exactas palabras: «Jonathan fue directo al escenario, directo al micrófono entre una y otra canción. Y tampoco es que fuera noche de micrófono abierto ni nada. La banda no sabía qué hacer con él.

»Empieza a tocar la mandolina, rasgueando como si no pasara nada fuera de lo común. Se inclina hacia el micrófono y empieza a cantar una tonada de *bluegrass*, "Mother's Not Dead". ¿La conoces?

»"Mother's not dead, she's only sleeping". O sea: mamá no está muerta, solo está dormida. Es un clásico, ¿verdad? Bill Monroe la tocaba todo el tiempo. ¿Sabes que mi oficina está al fondo del pasillo, al otro lado del edificio del escenario? Bueno, pues estaba sentado en mi escritorio y lo escuché con gran claridad. "She's waiting for Jesus to come". Está esperando a que llegue Jesús. Es una voz aguda que suena casi escalofriante. Bueno, estoy seguro que has escuchado a Jonathan cantar antes, ¿verdad?».

Logré decir: «Sí», o algo así. O sea, apenas podía armar una simple palabra. ¡Tú, en el escenario en el Texas Border! Hablando de homofobia. Hablando de violencia contra los gays. Esa multitud te habría comido vivo.

Jo no se murió, me digo a mí mismo. Si estuviera muerto, Mark ya me habría dicho que estaba muerto. ¿O no? ¿O cuál va a ser la frase clave de toda esta historia? ¿Será la manera de castigarme de Mark, hacerme escuchar una historia cuya frase clave es que Jo está muerto, o en coma o que apenas escapó con vida y lo encontró sangrando en un callejón en algún lugar?

No quería oír el resto de la historia, pero estaba escuchando con tanto esfuerzo que no podía respirar.

Mark dice: «Oigo a algunos de nuestros mejores patrocinadores gritarle a quien sea que se baje con una chingada del escenario, así que voy para allá a ver qué pasa. Derek, el baterista fijo, se ve irritado y niega con la cabeza; ese tipo puede llegar a ser un idiota por cualquier cambio en la lista de canciones, pero el guitarrista ya empezó a tocar acordes y a acompañar a Jonathan.

»Sí, lo reconocí de inmediato cuando lo vi, aunque su cara era un desastre total; era el mismo niño que conocí en la casa esa vez en que mamá y el tío Vik no estaban, ¿verdad? El que toca la mandolina. Pero no sabía que podía cantar así. Me dieron escalofríos, en serio.

»Así que cuando acaba la canción, Jonathan se queda ahí parado, con cara de sueño, y se balancea un poco.

En este punto no estoy seguro de si está inestable porque está borracho o porque lo golpearon tan feo. Resulta que era por ambas razones. Lo siguiente que hace es agarrar la mandolina del mástil y, con un giro, la lanza por encima de su cabeza hacia la multitud. Rebota en la lámpara de la mesa de billar, en la pantalla de latón, y se estrella en el piso. Pedazos de mandolina por todos lados.

»Entonces Derek, ese imbécil, camina hacia delante y empuja a Jonathan para quitarlo del frente del escenario. No retrocede más de un metro y medio, pero de todas maneras. Como dije, puede ser un verdadero idiota. Me abro camino hasta allá tan rápido como puedo, pero Jonathan está sentado en el piso, con sus rodillas levantadas y su cabeza en sus brazos. No está lastimado, al menos no más de lo que ya lo estaba cuando entró. Pero llora bastante fuerte».

Jonathan. Mark te llamaba Jonathan. Y decía tu nombre una y otra vez. Sonaba respetuoso, no burlón, y había dicho que no estabas lastimado. Pude empezar a respirar un poco mejor.

Para este momento, Bron estaba rondando alrededor de mí, diciendo: «¿Qué? ¿Qué pasó?», porque creo que yo estaba bastante pálido.

Le dije que todo estaba bien y me llevé el teléfono inalámbrico abajo, a la sala. El lugar se veía maravilloso. La hermana de Bron, Zorah, había llamado a un servicio de limpieza y se habían llevado todas las botellas vacías, habían trapeado todos los derrames. Incluso habían lavado con champú todos los muebles. Pero, mientras Mark me hablaba, levanté los cojines del sillón para verificar, y el agujero de la colilla encendida todavía estaba ahí. Solo habían volteado los cojines.

Mark me dijo que te llevó a su oficina, que medio te cargó y te preguntó qué hacías en el Border.

De hecho, habías ido allá para verlo a él, le respondiste. Mark dice: «Jonathan empieza a caminar de inmediato de un lado al otro en la oficina, ofreciéndome disculpas una y otra vez. Se ve realmente triste y agitado. Le pregunto qué pasa, porque, borracho o no borracho, parece mucho más triste de lo que ameritan las circunstancias. Y dice: "Confieso que tenemos un problema entre manos, Mark".

»"¿Es sobre Adam?", le pregunto, y contesta: "Sí, es sobre tu hermano. Tu hermanito. Le hice algo realmente malo a Adam, y ahora tiene problemas con la ley".

»Así que le pregunto qué hizo. Estoy pensando en, no sé, tal vez un asunto de drogas o algo así; tal vez los descubrieron a los dos con algo y te culpó a ti. Pero Jonathan dice: "Lo seduje. No me quería para nada; estaba enamorado de mi hermana, Shayna, y lo confundí y lo hice creer que tal vez era gay. Y ahora tendrá antecedentes penales y no va entrar a la universidad".

»Tengo que decirte que no entendía muy bien la historia; no le encontraba sentido a nada y, mientras, Jonathan empezó a llorar más fuerte. Está caminando y llorando y levanta cosas al azar de mi escritorio y las regresa a su lugar, y apenas puedo entender lo que dice porque llora muy fuerte», continúa Mark.

«Repite sin cesar que la universidad es tu única salida. "La universidad es la única salida para Kurl, y ahora yo se la quité".

»"¿Salida de qué?", le pregunté varias veces. "¿Es su única salida de qué?". Y finalmente Jonathan responde: "Del tío Viktor. Para alejarse del tío Viktor"».

Entonces Mark dejó de hablar. Me explicó que tenía otra llamada, y me pidió que esperara un segundo. Regresó a la llamada y dijo que tenía que ir a trabajar. El gerente de día estaba enfermo y hoy tenían que limpiar los tubos del dispensador de cerveza. Estaba a punto de despertarte, Jo, y llamar a un taxi.

«Te llamo otra vez en una hora desde el bar, ¿okey?», dijo.

«Espera», le pedí.

«Te lo prometo, te llamo otra vez dentro de una hora», dijo. «Y… ¿Adam?».

«¿Qué?».

«Va a estar bien. Todo. Las cosas se van a arreglar».

Atentamente,
AK

Querido pequeño Jo:

Mark me llamó otra vez exactamente una hora después, como había prometido. No quería que supiera que esperé toda la hora en el sofá de la sala de Bron, sentado ahí, sosteniendo el teléfono en mi regazo. Cuando sonó, prácticamente lo tiré. Tanta era mi expectativa.

«Iría a recogerte», dijo, «pero aquí está de locos; no puedo dejar el bar».

Le contesté que todo estaba bien.

Me contó que acababa de hablarle a mamá y que descubrió que me habían corrido de la casa.

«¿Te explicó por qué?», quise saber. Mi corazón empezó a latir como loco.

«Más o menos», respondió Mark. «Pero escúchame. Sobre Jonathan. ¿Podemos hablar de él primero?».

«Claro», dije.

Mark continuó hablando: «Cuando lo desperté en la mañana, le pregunté qué demonios estaba pasando en realidad. Ya sabes, lo que lo tenía tan triste anoche. Me contó sobre la fiesta de la otra noche; fue justo antenoche, ¿verdad? Cuando golpeaste a ese chico. ¿Cómo los llama? Los

Carniceros. Me dijo que te había cachado a ti y a su hermana teniendo sexo. Shayna, su nombre es Shayna, ¿verdad? Y me contó un montón de cosas que había descubierto sobre su madre, sobre cómo murió».

No dije nada.

«No estoy tratando de interrogarte», dijo Mark, «pero son cosas bastante fuertes. Esta última parte, sobre su mamá. ¿Sabías todo eso?».

«No», respondí. «Bueno, una parte, no todo».

¿Que si yo sabía? No sabía, Jo. Para empezar, no sabía que nos habías visto a Shayna y a mí en la fiesta. No planeaba mentirte sobre eso; o sea, ya te he escrito sobre eso; la carta está en mi mochila en un paquete de cartas no entregadas. Pero en ese momento me di cuenta de que, por supuesto, todavía no habías leído esa carta. Así que tal vez estabas pensando que, encima de todo lo demás, iba a mentirte sobre eso. Como si necesitaras más traiciones.

«De cualquier forma», dijo Mark. «¿Sobre que te corrieran de la casa? Mamá dice que cree que eres homosexual. Esa fue su palabra. Dijo que el tío Vik encontró una carta de amor o algo así».

Se lo confirmé: «Sí, la encontró».

«Una carta para un niño llamado Jonathan».

«Sí», admití. Te juro que en ese momento ni siquiera estaba nervioso por contarle a Mark, por confirmárselo. Porque todo en lo que podía pensar era: ¿qué era lo que descubriste sobre tu mamá, Jo? ¿Qué pasó con su muerte?

Cómo te debes haber sentido al oír algo así, sea lo que sea. Cómo lo que hice con Shayna, y luego lo que les dijimos a los policías sobre que Shayna era mi novia, todo eso debe haber empeorado mucho las cosas para ti. Cómo estar con Shayna puede haber parecido más fácil para mí en uno o dos jodidos minutos en la fiesta, pero debe haber hecho que todo fuera mucho más horrible y asqueroso y complicado y solitario para ti.

No le conté nada de esto a Mark. Fue justo como en la primera llamada: un silencio sin sentido de mi lado del teléfono. Quizá era peor esta vez. Estaba tan aturdido por el hecho de que fuera mi hermano Mark, en primer lugar, el que me comunicara por teléfono algo de todo ese asunto. O sea, tenía que decir algo, pero al final lo que logré decirle fue: «¿Estás enojado?».

«¿Contigo?».

«Sí».

«No, Adam», respondió, «no estoy enojado contigo. Me siento horrible por todo esto. ¿El tío Viktor te golpeó todo este tiempo? Jonathan me contó esta mañana que el tío Vik te golpea, así que le pregunté a ma sobre eso. No lo negó exactamente. O sea, ¡Jesús, Adam! ¿Por qué nunca dijiste nada?».

Le insistí a Mark: «Me refiero a que yo sea gay. ¿Te enoja que yo sea gay?».

«Bueno, no soy un idiota». Sonaba algo impaciente ahora. «Has tenido, ¿qué? ¿Una novia? ¿Que duró como cinco minutos?».

«Eso no quiere decir…».

«Te estoy diciendo que ya sabía, ¿de acuerdo? Por lo menos desde que estabas en secundaria. Tenías, ¿cuántos? ¿Trece? Tenías una revista en tu cuarto».

«¿Qué revista?», dije. No podía creer lo que estaba oyendo. Mi hermano me confundía con alguien más.

«Una revista gay. Ya sabes, bandas de chicos o algo así. *Tiger Beat* o no sé qué».

«*Tiger Beat* no es una revista gay». Y, a pesar de todo, reí.

«Lo es si un tipo la está viendo en la cama».

«Eso es… una locura». Me estaba riendo.

Mark también empezó a reírse un poco. «Ay, vamos. Todos los gays en el servicio leían esa revista. Era todo lo que podían conseguir allá».

«¿Hay gays en el ejército?», pregunté. No podía creer que estaba sosteniendo esta conversación con mi hermano. No podía creerlo.

Todo, todo a la luz del día. Y de repente estaba muy preocupado por que colgara y fingiera que nunca hubiera ocurrido. De pronto me aterró realmente estar imaginando toda la conversación telefónica.

Mark dijo: «¿En dónde demonios has estado, Adam? Este es el siglo XXI. Todo el mundo está lleno de gays».

Yo estaba llorando. O sea, la risa se había transformado directamente en llanto. No podía hablar para nada. Mantenía la mano sobre el teléfono.

«Okey», murmuré. Tenía que esforzarme muchísimo para no dejar que oyera que yo estaba llorando. No sé por qué me preocupaba, después de todo lo demás.

«Te quedarás un tiempo conmigo», anunció. «Ven al Border para que te dé la llave del departamento hoy más tarde, ¿okey?».

«Okey», accedí.

«Todo va a estar bien», dijo. «Te lo prometo».

Atentamente,
AK

Querido Kurl:

Bron acaba de pasar por la casa. Me siento un poco avergonzado, en retrospectiva, por el hecho de que no queríamos dejar que entrara a la casa. Mi excusa es que no estaba
en condiciones para abrir la puerta. Esta mañana había tomado un taxi de regreso del departamento de tu hermano
Mark y me arrastré directo a mi casa de campaña.

Lyle entró a mi cuarto de repente y levantó las puertas
de lona de la casa de campaña para examinarme, exigiendo
que le confesara dónde había estado toda la noche, queján-
dose de lo desesperado que había estado por la preocupación, acusándome de robar su alcohol y de comportarme
deliberadamente de manera irresponsable y peligrosa por
mezclar mis medicamentos con alcohol después de que la
doctora me dio una advertencia explícita sobre las interac-
ciones de las drogas. Me confiscó el frasco de la medicina
que me recetaron y me dijo que de ese momento en adelante
actuaría como mi farmacéutico y que yo estaba castigado de
manera oficial.

No pronuncié una sola palabra, me le quedé mirando
hasta que mis párpados estaban tan pesados que no podía

evitar cerrarlos. Creo que debo haberme quedado dormido mientras Lyle iba todavía a medio discurso.

Tenía razón en todo, por supuesto. Había vaciado la mayor parte de una botella de medio litro de bourbon de Lyle en mi excursión al Texas Border. No había sido un plan particularmente bien formulado, como tampoco lo había sido beber ni la actuación en el escenario del bar de Mark. Solo tenía un pensamiento convincente, el mismo que había estado girando en mi cabeza sin cesar desde la fiesta de Bron: «menos dolor, menos dolor».

En fin. Oí que sonó el timbre, y luego Shayna entró a mi cuarto, se agachó sobre el escritorio para abrir la ventana y desde allí le gritó un montón de obscenidades a Bron.

«Oigan, vamos», gritó Bron de regreso. «Solo vengan a dar la vuelta con nosotros».

Nosotros. Había dicho «nosotros». Luché contra todo para salir de la casa de campaña tan rápido como me lo permitían mis adoloridas costillas y me asomé por la ventana, pero la Escalade no estaba ahí.

Bron se había movido de la escalera de la entrada hasta el centro del jardín para poder ver mi ventana.

«Jonathan, Kurl está tan avergonzado que me hizo estacionarme al final de la calle para que no tuvieras que verlo», me explicó. «Pero quiere verte».

No le creí ni por un segundo. ¿Quién quiere ver a alguien pero se queda en el auto?

«Ya has hecho suficiente daño», gritó Shayna por encima de mi hombro. «Necesitas dejarnos en paz».

«Está bien. Te dejo tu correspondencia en el buzón», me avisó Bron. «¿Tienes algo que enviar conmigo?».

«No», respondí.

«Espera. ¿No son para Kurl todas estas cartas?», me

preguntó Shayna. Estaban dispersas por toda la superficie de mi escritorio.

«No», dije, pero ella vio que todas estaban dirigidas a ti.

Tomó los sobres y los sostuvo detrás de su espalda. «Ya me siento suficientemente mal», dijo. «No me hagas sentir peor terminando con él por mi culpa».

«No es por tu culpa», señalé. Quería que quitara sus manos de mis cartas y saliera de mi cuarto.

Shayna se agachó sobre el escritorio otra vez. Con un movimiento ingenioso aventó mi pila de cartas por la ventana.

«¡Oye!», exclamé. Pero me atravesó un temblor de alivio al ver que Bron las recogía del pasto donde habían caído. No había sabido qué hacer con todas esas cartas no enviadas, y las había visto apilarse con una sensación de pavor cada vez más fuerte. Bron se paró de puntitas para alcanzar un sobre que cayó sobre el seto.

«Perdón por eso», grité hacia abajo. «Gracias».

«Sí, gracias por joder toda mi vida», gritó Shayna junto a mí.

Bron se fue caminando por la calle y tan pronto como desapareció, bajé y saqué tu montón de cartas del buzón. En la dirección del remitente que había en los sobres decía: «Mark Kurlansky», pero sin duda es tu letra.

Para ser honestos, Kurl, no he decidido si voy a leer todas estas cartas o no. La última que leí fue tu carta en la que terminabas conmigo, en la que te referías a ti como a un desecho tóxico y me decías que yo estaría mejor sin ti. Me impresionó mucho. No estoy seguro de estar listo para someterme a más de lo mismo.

Tuyo,
Jo

lunes, 16 de mayo

Querido pequeño Jo:

No viniste a la escuela hoy. Supongo que no es una sorpresa. No tenía idea de que se te habían roto las costillas al
caer de la bici en el barranco esa tarde, antes de la fiesta. De
que hubieras estado lastimado antes de que los Carniceros
se te acercaran por segunda vez. Una tercera vez, si cuentas
haber sido aplastado en tu casillero. Todo en un día.

O sea, todavía me siento mal por Dowell, por haberlo
lastimado tan fuerte. Esta mañana alguien le dijo a Bron
que le rompí la nariz y la muñeca a Dowell. Y que necesitó
puntadas en la lengua, donde se la mordió. Esos serían los
puntos oficiales de tratamiento médico, pero basándome
en mi conocimiento de primera mano de la proporción de
golpes a moretones, apuesto a que Dowell está casi irreco-
nocible bajo la hinchazón.

Tampoco él vino a la escuela. Si hubiera venido... Cuando venga, en algunos días o en una semana tal vez, como
máximo, creo que tendré que hablar con él. Quería ir a verlo de inmediato, al hospital o a su casa, pero Bron me aconsejó que debía proceder con precaución. Esas fueron sus
palabras. Señaló que sus padres todavía podían estar con

ganas de presentar cargos, aunque su hijo es un acosador evidente, y que si yo iba allá o empezaba a manifestar mi culpa y mi arrepentimiento, les daría la excusa que estaban esperando.

No sé. Todavía me siento muy mal por eso, pero tal vez me siento un poquitito menos mal sabiendo que los Carniceros te estaban buscando no solo en la fiesta, sino todo el día.

Quisiera poder verte, Jo. Solo por un minuto, solo para comprobar que te ves diferente de la última vez que te vi. ¿Sabías que estabas sonriendo? Estabas flotando ahí en el jacuzzi, mostrándome cómo tus pantalones se estaban arruinando con el agua. O sea, no entendía lo que me estabas diciendo en ese momento. Tus palabras se mezclaban entre sí. Tu ojo estaba cerrado por la hinchazón donde el cinturón te había pegado.

Estaba apenas recuperándome, volviendo a mí mismo. Y al principio pensé que tal vez yo te había hecho eso, el ojo hinchado. Digo, por unos minutos ahí, honestamente no estaba seguro. No es perfecto. Estoy consciente de que no fue perfecto que me perdiera así, a la mitad de una inmensa explosión de irascibilidad. Todavía me desconcierta mucho recordarlo.

Y tú estabas ahí flotando en el agua, tratando de levantar las rodillas para mostrarme tus pantalones. Sonriéndome como en una especie de pesadilla.

Jo. Desearía poder verte. Quisiera por lo menos haber tenido las agallas para salir del auto con Bron y poder ver tu cara en tu ventana.

Atentamente,
AK

Querido pequeño Jo:

Le conté a Mark de la fiesta, sobre haber golpeado a Dowell de esa forma. Cuando le dije que apenas sabía lo que estaba haciendo, que apenas si vi a quién estaba golpeando, pensé que Mark estaría de verdad impactado. Pensé que creería que yo tenía un desequilibrio mental o algo así. O sea, he estado bastante preocupado por eso últimamente.

Pero Mark me explicó que eso pasaba todo el tiempo en Afganistán. En una balacera alguien disparaba su arma y después no recordaba haberlo hecho. Después de los conflictos tenían que hacer reportes, y muchas veces no podían ponerse de acuerdo en absoluto sobre qué había pasado ni en qué orden había sucedido.

Dijo que una vez a un tipo de su unidad llamado Ostend le rozó el muslo una bala. Se cayó, pero luego se puso de pie y siguió corriendo como si nada hubiera pasado. Y, cuando llegaron a un lugar seguro, la sangre de Ostend ya se derramaba por todo el piso y ni siquiera se había dado cuenta. Se tambaleaba por la pérdida de sangre, dijo Mark. Mi hermano y otro tipo tuvieron que sujetarlo y vendar su pierna, y era como si la pierna ni siquiera estuviera unida al resto del cuerpo: Ostend miraba hacia abajo una y otra vez y gritaba «¿Qué demonios le están haciendo a mi pierna?», como si su cerebro no pudiera asimilar el hecho de que lo habían herido. Simplemente bloqueaba el hecho una y otra vez, como si no existiera.

Mark me explicó que todo esto tiene que ver con el trauma. El flujo de información se interrumpe en el cerebro de alguna manera.

«¿Te pasó a ti alguna vez?», le pregunté.

«No allá», respondió, «pero cuando regresé, en el aeropuerto no reconocí a mamá». Me reí hasta que me di cuenta de que hablaba en serio.

«¿Qué quieres decir con que no la reconociste?».

«Sylvan y mamá vinieron por mí al aeropuerto», dijo Mark. «Una azafata me llevaba en silla de ruedas y mamá llegó corriendo hacia mí, corriendo para darme un abrazo. Medio la abracé de regreso por cortesía. Pensaba: "Uf, una señora rara se está emocionando mucho por un veterano que regresa a casa". Después dio un paso atrás, la miré directo a la cara y aun así no la reconocí. Podía haber sido cualquier persona.

»"Es mamá", me dijo Sylvan. "Tu mamá, Irena".

»"Hola, Irena", la saludé, como si fuera mi hermana o alguien, pero no mi mamá».

«¿Eso lastimó sus sentimientos?», pregunté.

«Creo que la asusté muchísimo», contestó Mark. «Es gracioso ahora, pero no lo fue en ese momento. A decir verdad, también me asusté muchísimo después, cuando me di cuenta de lo que había hecho».

Atentamente,
AK

Sábado, 21 de mayo

Querido Kurl:

Shayna se fue hoy. A Moorhead, para quedarse con Gloria hasta nuevo aviso. Su cuarto, lleno de las cosas que abandonó, parece un naufragio. Al parecer, llamó a Gloria anoche, ya tarde, y luego despertó a Lyle y dijo que Gloria quería hablar con él; para la mañana ya todos los detalles estaban arreglados. Lyle no está demasiado feliz por el arreglo, pero dice que es el menor de los males. En este momento, su semestre de la escuela es una causa perdida, de todos modos. Mejor la influencia de Gloria que la de Axel, según él.

Cordialmente,
Jo

lunes, 23 de mayo

Querido pequeño Jo:

Después de la escuela, una chica se me acercó en la parada del autobús. Tenía más pecas de las que jamás hubiera visto en una cara humana. El pelo rizado, de un color anaranjado brillante. «Abigail Cuttler», se presentó, y estiró su mano para que le diera la mía.

Llegó mi camión y me preguntó si me importaba esperar al siguiente para que habláramos un poco de ti. «Mi amigo por correspondencia, Jonathan Hopkirk», te llamó.

Así que nos sentamos bajo el techito de la parada del autobús y habló durante un rato, nerviosa y rápidamente. Tragaba entre frases y su boca hacía unos ruiditos pegajosos, como si no tuviera suficiente saliva. Toda la cosa fue una confesión, Jo. Al parecer, no le escribes desde la semana anterior a la fiesta de Bron. «Hace tres semanas completas», en palabras de Abigail. Y, al parecer, cree que todo es su culpa. Resulta que fue ella quien vio a los Carniceros golpearte contra los casilleros aquel día, fue a la dirección y lo reportó. No solo reportó ese incidente, especificó. Creo que le habías escrito sobre algunas otras veces en que esos tipos te hostigaron.

«Quería ser una buena ciudadana», explica Abigail, «y no un testigo dañino. Ya me sentía como un testigo dañino al leer sus cartas, y entonces cuando lo vi con mis propios ojos...».

Y al final deja de hablar y empieza a llorar un poquito, o a tratar de no llorar, así que busco en mi mochila algún pañuelo desechable para darle. Lo que Abigail cree es que estás enojado con ella. Piensa que destruyó tu confianza en ella. Sus palabras: «Destruí su confianza». O sea, lo está tomando muy mal y de forma realmente personal.

Jo, tú y yo sabemos quién destruyó tu confianza en quién, y sabemos que no fue Abigail Cuttler. Así que intento explicárselo. Le confieso que fue mi culpa, y no la suya. Le digo que resulta que yo no podía ser la persona que tú querías que fuera, ni siquiera acercarme a serlo. La persona que necesitabas. Le explico que no podría cambiar a la persona que soy.

Abigail está por completo confundida ante esto. Sus ojos se hacen muy redondos y parpadea mucho, con un dramatismo exagerado, puesto que sus pestañas son invisibles.

«Jonathan me escribe sobre ti todo el tiempo», me confiesa. «Nunca he recibido ninguna señal de su parte de que quiera que cambies».

O sea, es obvio que no sabe nada de la fiesta de Bron ni de las cosas imperdonables que hice después de que ella reportara a los Carniceros.

«Te doy mi palabra», le digo.

«Te llamó un prodigio», afirma Abigail. «Dijo que todos los días trataba de merecerte». Todavía parpadea tan rápido como habla. De alguna manera, me convence de que recuerda las palabras exactas de la carta que cita. «Dijo que estaba viéndote crear un nuevo mundo frente a sus ojos».

O sea, suena como una de tus cartas, Jo. Casi la reconozco. Y noto cómo se calienta mi cara al escuchar tus palabras recitadas por esta niña que ni siquiera conozco.

«Estaba consciente de que eras un regalo para él, una bendición temporal de la que tenía que hacerse merecedor para recibirla».

Quiero que pare de hablar, pero tengo dificultad para encontrar las palabras. «Eso fue antes», digo por fin. «Se arruinó. Lo arruiné».

Deja de parpadear y se me queda mirando fijamente. «No», dice. «No puedes haberlo arruinado. No».

«Lo lamento», digo, y siento que estoy decepcionando a Abigail Cuttler. De pronto, eso casi se siente peor que todas las otras cosas horribles que he hecho en las últimas semanas. Y ahora soy yo quien intenta no llorar. O sea, no puedo ni mirarla.

Ella no dice nada. Después de un minuto, sale de la parada de autobús, cruza la calle y se va.

Jo, ¿podrías, por favor, volver a escribirle a Abigail? No me molesta que le hayas escrito sobre mí. De hecho, me da mucho gusto que lo hicieras, porque ahora es alguien a quien puedes escribirle y que entenderá de lo que hablas.

Necesitas a alguien, Jo.

Atentamente,
AK

Querido Kurl:

El dilema en el que me debato es que cuando no te escribo a ti, Kurl —cuando siento el impulso de escribir y me fuerzo a hacer otras cosas en su lugar, como leer, ver la televisión o pasear sin rumbo por la ciudad en Nelly—, empiezo a sentirme cada vez más fantasmal e imaginario, como si solo estuviera medio despierto y pudiera o no haber estado soñando todo el día. Por ejemplo, durante estas dos últimas semanas he pasado bastante tiempo sin creer por completo las revelaciones de Lyle sobre mi madre. Me pregunto si escuché mal —estaba en un viaje de oxicodona, después de todo— o si tuve una serie de alucinaciones auditivas. O tal vez mintió, por razones que todavía son indescifrables, pero que se aclararán en algún momento de un futuro cercano.

Entonces le hago preguntas, aunque sé que le duele tener que responder. «¿Cuándo se hizo mamá adicta a la heroína?», quise saber mientras él se vestía para ir al trabajo hoy en la mañana.

Le vi hacer un pequeño gesto de dolor, y luego enderezar los hombros en una decisión consciente de ser honesto y enfrentar esto. «Se rompió la pierna», respondió. «Un verano, cuando acababas de cumplir tres años. Tocamos en un festival y se resbaló en unas rocas en el río».

«Shayna se acuerda de eso», le dije. «En la casa de Gloria encontramos una foto de Raphael con la pierna en alto».

«Sí, bueno, fue una fractura muy grave», puntualizó Lyle. «Le dieron una tonelada de analgésicos después de la cirugía y todavía le dolía mucho después de que se terminó lo que había recetado el doctor».

«¿Y entonces llegó Axel al rescate?», traté de adivinar.

Otro gesto de dolor. Otra vez enderezó los hombros. «No de inmediato. Compraba en las farmacias y tomaba cualquier pastilla que pudiera conseguir en la calle. No conocía todos los detalles, por supuesto. Pero, sí, ese fue el año en que empezó a tocar en el Ace, así que no pasó mucho tiempo».

«Sé real y sé auténtico». ¿Recuerdas que te dije que ese era el lema de Lyle? La verdad es que no creo que Lyle haya dicho jamás esas palabras exactas. Creo que debo haberlas inventado, y se las atribuí retroactivamente a mi padre, en lo hondo de la neblina de mi fantasía de Lyle-como-héroe. Mi hermosa, irrisoria fábula de vida.

Cordialmente,
Jo

Querido Kurl:

Te escribo otra vez después de una lucha interna por no escribirte que duró noventa minutos. Ceder me hace sentir débil y patético, además de solo y deprimido. Bron vino hoy en la tarde, después de la escuela. Ha estado viniendo a dejarme tus cartas, y le he hablado desde la ventana de mi cuarto. Pero esta vez nuestra puerta estaba abierta, así que llegó hasta mi cuarto sin tocar el timbre.

«Ya sabes, antes de que empezara a irse de pinta todo el tiempo, Shayna te buscaba en la escuela todos los días», me contó. «Se preocupaba por ti todo el tiempo. Me llevaba adonde pensaba que estarías merodeando a la hora del almuerzo, solo tenerte en su campo visual y asegurarse de que todavía estabas vivo».

«Qué carga era yo», dije. «Debe estar tan libre y sin responsabilidades en Moorhead».

Había desmontado mi casa de campaña la semana pasada y la dejé en la banqueta el día en que pasaba el camión de la basura, así que ahora solo hay un colchón en el piso. También quité la mayoría de mis carteles. Por la expresión de Bron, comprendí que mi santuario interior se ve desolado. En ruinas. Devastado.

Se sentó en la silla del escritorio frente a la ventana y husmeó mis repisas durante unos minutos. Luego dijo: «Escúchame, Jonathan, necesito ofrecerte una disculpa. Por eso vine. Por haberles dicho a los policías que Kurl y Shayna eran pareja, ¿sabes? Lo lamento mucho».

Me dolió. Tu nombre me dolió. ¿Por qué te llamé con el mismo nombre que todos los demás usan? Debí haber inventado uno para ti, algo privado, como hiciste con «Jo». Así, no tendría que escucharlo en la boca de otras personas nunca.

Había estado oyendo un disco de Prince y, cuando terminó, fui y puse otro. Saqué *Dirty Mind* de su funda, pero luego me di cuenta de que no tenía ganas de oírlo. Lo puse de regreso en la pila y luego la levanté. Le pedí a Bron que me ayudara a bajar los discos y llevarlos de regreso al librero que Lyle armó con cajas. Cuando se fue, hice que se llevara consigo mi tornamesa, le sugerí que se la donara a Isaiah y a Ezra o algo así.

«Solo me la llevo para mantenerla a salvo de ti, para que no la avientes por la ventana ni nada», dijo.

Pero yo sé con certeza absoluta que no se la pediré de regreso.

Cordialmente,
Jo

P. D.: Por cierto, le escribí a Abigail. Le aseguré que ya había olvidado todo acerca de que alguien había reportado a los Carniceros por el incidente del casillero, que no estaba ni un poquito molesto con ella por haber intervenido. No le dije esto: si hay algo que siento por ella, es agradecimiento, y tú también deberías estar agradecido con ella, Kurl. Es gracias a ella que la escuela tiene un registro de la agresión de Dowell contra mí ese día. Si sus padres han intentado levantar una denuncia contra ti, estoy seguro de que se han topado directamente con eso. Una investigación oficial resultaría en un cargo por acoso escolar en su expediente académico.

Querido pequeño Jo:

Fue bueno verte hoy en la escuela. Te veías tan diferente en jeans y esa sudadera. O sea, nunca te había visto en ropa común de adolescentes. Parecía que estabas disfrazado. Estoy consciente de lo irónico que es decir eso. Hace tiempo, cuando nos vimos por primera vez, o cuando te vi por primera vez en el corredor en la escuela, pensé que estabas disfrazado. ¿Recuerdas? Ahora vistes con ropa normal y me parece que estás disfrazado otra vez.

También noté que, cuando salí por la esquina del auditorio, te diste la vuelta enseguida y caminaste hacia el otro lado. Está bien, Jo. O sea, me doy cuenta. Te juro que no voy a tratar de hablarte si no quieres que lo haga, que es claro que no. Ya me cansé de provocarte dolor, Jo. Te lo prometo.

Así que hoy después de la escuela estaba viendo la televisión mientras Mark se preparaba para irse a trabajar. No había mucho en el refrigerador, así que le preparé un omelette y estaba preocupado porque se le podía enfriar en la estufa mientras se bañaba, y no tiene microondas.

Mark llega al cuarto, me da una carta y me dice: «Ábrela».

Por supuesto que había visto la pila de cartas en la sala, como siempre que llego de la escuela. Pero solo había pasado los ojos por los sobres buscando tu letra, y esta estaba escrita a máquina. Digo, ¿por qué habría algo para mí que no sea una carta tuya en el departamento de Mark? Nadie, excepto Bron y tú, sabe siquiera que vivo aquí.

Entonces reconozco de inmediato la dirección del remitente que aparece en el sobre y lo doblo a la mitad y lo meto en la bolsa trasera de mi pantalón.

«Ábrelo ahorita», me pide Mark.

«Lo voy a ver después», digo. Tratando de actuar como si nada. Tratando de hacer como si no fuera importante.

Mark se sienta junto a mí en el sillón. Toma el control remoto y apaga la televisión.

«Te hice un omelette de champiñones», digo, «pero se está enfriando». Ahora estoy buscando una distracción.

Mark se levanta y va a la cocina con el control remoto en la mano, así que no puedo encender la televisión otra vez. Regresa con el omelette. Se sienta en su silla y come, pero no deja de mirarme. Luego pone el plato en la mesa de centro y dice: «Quiero que abras esa carta y me la leas».

Para ahora estoy pensando: ¿a quién le importa esa estúpida carta de todas formas? Es peor que el suspenso se acumule. O sea, ni siquiera completé mi solicitud para la Universidad de Minesota. No mandé ni la mitad de los documentos que querían. No es que vayan a quererme ahí basándose solo en mi expediente académico. No hay manera de que la carta de recomendación de Khang haya sido tan buena.

Así que saco el sobre de mi bolsillo y se lo aviento a Mark. «Léelo tú, cabrón», digo.

El sobre cae a medio camino entre nosotros. Todo se hace más idiota con cada segundo que pasa. Es como una farsa.

«No leo el correo de otras personas», dice Mark. Y me sonríe de esa manera estúpida y petulante con que sonríe a veces, así que ya sé que se refiere a nuestras cartas, Jo, las tuyas y las mías. Se refiere al tío Vik leyendo mi carta para ti. Mi poema de amor.

Es como si un agujero inmenso se abriera adentro de mí. Un agujero hecho de nostalgia, así que en realidad me siento físicamente mal por lo mucho que quiero irme a casa.

Y por ti, Jo. Estoy cansado de extrañarte, de añorarte.

Se abre un hoyo y me caigo justo adentro. Mi cara se pone caliente, roja. Siento que las lágrimas llegan aprisa. Me volteo para que no me vea Mark y presiono mis ojos con mi mano, pero básicamente estoy berreando como un bebé justo enfrente del cabrón engreído de mi hermano mayor.

Y luego pasa algo mucho peor. Mark se acerca a mí, pone su mano en mi hombro y de pronto estoy seguro de que está a punto de golpearme. O sea, siento que se está cargando. Siento el golpe que se aproxima en un lado de mi cabeza.

Entonces me aviento del sillón al piso. Estoy en la alfombra en cuatro patas. Me alejo de él a gatas, muerto de miedo, llorando y gimoteando en una voz que no suena para nada como mi voz. Digo: «Perdón. No. No me lastimes. No, no, no lo hagas. Perdón, perdón, perdón».

Este soy yo delirando por completo. Porque Mark no me está persiguiendo. Nunca ha levantado ni un dedo para pegarme ni para pegarle a nadie, hasta donde yo sé. Nunca haría algo así. Está sentado en el sillón, mirándome con una expresión de estupefacción en la cara. Se puso como gris. Pasmado.

Me toma dos minutos enteros, o tal vez tres, recuperar el control. Luego me quedo ahí sentado en el piso, con la espalda recargada en la pared, limpiándome las lágrimas y temblando con todo el cuerpo. Mirando a Mark mientras él me mira a mí.

Veo que su cara cambia de impactado a triste, a furioso y a triste otra vez. Ninguno de los dos dice nada durante un largo rato.

Luego él levanta la carta y se acerca a mí y me la entrega. Cuando me estiro para tomarla, se aferra a ella por un segundo. Dice: «No te va a volver a lastimar otra vez, Adam. ¿De acuerdo?».

«Pero ¿qué hay de mamá?», digo antes de poder detenerme.

Mark sacude un poco la cabeza. «Tampoco la va a lastimar a ella», afirma. «Te lo prometo. Nos estamos asegurando, Sylvan y yo». Me explica que está lidiando con el tío Viktor, que más adelante seguramente tendremos una conversación sobre las opciones legales, pero por ahora el objetivo es la seguridad día a día. Estabilidad. Dice que hay mucho tiempo y no tengo necesidad de pensar en nada de esto hasta que esté listo. «Te estamos cuidando, Adam», dice. «¿De acuerdo?».

«De acuerdo», digo.

Me entrega la carta. «Ahora abre tu estúpida correspondencia universitaria».

Así que rompo el sobre, y es una invitación para visitar el campus y hablar con el Comité de Admisiones. Proporciona algunas fechas y horarios y un número para confirmar asistencia.

Mark me hace llamar al número enseguida. Me pide que les confirme que iré el próximo miércoles. Luego llama a Sylvan y le dice que aparte el día; vamos a hacer un viaje por carretera a Duluth, nosotros tres.

Es probable que no signifique nada. O sea, solo me preguntarán por qué no me molesté en mandar la parte de la solicitud con el Ensayo Autobiográfico Creativo. Quizá ya es demasiado tarde para entregarlo, aunque lo lleve la próxima semana.

Atentamente,
AK

Querido Kurl:

Le dije a Bron que te llevara a ti al homenaje, no a mí. Había sido muy claro con ella en cuanto a que no quería participar. No obstante, apareció en mi casa anoche a las siete, subió las escaleras con ímpetu, entró de golpe a mi cuarto con un vestido morado brillante y me advirtió que no iba a admitir un no como respuesta. Miré por la ventana para asegurarme de que no estuvieras sentado en la Escalade, pues no le habría perdonado a Bron que se las ingeniara para hacer un truco como ese, y sentí la conocida mezcla de alivio y decepción por tu ausencia. Esta vez fue más que nada alivio.

«Tienes a Prince en la sangre», dijo Bron. «Tienes que ser tú. Mis otros amigos ni siquiera lo entienden. Habrían ido por las razones equivocadas». De camino a la puerta, tomó la mandolina de Lyle de su gancho. «No vamos a discutir sobre esto», dijo. «No es negociable».

Nos estacionamos en el Walgreens de Chanhassen y caminamos los más o menos ochocientos metros hasta las rejas de Paisley Park, que, para nuestra sorpresa, estaban abiertas de par en par. La página de Facebook del acontecimiento había sido muy específica: no nos iban a dejar entrar; haríamos el homenaje justo frente a las rejas. En cambio, ya había como cincuenta personas dentro, en el estacionamiento, y todo estaba dispuesto como si se tratara de un festival improvisado: cables de luz, carteles, banderas, sillas de jardín, hieleras.

Rich, Trudie y Scarlett estaban ahí, y varios músicos más que reconocí. Más y más gente llegó, supongo que conforme se corrió la voz de que habían abierto las rejas para que entráramos. Bron supuso que tal vez la gente esperaba que nos dejaran entrar al edificio. Dijo que, aunque abrieran las puertas, ella no entraría.

Había miles de flores, listones y peluches. Todos le estaban cantando «Cumpleaños feliz» a Prince una y otra vez, aunque su cumpleaños técnicamente no era sino hasta el martes. Había muchas lágrimas. Todos iban vestidos de morado, por supuesto. Yo estaba contento de que Bron me hubiera hecho usar una corbata de moño, morada y de terciopelo, y tirantes morados; habría sentido que cualquier otra cosa sería una falta de respeto.

Bebí un poco de champaña de una botella que estaba circulando. Bron alcanzó un poco de hierba, pero no me compartió. «Tienes que permanecer lúcido», me dijo. «Esto es crucial. Esto es importante».

Menos de veinte minutos después de haber llegado, me puso la mandolina entre los brazos y me arrastró hasta donde estaba Rich. Se agachó y apagó el estéreo portátil de un tipo.

«Toca "Alphabet Street"», me ordenó, y luego se quedó de pie, esperando con las manos en la cintura, ignorando a la novia del tipo, que decía: «¿Qué te pasa? Enciéndelo otra vez».

Empecé a tocar «Alphabet Street» y, después de un minuto, Rich la retomó con la guitarra. Tan pronto como reconocieron la tonada, los que estaban cerca empezaron a cantar. Otra guitarra se unió y, antes de que terminara la canción, un contrabajo había aparecido de la nada.

Así que se convirtió en una tocada acústica. Había un trombón, una armónica. Scarlett tenía su pandereta, así que esta fue la siguiente canción: «Tambourine».

«¡Cántala, Jojo!», gritó Bron, así que me puse a cantarla. Solo dejé que salieran libremente todas esas notas agudas ante la multitud, y supongo que le gustaron, porque después hubo gritos fuertes y entusiastas.

Mientras tocábamos, en algún momento Bron dio uno de sus discursos de resurgimiento: «Prince nos cambió, alteró nuestro ADN. Prince fluye en nuestras venas. Prince cambió la vida en el planeta Tierra». El evangelio según Bronwyn Otulah-Tierney. Pero a la gente le encantó. ¡Había tanta gente llorando!

Más tarde Trudie se acercó a mí, sacó una fotografía de un sobre que había en su bolsa y me lo entregó. Dijo que lo había traído con la esperanza de verme hoy.

Me tardé algunos segundos en mirar la imagen y reconocer a Raphael parada en la banqueta entre Rich y Cody. Ya casi no quedaba nada de ella. Sus piernas blancas salían de su falda como palos de escoba. El tinte negro había crecido, y empezaba a medio camino entre su cabeza; la parte de color café más claro parecía pasto muerto en su cuero cabelludo. Su cara bajo el maquillaje era una calavera.

«Tratamos de traerla a casa», me explicó Trudie.

«Está tan flaca», reparé.

«Estaba bastante jodida, cariño». Trudie me rodeó con su brazo y miró la foto conmigo. «Fuimos a Los Ángeles cuatro veces durante dieciocho meses. Lyle fue solo la primera vez, pero ella no quiso verlo. Así que la segunda vez él me compró un boleto de avión para que lo acompañara. Rapha y yo alguna vez fuimos muy buenas amigas».

Vi a Bron y a Rich acercarse a nosotros y traté de regresarle la foto a Trudie, pero dijo que debía quedármela. En realidad no la quería, pero la deslicé en mi bolsillo para que Bron no la viera. No quería que nadie más viera esa foto horrible jamás.

«Lyle nos rogaba y nos compraba boletos», continuó Trudie, «así que no dejamos de intentarlo. Cada vez que íbamos allá nos costaba más tiempo encontrarla».

Había empezado a llorar, y les di la espalda a Bron y a Rich para ocultarles mis lágrimas. Mantuve la voz queda: «¿Por qué me cuentas todo esto?».

«Porque necesitas perdonar a tu papá, cariño».

Miré a Trudy. «¿Por qué?».

«Está muy dolido ahora. Sabe que Shayna lo culpa por la muerte de tu mamá y le preocupa que tú también lo hagas, aunque no lo digas».

«No culpo a Lyle», le dije. Pero, incluso al decir esas palabras, me di cuenta de que estoy muy enojado con mi padre. Salvajemente enojado, de hecho.

De camino a casa le conté a Bron. No sobre la foto de Trudy, sino que estaba enojado con Lyle.

«¿No te habías dado cuenta de que estabas enojado con Lyle?».

«¿Por qué *estaría* enojado?», pregunté.

«Es obvio, porque trató de controlar la historia», contestó Bron. «Les mintió a ustedes básicamente durante toda su vida».

«Pero fue para protegernos», dije.

Se encogió de hombros. «Y mira cómo resultó eso».

Cordialmente,
Jo

P. D.: Mark debe estar muy divertido con todas estas cartas que llegan a su buzón, a la antigua. ¿Te contó Bron que empezó a escribirle cartas a Shayna y a mandarlas a Moorhead? Ya le envió tres o cuatro, y jura que va a seguir haciéndolo aunque Shayna nunca le responda. El Servicio Postal de Estados Unidos está superactivo con las misivas de adolescentes tristes, solitarios y distanciados.

Miércoles, 8 de junio

Querido pequeño Jo:

Me aceptaron. Entré. O sea, no sé si agradecerte o patearte el trasero por haber hecho las cosas a mis espaldas de esta manera. Y por no decirme siquiera cuando sabías que iba a ir para que me entrevistaran.

Fue solo hasta hoy, mientras iba en el coche de regreso de Duluth con Sylvan y Mark, que até cabos sobre cómo debes haberlo hecho. Ya me había dado cuenta de *qué* fue lo que hiciste. Empaquetaste todas las cartas que te mandé, cada una de esas cartas privadas en las que desnudé mi alma, desde el día uno hasta el final, y las mandaste al Comité de Admisiones como si fuera mi Ensayo Autobiográfico Creativo. O sea, todavía no puedo creer que hicieras eso.

La cosa es que debes haberlo hecho no antes, sino después de que yo echara a perder todo entre nosotros. Después de todo lo que pasó con Shayna y conmigo, y con los Carniceros y tu mamá, y luego con Mark en el Texas Border; después de todo eso. Porque cuando mandaste mis cartas ya debías saber que el tío Viktor me echó de la casa. Pusiste la dirección de Mark como mi dirección postal, así que ahí fue donde llegó su carta de respuesta. Digo, todavía estoy tratando de hacer que mi cabeza asimile todo esto, Jo.

Bueno, pues Sylvan, Mark y yo vamos en coche a Duluth juntos esta mañana y nos dan un tour oficial de todo el lugar. Voy a la entrevista sin la menor idea de qué esperar. O sea, estoy nervioso a muerte, pero las tres personas del comité —dos mujeres y un hombre, cuyos nombres olvidé dos segundos después de que se presentaron— son amables desde la primera palabra. Y no de manera falsa. Todos me miran directo a los ojos y aseguran que están tan contentos de que haya venido y que estaban deseosos de «ponerle una cara a la voz». Esas son sus palabras, «ponerle una cara a la voz». Lo cual, por supuesto, no tiene ningún sentido para mí en ese momento, y solo lo tendrá más adelante en la entrevista.

Nos sentamos, y una de las mujeres me explica que no buscan respuestas particulares, correctas, a ninguna de sus preguntas. Solo quieren tener una confirmación en vivo de quién soy yo. «Como sabes, el programa de Puente a la Educación está diseñado para una clase específica de alumno», dice. «Estamos buscando una mezcla especial de resiliencia, adaptabilidad y tenacidad. Lo llamamos "fuego en el estómago"».

La mujer que me cuenta acerca de todo esto tiene los dientes frontales más grandes que jamás haya visto en la vida. Hay un espacio entre ellos que, de alguna manera, hace que todo lo que dice no suene ridículo y cursi como suena ahora mientras lo escribo, sino sincero y sentido de corazón. No sé cómo funciona eso exactamente, cómo un espacio entre los dientes frontales de alguien puede hacer que parezca sincero, pero funciona conmigo en la entrevista.

Me preguntan por mis objetivos. ¿Adónde querría viajar de todo el mundo y por qué? Si fuera a filmar un documental, ¿qué tema elegiría?

Es sorprendentemente fácil responder estas preguntas. O sea, solo invento cosas. Ni siquiera recuerdo exactamente qué les respondí. Las cosas llegaron a mi cabeza y las dije, y de alguna manera eran verdad.

Y la segunda mujer asegura que le sorprende que no hable más de ser escritor. Comenta lo encantados que estuvieron todos con mis cartas. Cuánto los conmovieron.

«Fue una decisión muy atrevida mandar tu correspondencia con Jo como tu EAC, Adam», dice. «O sea, para mí, ese es tu fuego en el estómago, justo ahí. Esa decisión en sí misma».

«No es que minimicemos la calidad literaria de las cartas mismas», interviene el hombre. «La manera en que la voz surge poco a poco, a lo largo de meses. Y sale de su caparazón».

«Como una mariposa de su crisálida», completa la segunda mujer.

O sea, al escribir esto ahora suena como la máxima mierda. Pero te juro que no me sonó así en el salón de la entrevista.

Creo que estaba más o menos impactado. Toda la semana había estado aterrado por no haber escrito el EAC ese. Quise escribir algo que presentar, pero no pude pensar en nada. Al final llevé mi ensayo de Walt Whitman, aunque sabía que no era ni lo bastante personal ni lo bastante creativo, pero pensé que sería mejor que nada.

Sin embargo, a media entrevista todavía no me han preguntado por él. En lugar de eso, me hacen cumplidos por mis habilidades como escritor y cuentacuentos, y me

388

dicen lo valiente de mi parte y lo franco de corazón que era compartir mi historia con ellos. Y después mencionaron tu nombre: Jo. No solo tu nombre, Jonathan, sino el nombre personal con el que te llamo, el que solo yo uso contigo. O sea, me toma años darme cuenta, pero al final me doy cuenta de que debes haberlo hecho tú. Me doy cuenta de que fuiste tú, Jo. Todo. Tú lo hiciste.

Sentado ahí, a mitad de la entrevista, hago a un lado ese pensamiento tan pronto como se me ocurre. Es demasiado arriesgado. O sea, no puedo arriesgarme a abrirme por completo como hice el otro día con Mark. ¿Ese agujero negro por extrañar mi casa y extrañarte a ti, todas esas añoranzas mezcladas entre sí vilmente? No enfrente de esta gente.

Pero, de todos modos, la entrevista ya había acabado para ese momento. Me pidieron que esperara afuera del salón. Mark y Sylvan estaban ahí y se abalanzaron sobre mí: ¿qué pasó, qué les dijiste, qué te respondieron?

Pero pasó menos de un minuto y la puerta se abrió otra vez; los tres salieron con sonrisas gigantes. Recibiría una llamada oficial en las siguientes veinticuatro horas y un aviso por escrito dentro de cinco días hábiles, pero confiaban bastante en que todo saldría bien, y estaban encantados de ofrecerme un lugar en el programa.

«¿Beca completa?», preguntó Sylvan, y el hombre se rio y dijo: «Beca completa. Colegiatura, estancia, plan alimentario, laptop, dinero para libros de texto. Solo pagará sus cervezas».

«Una vez que tenga la edad para hacerlo, por supuesto», agregó la primera mujer, y todos reímos.

Tengo que decir que la mejor parte de todo el día fue ver a mis dos hermanos realmente felices. Estaban felices por mí. Eso ya era importante. Digo, siempre pensé que Sylvan quería que trabajara con él y el tío Vik. De camino a casa paramos en Wings 'n Things y pedimos una jarra de té helado. Sylvan hizo un brindis por mí y dijo: «Un académico en la familia Kurlansky». Así que adiviné que estaba feliz no solo por mí, sino también a causa mía.

Y sabía que Mark ya le había dicho de ti y de mí, que soy gay. Me contó hace varias semanas que ya habían tenido esa conversación. Así que sabía que para Sylvan la información de quién soy estaba en el fondo de todo, pero por alguna razón no parecía diluir la felicidad que sentía por mí, en absoluto.

Trato de no pensar en la universidad, Jo. Ahora que ya pasó todo y estoy escribiendo esta carta en el sillón de Mark. Tiene un reloj en la cocina que hace un sonido hueco de tictac, aunque es un reloj eléctrico normal. Suena más fuerte cuando Mark trabaja hasta tarde, como hoy. ¿Lo notaste cuando dormiste aquí? Dormiste en el sillón en el que estoy durmiendo.

Jo. Trato de no pensar en la universidad, y trato de no pensar en ti. Trato casi cada segundo que paso aquí de no caer en ese agujero otra vez. Sigo intentando hasta que estoy tan adolorido y cansado de tanto intentarlo que me duermo. Pero esta noche me está tomando mucho tiempo lograrlo. ¿Cómo las llama Walt? «Sombrías y dolientes horas». Este maldito reloj.

Aunque creo que estoy escribiendo esta carta para agradecerte. Después de mostrarte lo peor de mí y tratarte de la peor manera posible. Como siempre, no dejaste de pensar en el futuro, incluso en mi futuro. No hay manera de que puedas haber enviado mis cartas en beneficio tuyo.

Fue por mí, después de todo lo que te hice. Después de todo, continuaste siendo generoso. Infinita, extravagantemente generoso.

¿Qué es lo que dice Walt? Me lo dijiste cuando empezamos a escribirnos, cuando te estabas presentando. «Gastando para conseguir enormes beneficios». Entregándote. No le pides al cielo que descienda sobre tu benevolencia, sino que te comportas «derramándola siempre con liberalidad».

Jo, no debería de estar sorprendido siquiera de que seas generoso cuando no lo merezco. Es justo quien eres. Pero gracias, de todas formas. Gracias. Gracias.

Atentamente,
AK

Querido Kurl:

Ayer en la escuela, cuando pasé junto a Maya, Dowell y otro par de secuaces que estaban sentados afuera en las sillas apilables al lado de la puerta del gimnasio, Maya murmuró: «Ah, miren, es el soplanucas de Kurlansky».

Los otros se rieron. Al principio seguí caminando, pero luego miré hacia atrás para ver si Dowell reía con ellos. No lo hacía: volteó la cabeza y apartó su mirada de mí, hacia el otro lado del estacionamiento, donde estaban los camiones escolares vacíos.

Me di la vuelta y regresé caminando adonde estaba Maya.

«¿Qué le pasó a tu disfraz de soplanucas?», me preguntó.

Kurl, confesaré que estaba aterrorizado. No tenía ningún deseo de enfrentar más dolor físico. Pero, de alguna manera, el riesgo parecía haber cambiado desde la última vez que uno de los Carniceros chasqueó la lengua, o hizo que me tropezara o me picó con un lápiz afilado. No ha pasado tanto tiempo desde la fiesta de Bron, solo unas semanas. Dowell todavía tiene puesto el yeso en el brazo, aunque siempre trae su sudadera de capucha con el puño de la manga cortado para cubrirlo. Parte de mi novedoso valor debe haber venido de las noticias de que el próximo año se cambiará de escuela. Bron me contó que escuchó que sus padres lo van a mandar a un internado en Connecticut, que tiene una tía allá con montañas de dinero que ofreció «intervenir».

Así que ¿qué significan estas noticias para mí? Un predecible final a la amenaza, supongo, o un cambio fundamental en la naturaleza de la amenaza, al menos. Los Carniceros sin Dowell —sin el sicario, el músculo tras las operaciones— son puramente una amenaza psicológica. Supongo que decidí, justo en ese momento, que ya no permitiría que nadie amenazara mi psique. Y, como este era el primer acercamiento de Maya desde la fiesta en casa de Bron, su primer intento de humillación posterior al cataclismo, sentí que era una coyuntura importante.

En fin. Estaba aterrorizado, pero caminé hasta ella de todas formas. Y cuando me preguntó por mi disfraz de soplanucas, le solté: «Mira, de verdad necesito saber qué más quieres de mí, Maya».

«¿De qué mierdas hablas?», preguntó ella. Bajó de un brinco de la pila de sillas y Liam y los otros Carniceros la siguieron. Pero Dowell se quedó donde estaba.

«Me gustaría de verdad acabar con esto», afirmé. «Tal vez me podrías decir qué quieres de mí, para que podamos acabar de una vez».

Maya se rio para que los otros se rieran, y así lo hicieron, a excepción de Dowell.

«Ay, Dios mío», exclamó Maya. «¿Crees que ahora *puedes* con nosotros o algo así?».

«Claro que no», dije.

«Entonces, ¿qué vas a hacer, soltarnos a Kurlansky como si fuera tu perro? ¿Lo tienes en marcación rápida o algo?».

Risas, pero Dowell no se reía.

Dije: «Maya, has estado soltándome a tus amigos como perros casi durante dos años seguidos. He salido lastimado. Christopher ha salido lastimado. No me interesa continuarlo y, honestamente, creo que tampoco le interesa a Christopher».

«Cállate, Jonathan», dijo Dowell, pero no se bajaba de las sillas. También había usado mi nombre. No *un* nombre, ni un nombre despectivo, sino *mi* nombre.

Maya lo miró. «¿Qué, ahora son amigos? Espera. ¿Te lo estás *cogiendo* ahora?».

Risas, risas.

«Cállate, Maya», exclamó Dowell.

«Tal vez es *tu* soplanucas. ¿Es tu soplanucas ahora, Chris?».

«¡Cállate con un carajo, Maya!». Y ahora Dowell se bajó de las sillas. Por un momento se quedó ahí parado mirándome a mí y luego a los otros, como si estuviera decidiendo a quién pegarle primero.

Los otros habían dejado de reírse, distraídos por las expectativas. Luego Dowell cambió su peso, dio un paso atrás y empezó a caminar sin rumbo junto a la pared.

«¿Adónde vas?», exigió saber Maya.

Dowell no se dio la vuelta. Se impulsó apoyándose con su yeso en la pared y se alejó del grupo cruzando el estacionamiento. Levantó su mano buena a la altura del hombro. Su dedo del corazón se asomaba por la manga de su sudadera.

«¿Ves? A nadie le interesa», dije. «En realidad, no soy una persona tan interesante, a decir verdad».

Liam rio de todo esto; por accidente, se rio de lo que yo había dicho y Maya tuvo que lanzarle una mirada fulminante para que dejara de hacerlo.

Se me ocurrió que debía implicar cierto esfuerzo estar al frente de los Carniceros. Maya es un pequeño reptil odioso y cruel, pero su inteligencia también es sorprendente. En Geografía, el año pasado, hizo una presentación sobre el ahorro de agua y su presentación de diapositivas me impresionó por la profundidad de su análisis y la elegancia de su diseño.

«Mi ropa tal vez fuera interesante», le dije, «pero ya se acabó también eso. Soy solamente un chico gay aburrido y flacucho. A nadie le interesa».

No había visto nunca eso, Kurl. No podía interpretar la expresión de Maya. Si hubiera tenido que adivinar, habría dicho *cautelosa*. Era como si de pronto estuviera esperando mi siguiente jugada, más que hacer una jugada ella misma. Era algo que nunca había vivido antes.

Incluso cuando me di la vuelta y me fui caminando, me preparé para un ataque. Estaba seguro de que notaría su error, sentiría que había perdido terreno e intentaría recuperarlo ordenándole a Liam que me diera un golpe en la parte trasera de la cabeza o por lo menos un buen empujón para que cayera tendido.

«*Ahora* sí eres interesante», diría ella, o algo así; cualquier cosa para hacer que los Carniceros se rieran de la persona correcta otra vez.

Pero, por algún milagro, en ese preciso momento el señor Kwan dio la vuelta en la esquina más lejana del edificio, se acercó a nosotros como paseando y se fue directo a la puerta del gimnasio. Para cuando hubo pasado, ya había suficiente distancia entre los Carniceros y yo y sabía que estaba fuera de peligro, al menos por ahora.

Kurl, necesito dar crédito a lo que hay que darlo: es a ti a quien debo dar gracias por mi nueva perspectiva, por mi conciencia repentina de la relativa trivialidad e irrelevancia de los Carniceros como depredadores y la mía como presa. Desde el principio me dijiste que atraía el fuego enemigo por mi aura, por la burbuja en la que estaba. Y me la pasaba formulando argumentos para vivir deliberadamente en una burbuja ante las repugnantes realidades de la preparatoria. Bueno, llegó la evidencia: tenías razón y yo estaba equivocado. No hay ventaja alguna en permanecer dentro de una burbuja cuando todo lo que esta hace es dejarte flotando por ahí, delirando, aislado, como blanco de las armas más punzantes de todas. Me gusta pensar que por fin, de manera oficial, salí de mi burbuja y la reventé de una vez por todas.

Cordialmente,
Jo

Querido pequeño Jo:

Mark dice que la gente siempre le hace esas preguntas. ¿Cómo era? ¿Mataste a alguien? ¿Eres como esos veteranos de Vietnam que están locos? ¿Leíste sobre «llena-la-casilla» que pasó allá? ¿Qué piensas de Abu Ghraib? ¿Y por qué fuiste allá solo una vez? ¿No estás feliz de no haber terminado en «llena-la-casilla»?

Según él, todas estas son preguntas equivocadas, aunque tampoco cree que haya otras correctas. Dijo que conocía a los dos marinos que se murieron en Bagram cuando, entre los hongos mágicos que la novia de uno de ellos le mandó, por accidente había un hongo venenoso.

«Nadie quiere oír esa historia», dijo Mark. «Y nunca reportaron la causa de muerte. Nadie quería saber que fue por algo así».

Por muchas razones, me dijo, eso era peor que el hecho de que alguien fuera derribado en servicio en el frente.

«Ahí estábamos en todo este peligro todo el tiempo», dijo, «y estos tontos van y se mueren de una forma tan ordinaria, justo como alguien se podría haber muerto allá en casa».

Mark me ha hablado mucho del TEPT. De que mi trauma por haber sido la bolsa de boxeo del tío Viktor durante tanto tiempo seguramente disparó mi explosión en la fiesta de Bron, en especial en la parte donde me sentí totalmente fuera de control y ni siquiera sabía a quién le pegaba. Pero mi hermano dice que también es probable que el TEPT haya contribuido a las otras explosiones, como cuando destrocé tu cuarto, o cuando te dije insultos horribles o ataqué a Dowell esa vez en la biblioteca. Dice que quizá también sea lo que provoca mis pesadillas. O sea, yo duermo en su sillón, así que me oye cuando despierto gritando.

Mark habló con un trabajador social para veteranos de guerra que conoce y me puso en lista de espera para terapia. Dice que la terapia le ayudó de verdad a encontrar la manera de confiar en sí mismo otra vez.

Le hablé a Mark sobre ese libro viejo que una vez encontré en la biblioteca, titulado *Asesinos de la naturaleza*. Era de 1904. Con ese libro, me aprendí de memoria una bola de nombres que la gente les había dado a varios hongos venenosos: *Aseroë rubra, Leotia viscosa, Mitrula paludosa, Sarcodon imbricatus, Daldinia concentrica, Paxillius involutus*. Hay muchos hongos en Minesota que pueden ser mortales. Incluso la cantidad más pequeña puede paralizarte o provocarte un daño severo en el hígado.

Mark se rio al oír los nombres.

«Deberíamos descubrir un hongo nuevo», dijo, «para que le podamos poner un nombre tan loco como esos». Se quedó callado durante un minuto. Luego dijo: «Hablo en serio. Deberíamos ir a hacer un viaje en canoa o algo. Al bosque».

«Okey», accedí.

«Adam», dijo mi hermano, «no seamos del tipo de gente que le da miedo vivir porque podríamos morir».

Atentamente,
AK

Querido Kurl:

Me da gusto que haya salido todo bien con la gente de Puente a la Educación. Y me da gusto que no estés enojado conmigo por mandar tus cartas al Comité de Admisiones.

Hiciste referencia a las «sombrías y dolientes horas», así que debes haber estado leyendo los poemas de Walt de «Calamus». De hecho, he estado leyendo justo esos poemas en las últimas semanas.

¿Sabías que Walt estuvo enamorado durantes años de un hombre que no lo amaba? Después de «Canto a mí mismo», viene el desamor. Siente con su cuerpo entero esa añoranza y esa soledad, de la misma forma en que lo siente todo con su cuerpo entero.

En esos poemas posteriores, Walt empieza a darse cuenta de que sus estándares para el amor son demasiado altos. Su visión del amor era demasiado buena para ser cierta. Se da cuenta de que ni siquiera quiere amor, si el amor va a ser una cosa diluida, una cosa ordinaria llena de compromisos y mentiras. Por eso estos poemas son tan amargos: se está dando cuenta de que prefiere estar solo que ser pareja a medias.

Así que dice: «Entonces suéltame ahora, antes de complicarte más. Deja ir tu mano de mis hombros, déjame y parte a tu camino».

Me da gusto que entraras a la Universidad de Minesota, Kurl, y me da gusto que sea hasta Duluth. Es justo la forma de progresar a partir de aquí, de nosotros. Es correcto, de un modo justo.

Es justo como dice Walt. Deja ir tu mano de mis hombros. Déjame, Kurl, y parte a tu camino.

Cordialmente,
Jo

Sábado, 11 de junio

Querido pequeño Jo:

Por favor, no me la mandes de regreso. Tampoco se la des a Bron para que me la regrese. Puedes tirarla si quieres, pero no me la regreses. La vi en la ventana de la tienda del señor Trapero en la calle Lake y no pude no comprártela.

Traté de pasar de largo. O sea, me sentí aturdido al pensar en comprarla y que no la quisieras. Y sé que tampoco es como tu bufanda vieja. En realidad, es más vistosa. Tiene más flecos y una seda más brillante. «Iridiscente», la llamó el señor Trapero. Verde hierba. Verde primavera. Como la bandera de tu temperamento. No podía no comprártela, Jo. No me la mandes de regreso.

Y, ya que estoy haciendo peticiones que no tengo derecho a hacer, también quiero que dejes de tirar tus cosas. La bufanda de cachemira de Lyle, en el triturador de la casa de Bron en la fiesta. Tu mandolina, hecha astillas en el piso del Texas Border. Tu casa de campaña, afuera en la banqueta. Tu tornamesa, la linterna LITTLE WIZARD que Bron me entregó a petición tuya.

Quiero decir, incluso dejaste de usar mucha de tu ropa *vintage*. Te vi sentado en Literatura el lunes. ¿Era esa tu última clase del año? Es probable que sí. Me asomé por la ventana del salón de Khang solo por un minuto. Llevabas puesta una camiseta y esos jeans otra vez, y te habías cortado el pelo tanto que por poco no te reconocí.

Bueno, leí los poemas de «Calamus» otra vez después de recibir tu última carta. Y entiendo que puedes leerlo como «Déjame y parte a tu camino». La manera en que Walt quiere vivir en el mundo real, y no dentro de alguna hermosa fábula que nadie ha leído. Lo entiendo.

Pero Walt no lo deja ahí, ¿o sí? No rompe *Hojas de hierba*, ¿o sí? No va y destruye todo lo que ama y deja de escribir y empieza a ponerse camisetas y jeans para ir a la escuela. ¿O sí? Ya sabes lo que quiero decir. No deja de escribir.

No te pido que vivas en una burbuja, Jo. Pero tiene que haber una forma de vivir en el mundo real sin renunciar a todas las cosas que amas. Todas las cosas hacen que tú seas tú. Es peor que extrañarte, peor que no ser capaz de hablarte o tocarte.

Puedes pedirme que suelte tus hombros, Jo. Puedes decirme que te deje y parta a mi camino. Pero no puedo hacerlo. Lo lamento, sé que no te facilita las cosas. Simplemente no puedo.

Atentamente,
AK

Domingo, 12 de junio

Querido Kurl:

Me prometí que esta sería mi última carta para ti porque estoy profundamente consciente de la hipocresía de decirte: «Deja ir tu mano de mis hombros», y luego tocarte el hombro con otra carta.

Ayer Lyle y yo fuimos en auto a Moorhead para visitar a Shayna. Todavía encuentro difícil saber qué decirle a mi padre. En el auto puso a Tony Rice, y yo lo ahogué con Prince a todo volumen en mis audífonos.

Sorprendentemente, la vida en Moorhead parece sentarle bien a mi hermana. Se veía más grande que como la recordaba, aunque solo han pasado tres semanas. Su cabello estaba más brillante, se lo había pintado de un color café-negro en lugar de negro-azul, y llevaba puesta ropa nueva.

Pero no quiso salir del cuarto de invitados de Gloria para ver a Lyle. Me dejó entrar y luego cerró la puerta detrás de mí. Me senté junto a ella en la cama mientras Lyle conversaba con ella a través de la puerta unos minutos —párrafos largos de disculpa y reconciliación de parte de Lyle, ojos en blanco y respuestas monosilábicas de parte de Shayna—, hasta que Gloria lo llamó, anunció que ya estaba listo el café, y él se retiró a la cocina.

Shayna dijo que ella y Gloria se llevan bastante bien. «Gloria me hace ir con ella todos los días a un lugar llamado Harbor, donde trabaja como voluntaria. Con toda la gente de la calle, básicamente. Hay niños que llegan después de la escuela para que les den refrigerios gratis. Más que nada, les toco la guitarra. Hay un par de guitarras con las que a los niños les gusta jugar. Hay un niño que en verdad está empezando a tocar muy bien».

Le mostré mi foto de Raphael, la que Trudie me había dado. Pero Shayna no parecía ni conmocionada ni impresionada. Me dijo que Gloria tiene algunas fotos similares.

«Ella y el abuelo Hansen fueron a Los Ángeles un par de veces para invitarla a cenar y eso. Una vez trataron de ingresarla a un hospital, pero salió del auto de un brinco».

Asumí que Shayna debía estar todavía furiosa con Bron, puesto que no le había contestado ninguna de sus cartas. Le conté sobre el homenaje a Prince, y traté de retratar a Bron como humilde y arrepentida de su papel en la explosión Axel/Lyle.

Pero Shayna dice que no es suficiente para hacer borrón y cuenta nueva. «Bron es distinta de mí», me dijo. «Apenas me daba cuenta de eso, creo. Necesito tener una vida. No la vida que *él*, Lyle, querría para mí y tampoco la que querría Bron, ¿sabes?».

No hablamos de ti, Kurl. De lo que pasó entre tú y mi hermana. Supongo que yo esperaba que Shayna sacara el tema, que me ofreciera una disculpa formal por su participación en eso, que me diera un reporte sobre el análisis psicológico profundo que habría realizado consigo misma para deducir cuáles habían sido sus motivaciones, que me

405

asegurara que nunca quiso lastimarme a mí, su amado hermano. Sin embargo, se comportó como si no hubiera pasado nada, y descubrí que era un alivio no tener que hablar de ti, no escuchar tu nombre pronunciado en voz alta. Y, de todas maneras, habría tenido que decirle a Shayna que todo estaba perdonado. Habría tenido que admitir ante ella que ya no tengo ningún derecho sobre ti y que, técnicamente, tampoco lo tenía ni siquiera en la fiesta de Bron.

Nos despedimos, mi hermana y yo. Nos abrazamos frente a la puerta del cuarto de invitados, luego ella la abrió de par en par con la llave y ambos nos quedamos congelados en el lugar donde estábamos. Desde la cocina llegaban el llanto de Lyle y sus extrañas palabras: «No puedo perderla. Simplemente no puedo. Creo que no podría sobrevivir».

Y la respuesta de Gloria, clara y fuerte: «Escucha, necesitas entender algo. Shayna no se parece en nada a su mamá. *En nada*. Algo en Raphael estaba dañado, lo estuvo toda su vida. Un daño muy profundo».

Gloria también lloraba. Oímos cómo ella se sonaba la nariz. Empecé a caminar por el pasillo, pero Shayna me detuvo sujetándome por el brazo y puso un dedo sobre sus labios.

«Me siento culpable», dijo Gloria. «El papá de Rapha… Bueno, Lyle, ya sabes que no era un buen hombre. No era bueno con ella. Y me culpo por eso».

«Ay, no, vamos», dijo Lyle. «Eso no es…».

Gloria seguía: «Pero Shayna… Shayna es diferente. Está… *bien*, Lyle. Está entera. Es feroz como un demonio».

Lyle soltó una carcajada-sollozo.

«Ahora está enojada contigo porque quiere a su mamá, eso es todo», dijo Gloria. «Pero va a estar *bien*. Confía en mí esta vez».

Estuvieron callados por un minuto. Me deslicé por el pasillo en dirección a la cocina mientras Shayna se apoyaba en el quicio de la puerta del cuarto de visitas.

Lyle respiró tembloroso. «La amaba tanto», murmuró.

«Lo sé», dijo Gloria. «Yo también».

Otro minuto en silencio. Luego: «Ya sé que estás aquí, Jonathan», gritó Lyle. «Puedo oírte llorar».

Detrás de mí sonó la puerta del cuarto de invitados al cerrarse.

«Más amargo de lo que puedo soportar». Estaba recordando, justo ahora, esas palabras adoloridas de Walt. «Me queman y me arden». ¿Es así como Lyle y Gloria sienten a Raphael, es así como también la siento yo? ¿La Raphael perdida, el fantasma de Raphael? ¿O es diferente para aquellos que la recuerdan, quienes la conocieron antes de que se convirtiera en un fantasma?

Adiós, Kurl,
Jo

Querido pequeño Jo:

El verano antes de que mi padre muriera hubo un picnic familiar en el río. Para entonces, Sylvan ya tenía su propio carro, uno de los amigos de Sylvan vino en su camioneta y el tío Viktor también llegó en la camioneta del negocio. Recuerdo que, por alguna razón, todos estacionaron sus vehículos en el terreno de grava con las partes delanteras juntas, como narices de bisontes.

Mi papá cocinó salchichas y filetes en la parrilla. Recuerdo nadar bajo el sol del ocaso y el agua verde, que brillaba en las partes poco profundas. Después los olores de la comida murieron bajo el humo de la madera. El amigo de Sylvan puso a Led Zeppelin en el estéreo de su camioneta, y papá y el tío Vik alimentaron el fuego para protegernos del frío.

Mark forjó un cigarro y se lo pasó a Sylvan. Papá estiró la mano para que le dieran una fumada, pero Sylvan se rio y dijo: «Es un toque, papá».

Nuestras toallas se secaban sobre los arbustos. El tío Vik pellizcó un mosquito en su brazo y se chupó la sangre de los dedos. En ese tiempo para mí solo era el tío Vik, nada más que una sombra detrás de mi padre.

Noche, fuego, música. La tierra fría bajo mi trasero, mi cara caliente sobre la rodilla de papá, mi cabeza moviéndose cuando él seguía el ritmo con sus pies. Recuerdo que sus espinillas desnudas se veían con nitidez y se sentían calientes bajo mi mano por las llamas cercanas.

Y yo estaba feliz, tan feliz.

O sea, estaba chico, mucho más que mis hermanos. Todo lo que sabía era que estaba con esos hombres: esos fuertes Kurlansky que me rodeaban siempre estarían ahí, pensaba. Me mantendrían a salvo. Me mostrarían el camino.

Atentamente,
AK

Miércoles, 22 de junio

Querido Kurl:

De acuerdo: una última carta, puesto que siento que tu invitación merece una respuesta considerada. Cuando regresé del trabajo, Lyle me estaba esperando y me habló acerca de tu visita. ¿Te mencionó que he estado trabajando un poco para la escuela de música? Más que nada, ayudo a organizar los horarios del campamento de verano y proceso cancelaciones y registros tardíos de la lista de espera. En fin, Lyle dijo que habías venido con Mark y le habías entregado un cheque por la cantidad que pensabas que costaría reparar la puerta de mi cuarto. Ustedes tres hablaron durante un rato, al parecer. Tú y tu hermano le contaron a Lyle del comportamiento abusivo de tu tío, tu vivienda actual y tus planes para el próximo año.

Y después le contaste sobre el Seminario de Poesía de Verano de la Universidad de Minesota. Habías logrado que la gente de Puente a la Educación estuviera de acuerdo en admitirme aunque solo tenga dieciséis años, siempre y cuando obtenga el consentimiento de Lyle.

Creo que me lo gané por enviar tu solicitud. Es irónico, ¿no? El correo electrónico que imprimiste para Lyle dice: «Por supuesto, hemos leído sobre tu amigo Jonathan, y tenemos un gran respeto por su pertinaz y bien informado amor por el poeta Walt Whitman. Estamos de acuerdo en que su contribución sería valiosa».

Por supuesto que saben de mí. Estoy en todas tus cartas, Kurl. Yo lo sabía y sentí cierta vergüenza al releerlas, antes de mandarlas de tu parte. Pero, de alguna manera, pensé en mí como un personaje de tu historia. O supuse que así me vería el Comité de Admisiones.

Y luego les pediste que me consideraran una persona real de carne y hueso. Es irónico, y ahora tengo una idea bastante clara de cómo debes haberte sentido tú. Avergonzado. Expuesto. Te ofrezco otra disculpa, retrospectivamente, por la violación de tu intimidad, aun cuando el resultado haya sido feliz.

Gracias por el ofrecimiento, Kurl. En verdad significa mucho para mí. Comprendo que intentaste hacer aquello por lo que me agradeciste: ser generoso, considerar tu futuro a pesar de todo.

En verdad lo valoro, pero no puedo aceptarlo. No puedo salirme de mi vida por ir montado en la cola de la tuya. Sería una fantasía, nada más: dos meses vagando por un soleado e idílico campus universitario, dejándome embriagar por la ilusión de que mi mayor problema en la vida es un pentámetro yámbico.

Luego tendría que abandonarlo y regresar a casa, y aquí me esperarían la preparatoria, Maya y los Carniceros, pero no Shayna, ni Bron ni tú. Para ser honesto, preferiría saltarme la fantasía y quedarme en la realidad a tener que readaptarme a la realidad otra vez más.

Lamento que hayas pasado por toda esa molestia, Kurl.

Cordialmente,
Jo

Querido pequeño Jo:

Pues anoche fui directamente a tu casa después de recibir la carta en la que respondías: «Gracias, pero no, gracias», a mi oferta sobre el Seminario de Poesía de Verano.

Abriste la puerta y dijiste: «Ah, hola, Kurl». Ahí estaban tu pelo revuelto, tu nariz fina, tu mano que iba a tu garganta.

«Creciste», dije. De entre todo lo que podía decir. Me hizo sentir calor en la cara.

Ya había lágrimas en tus ojos. «Mierda», murmuraste mientras las limpiabas. «Ignora las lágrimas, ¿okey? En serio. Edítalas, córtalas».

«Okey», respondí. Había pensado que tal vez me cerraras la puerta de golpe en la cara. Pero pedirme que editara y borrara tus lágrimas significaba editarlas de algo más grande, algo que todavía estaba por pasar, como tal vez una conversación entera. Así que di un paso adelante, y tú diste un paso atrás y me dejaste entrar.

Me condujiste a la sala y nos sentamos. Los discos de Lyle en sus cajas, los monstruosos componentes del estéreo, la lámpara anaranjada de 1970 con el flequito, los instrumentos musicales colgando de sus ganchos, el bong de cristal morado. Todo se veía diferente. Pensé en tu madre. Pensé en Shayna, su hija, viviendo ahora en Moorhead.

Tenías mi bufanda puesta. Tu bufanda, la verde nueva que te mandé. Viste que la noté y enseguida te la quitaste del cuello y la metiste entre los cojines del sofá como si fuera una fotografía pornográfica o una carta de amor.

Jo, tus mejillas coloradas. Tus ojos rojos. Tus labios partidos. Recordé la aspereza de tus labios, la sensación de tocarlos, y mi sangre se aceleró. Deseo, deseo. Tuve que voltear hacia otro lado para concentrarme en lo que quería decir.

«Estás ignorando el llanto, ¿verdad? No quiere decir nada».

«Lo sé», respondí, y recordé para qué había venido. «Quiero que hagas el seminario conmigo», afirmé. «Puedes quedarte en mi dormitorio. Yo me quedaré en la casa de Mark unas semanas más y luego buscaré un cuarto en algún lugar cerca del campus cuando empiece todo lo de futbol en agosto».

«¿Qué del futbol?». Una sonrisa se apoderó de mi cara antes de poder detenerla.

«Quieren que haga una prueba para el equipo universitario de la Universidad de Minesota».

«No puede ser», murmuraste. «Kurl, eso es increíble. Es maravilloso».

«Sí».

«Estrella de futbol universitario». Se te rompió un poco la voz y agitaste la mano frente a tu cara para recordarme que ignorara el llanto.

«Escucha. Rentaré un cuarto en algún otro lugar. Dijeron que en el verano hay muchísimos cuartos disponibles para subarrendar, ni siquiera costará mucho. ¿Okey? Ni siquiera tendrás que verme».

Negabas con la cabeza.

«Vamos. Esto es algo *bueno* para ti». Me levanté y me senté junto a ti en el sillón. «Si dices que no a esto, solo estás siendo terco. Es una tontería. Solo es tu terquedad».

Te volteaste. Tu cara había cambiado. «¿Por qué crees que puedes tener las dos cosas? No puedes hacerlo, Kurl; así no es como funciona». En un instante habías dejado de llorar. El enojo reemplazaba a la tristeza.

«¿De qué hablas?», pregunté.

«Fuiste tú el que dijo que era mejor así», me recordaste.

«¿Así cómo?».

«Solos. Separados».

«No. No, no fue así».

«Dijiste que era más fácil. Dijiste que tronar era lo mejor».

«No lo hice», insistí. «Me estás citando mal».

Entrecerraste los ojos. Te recargaste en el sillón y te cruzaste de brazos. «Fue justo en la última carta que mandé a la gente de Puente a la Educación. Las últimas dos cartas, de hecho. Palabra por palabra».

«Entonces, ¡las estás sacando de su contexto!». Ahora yo también me estaba enojando. ¿La idea de que te habías rehusado a verme, que te habías prometido dejar de escribir, que todo este tiempo habías pensado que era yo quien quería alejarse? ¿Que era yo quien estaba detrás de todos esos días y semanas desperdiciados, miserables y con el corazón adolorido?

El enojo se me revolvía en el estómago, me empujaba por la espalda, me picaba detrás de los ojos. Y él, el enojo, me hizo recordar que te lo *había* dicho: estaríamos mejor se-

414

parados. Y recordé *por qué* lo había escrito, por qué lo había creído. Era exactamente por esto, por este enojo.

«Ay, no», susurré. Me incliné hacia adelante y apoyé mi cabeza en mis brazos. «Tienes razón. Olvidé que lo había dicho. No, no».

Estabas callado y después de un minuto volteé a mirarte. Tenías los ojos totalmente abiertos, rojos. La línea de tu clavícula y el suave hueco donde esta se encuentra con tu cuello, Jo.

Dije: «Pero no es así. No es mejor separados. Me equivoqué». No pensé en acercarme a ti en el sofá ni en poner mi boca en el hueco en tu cuello, pero yo estaba ahí y mi boca estaba ahí.

Te pusiste rígido, respirabas con fuerza.

Presioné mis labios sobre tu garganta. Soplé mi aliento en tu oído. Me tendí pesadamente sobre ti, así que tus brazos cruzados quedaron apresados entre nosotros. Sentí mi cuerpo como arena que se derramaba sobre tu cuerpo.

Volteaste; sentí que tus dientes raspaban mi pómulo y levanté mi boca hacia la tuya. «Anhelo, anhelo, anhelo». No estaba besando tanto como buscando aire.

Susurraste: «No, no. Detente». Me empujabas, te retorcías.

«No quiero», dije, aunque retrocedí. «No quiero parar. Te amo. Sabes que te amo».

Te diste la vuelta, te subiste en los cojines, dándome un fuerte rodillazo en la quijada al hacerlo, y te escondiste detrás del sofá de un brinco.

Me asomé al otro lado del respaldo, pero tu cara estaba oculta. Tu brazo estaba enroscado sobre tu cabeza, como formando un escudo para protegerte de la basura que pudiera caer.

«Oye», dije. «Sal».

«No quiero vivir dentro de una fábula hermosa», dijiste; las palabras sonaron sofocadas.

«¿Qué quieres decir?».

«Lo que teníamos. Nosotros. Dijiste que inventamos un universo, ¿recuerdas? Este universo entero de ficción, delicado, del que solo tú y yo sabíamos. Y tal vez estaba ahí también el fantasma de Walt Whitman».

«Okey», dije. Desde donde estaba sentado, girado hacia atrás en el sofá, veía a los vecinos al otro lado de la calle sacando las compras de la cajuela de su carro. La madre le daba las bolsas de comida al niño pequeño, y él las cambiaba de mano, cada vez más cargado y estirándose para que le dieran más, para ver cuánto era capaz de cargar de una sola vez, como es obvio.

«Bueno, mira lo que le pasó», dijiste. «Quedó *destrozado*». La palabra destrozado se rompió con tus sollozos. «No quiero vivir en una fábula hermosa si se va a destrozar de esa forma».

«Yo tampoco. Pero ya no es una fábula si también vive más gente dentro de ella. Entonces se hace real. Mark y Sylvan, Bron, Lyle…». Estaba a punto de nombrar a Shayna, pero me arrepentí. «Toda la gente de la Universidad de Minesota… O sea, diablos, a mi mamá y al tío Vik puede no gustarles, pero ya *saben* de nosotros, al menos; saben que es real».

La madre al otro lado de la calle cerró la cajuela con un golpe. Trató de tomar algunas de las bolsas que llevaba el niñito, pero él se alejó y corrió hacia la casa, decidido a llevarlas él solo.

«Ya no es una fábula», te corregí. «Somos dos personas en el mundo real. ¿Cómo lo llama Walt? *Intrépido*».

«Pero yo no soy intrépido», dijiste.

«Sí lo eres». Me estiré hacia abajo y, tras buscar tu mano, anudé mis dedos con los tuyos. «"¡Quitad los cerrojos de las puertas!" ¿Recuerdas? "¡Quitad las puertas mismas de sus goznes!"».

«No puedo».

«Por favor, Jo». Jalé tu mano y me la llevé a los labios, lamí tu palma y la presioné contra mi boca.

«No», repetiste, y trataste de zafarte.

No te solté. Necesitaba escucharte hacer otro sonido distinto de «no», así que te mordí la palma.

Un aullido sorprendido, y luego una risa sofocada. Al fin inclinaste la cabeza hacia atrás y me miraste. Al parpadear, tus pupilas se hacían más pequeñas a la luz del día, tus pestañas todavía brillaban por las lágrimas.

Pero en tus ojos había tanto dolor. Y temor. Me daba cuenta de que tenías miedo.

«No puedo hacerlo, Kurl», susurraste. «Lo siento, pero no puedo».

Así que solté tu mano.

Me paré y saqué el poema de mi bolsillo, el que confiscó el tío Viktor cuando me sacó de la casa. Recordaba algunas partes y reescribí el resto otra vez. Lo dejé caer detrás del sofá.

Y te dije adiós.

Atentamente,
AK

VERDE
por Adam Kurlansky
(para Jo)

Desde el principio viste la verdad de mi ser,
Que creció despacio hasta salir de la oscuridad,
Algo verde pálido que buscaba el sol.

Como un espejo me guiaste a mí mismo,
Todo jactancia y heridas.
Yo estaba incómodo con el reflejo
Y me alejé, pero me atrajiste de regreso otra vez
Y otra vez más.

Antes de ti, nunca contemplaba el alba,
Grana luego amarillo luego blanco.
Nunca vi cómo las nubes transitan por el cielo.
Nunca supe cuán suave es la piel detrás de una rodilla,
Cómo puede oler la piel a leche, a hierba, a mar.

Nunca me percaté de que una hormiga escala hasta la punta
De una hoja de hierba sin razón,
Cuántas cosas pasan sin razón,
Y cómo la sinrazón puede significar alegría.

Ahora lo noto todo:
Noto esta pesadez,
Cómo la sangre se mueve de forma desigual por un cuerpo,
Arde en algunos lugares, se congela en otros,
Y cómo puede un corazón doler dentro de un pecho.

Querido Kurl:

Esta mañana llamé a Mark para buscarte y me dijo que estabas en un lugar al que llamabas tu santuario exterior.

«¿Qué es eso?», bromeó. «¿Alguna clase de lugar donde pasan el rato los jugadores-gays-de-futbol-diagonal-poetas?».

«Es donde están las vías del tren», le expliqué.

Te ofrezco una disculpa si se supone que debía ser un secreto, Kurl. Pensé que, primero, Mark es la persona con la que explorabas todos esos lugares salvajes de la ciudad, así que sentiría curiosidad al saber que todavía regresas a ellos, y, en segundo lugar, alguien debería saber dónde estás cuando te vas a las afueras de esa forma. Todos necesitamos que alguien nos cuide, Kurl. Incluso tú.

Conduje a Nelly hasta esa parte del camino para bicicletas que mencionaste. Mis costillas estaban solo un poco adoloridas mientras subía la cuesta y pasaba por las zonas donde las raíces de los árboles ya han empujado el asfalto, hasta deformarlo. Encontré el lugar donde está escrita la palabra *respira*, justo como habías dicho.

Estabas acostado en una sábana bajo el sol.

«Siéntate», dijiste. De inmediato, te quitaste tu camisa de franela para que me la pusiera y me protegiera de los mosquitos. «Está bien», dijiste mientras la colocabas sobre mis hombros; cerraste el primer botón, y ajustaste y metiste las orillas de mi bufanda verde de seda para sellar los orificios. «No les gusta mi sabor».

Kurl, la razón por la que te busqué es que quería hablar. Quería explicarte que me siento absolutamente quebradizo desde que mi hermana se fue, desde que me enteré de lo de mi mamá. Me siento tan frágil y poroso como una olla vieja de barro con fugas de lágrimas.

Y quería decirte que Abigail Cuttler me llamó por teléfono el otro día y hablamos durante horas. Por alguna razón, en lugar de las cosas que uno esperaría, empecé a hablarle de Prince, de que se hubiera muerto así, justo en la cima de su carrera. Ella trataba de preguntarme cómo estaban las cosas en casa y si estaba durmiendo bien, y todo lo que hice durante la media hora de teléfono fue estar sentado en mi cama, llorando por Prince y hablando de la vez en que Lyle y yo hicimos un arreglo para mandolina y banjo de «Little Red Corvette» y la tocamos con Shayna en la fiesta de aniversario de Rich y Trudie.

Estaba seguro de que Abigail me diría que intentaba desviarme de los temas reales al enfocarme en Prince, que estaba en la negación o que estaba reprimiendo mis verdaderas emociones.

Pero resultó que no estaba para nada desconcertada por toda la plática de Prince.

«Estás en duelo», dijo, «así de simple».

Resulta que la mamá de Abigail es psicoterapeuta, así que ha aprendido toda clase de teorías sobre el dolor. El dolor no se apega muy bien a los objetos «adecuados», me

421

explicó. Si alguien cercano a ti muere, por ejemplo, podrías descubrirte en duelo no por esa persona, sino por alguien que murió hace años, o ni siquiera por una persona real, sino por algún exesposo o algún amigo que se ha distanciado.

«O todas las anteriores», dijo Abigail. «Puedes estar en duelo por todos». Le conté de la tendencia que tengo a llorar en momentos inapropiados. Me dijo: «Tal vez una parte de ti siempre ha estado en duelo, en cierta manera, en un grado mínimo. Tal vez ha estado ocurriendo en el fondo desde siempre».

No tuvimos tiempo de entrar en materia, pero sospecho que hablaba de Raphael Vogel. De mi mamá. Últimamente le he escrito bastante sobre Raphael.

En fin. Estaba planeando decirte todo esto, Kurl, en un intento por darte algún contexto para la razón por la que me escondí de ti cuando viniste, por qué rechacé tan tajantemente tu ofrecimiento de rentar un departamento fuera del campus para que pudiera asistir al Seminario de Poesía de Verano sin ti.

Era la idea de que te fueras, Kurl. No habíamos hablado cara a cara en semanas, pero de alguna manera, sin estar consciente de ello, me había logrado convencer a mí mismo de que no irías a ningún lado. Y entonces ahí estabas en mi sala, hablándome, tocándome… y diciéndome que te ibas lejos a la universidad, no en el otoño sino también en verano. Más que el verano. Para siempre.

Planeaba explicarte todo esto, que el darme cuenta de que te ibas a ir realmente me había destrozado y me había entristecido más allá de lo que podía soportar. Era demasiado para mí, incluso demasiado para salir de detrás del sofá.

Pero al final no te expliqué nada. En lugar de eso, me quedé mirando al piso, sentado junto a ti, y arranqué los nuevos brotes de hierba que había en la orilla de la camisa. A pesar de los decentes centímetros que había entre nosotros, sentía como si tu cuerpo junto al mío desprendiera una carga, como si hubieras absorbido energía solar y estuvieras ahora irradiándola hacia mí. Traté de reunir mis palabras, pero se dispersaban en el aire vibrante.

Y luego pusiste un brazo pesado, relajado, sobre mis hombros. Tu mano juntó las puntas de mi bufanda y la jaló; me atraías hacia ti, me girabas para que mi oreja quedara sobre tu garganta. Sentí tu pulso latiendo en mi sien, te oí suspirar desde lo profundo de tu estómago.

Sostenido en ese nudo suave, ese cálido medio abrazo, ¿qué se supone que debía decir? De pronto, ninguna explicación parecía muy urgente ni crucial. No me pedías nada, y yo tampoco necesitaba nada de ti, más allá de ese sólido contacto. De repente no había nada que necesitara decirte.

Me di cuenta de que era la primera vez que mi mente se calmaba desde la fiesta de Bron. Sentía mi sangre moviéndose por todos lados dentro de mi cuerpo, mis músculos relajados, mi piel calentándose contra la tuya a través de nuestra ropa. «Ahora, ahora, ahora», decía tu latido.

Y entonces la vi.

«¿Es eso un tritón del este?», pregunté.

«Ja», te burlaste.

«Mira», insistí. «Mira, despacio. ¡Mira!».

Me soltaste en cámara lenta y giraste el torso para ver la hierba que yo estaba mirando.

«No», dijiste.

«Sí es, ¿no?».

«No lo es, para nada».

«Es roja», señalé. «¿Hay alguna otra clase de salamandra roja?».

«No viven tan lejos al sur», dijiste. Te apoyaste sobre tus dos manos, deslizaste tus rodillas y te pusiste en cuatro patas. Te inclinaste hacia delante quince centímetros, tal vez treinta, y la criaturita metió su cabeza bajo la paja y se fue.

Estuvimos en silencio un momento. No quería interrumpir lo que fuera que estabas pensando.

Al final te diste la vuelta hacia mí con ojos grandes, espantados.

«Eres un milagro», exclamaste.

Me reí. «¿Qué tuve que ver yo con eso?».

«La conjuraste», respondiste, «es obvio».

«Obvio».

Entonces tomaste mi cara entre tus manos y me besaste.

«Kurl», dije, después de un minuto o dos, «no quiero vivir solo en tu dormitorio. Quiero que tomes el Seminario de Poesía conmigo, si resulta que lo voy a tomar».

Te sentaste en tus talones. «Okey».

«Debes haber firmado un formato de aceptación para la oferta de la Universidad de Minesota, ¿verdad?».

«Supongo que sí», contestaste. Tu cara estaba perfectamente quieta, y me di cuenta de que estabas tratando de equilibrar la felicidad que sentías y el miedo de lo que diría después.

«En papel», dije. «Tuviste que firmar algo en papel y mandarlo por correo».

«Sí», afirmaste. «O sea, querían mi firma».

«Yo quiero tu firma», dije.

«¿En dónde?», preguntaste. «¿Para qué?».

«Todos me han abandonado». Escuché que un pequeño temblor llegaba a mi voz y sentí que mi cara se calentaba. «O me han mentido».

Levantaste tu mano hacia mi quijada, pusiste la yema de tu pulgar en mis labios.

«Firmaré lo que quieras. Pídeme cualquier cosa, Jo; sabes que la respuesta es sí».

Así que abrí el cierre de mi mochila y saqué mi *Hojas de hierba*, pegado con cinta adhesiva. Saqué el contrato que había escrito y había guardado en la última parte del libro. Desdoblé el papel en la hoja.

«Ya firmé mi parte». Te mostré.

Lo leíste despacio, en voz alta. Mi corazón latía tan fuerte en mi pecho que apenas podía escuchar tus palabras.

«Tengo correcciones», dijiste al terminar.

Te entregué una pluma y vi cómo tachabas algunas partes y escribías algo nuevo. Luego, con cuidado, firmaste con tu nombre.

Tuyo,
Jo

Kurl

Yo, ~~Adam Kurlansky~~, por la presente estoy de acuerdo en regis-
trarme y asistir al Seminario de Poesía de Verano en la Universidad de Minesota, Duluth. Asimismo, estoy de acuerdo en
compartir mi alojamiento asignado en el campus con ~~Jonathan Hopkirk~~. Juntos, nos comprometemos a perseguir la verdad y
la felicidad tomando como modelo el trabajo del poeta Walt
Whitman, lo cual se resume como sigue;

¡Seamos poetas del cuerpo y el alma!
¡Descansemos juntos en la hierba!
¡Estrechemos uno con otro nuestros corazones desnudos!
¡Hagamos sonar tambores triunfales por nuestros muertos!
¡Escuchemos el latido y el anhelo del mundo!
¡Quitemos los cerrojos de las puertas!
¡Quitemos las puertas de sus goznes!
¡Estemos juntos siempre intrépidos!

Firman:
~~Adam~~ Kurlansky   Jonathan Hopkirk